ヒーロー
家族の肖像

ロート・レープ
新朗 恵 訳

西村書店

本書の登場人物は架空の人物です。
実在の人物に似ているとしても、私のせいではありません。
ロート・レープ

HERO: IMPRESSIONEN EINER FAMILIE
Root Leeb

First published by ars vivendi verlag GmbH & Co. KG, Cadolzburg (Germany) 2012

他の者たちは死ぬ。しかしそれは過去に起こったこと
死ぬにはもっとも適切な時点だった（みなが知っている）
わたしが死ぬなんて、そんなことがあるのだろうか？
薔薇やアリストテレスが死ななければならなかったように

Almoqtatir El Maghrebi（一二世紀　ある男性の残した言葉）

死ぬんだったら、伝説として
俺が終わる日には
この世から去っていく
そのときにはヒーローのように死んでやる
ヒーローのように
ヒーローのように
そのときには俺はヒーローのように死んでやる

Ex Nör Säx（ドイツのパンクバンド）『ヒーローのように死ぬ』から

目次

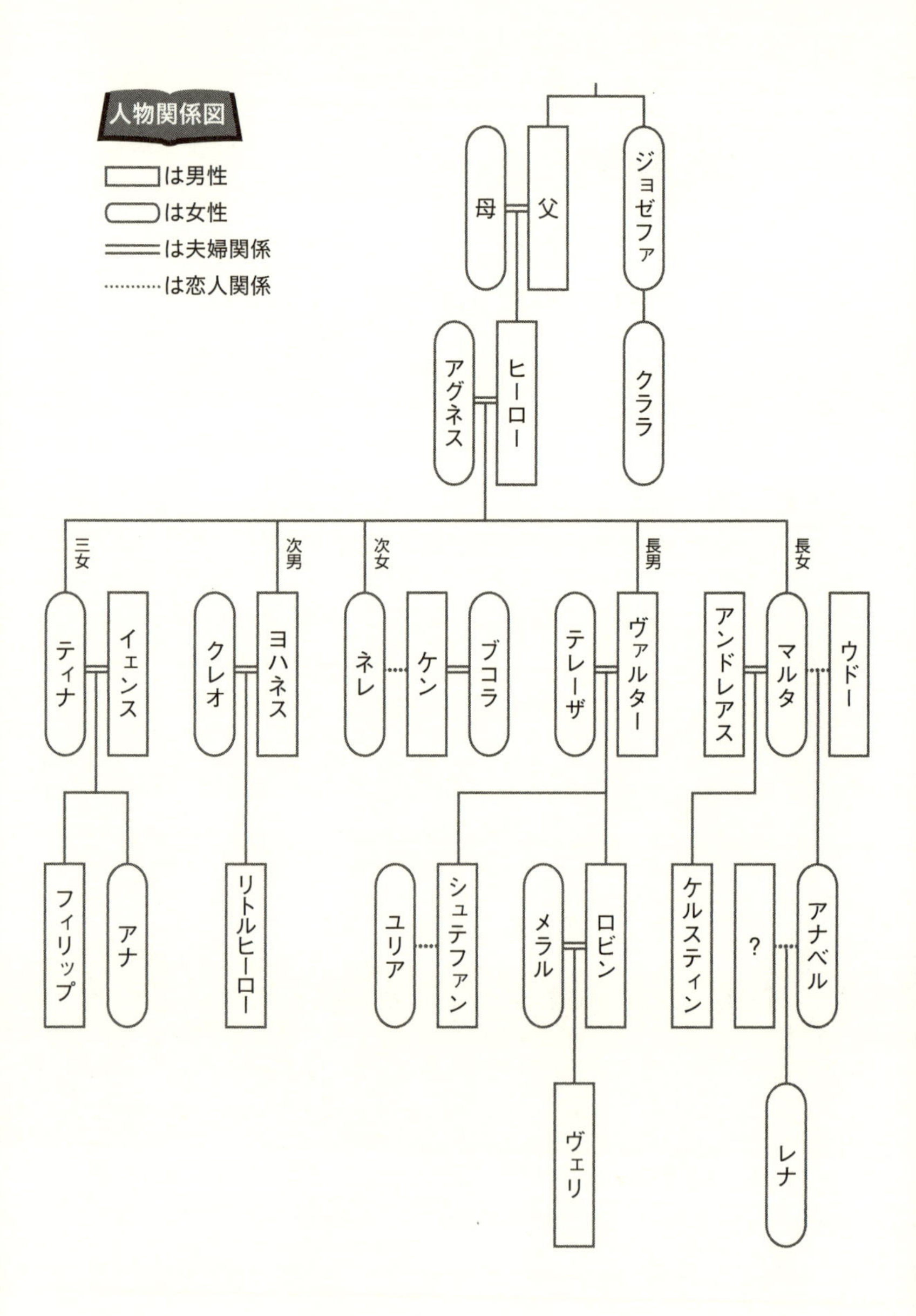
人物関係図
は男性
は女性
は夫婦関係
は恋人関係
母
父
ジョゼファ
アグネス
ヒーロー
クララ
三女
次男
次女
長男
長女
ティナ
イェンス
クレオ
ヨハネス
ネレ
ケン
ブコラ
テレーザ
ヴァルター
アンドレアス
マルタ
ウドー
フィリップ
アナ
リトルヒーロー
ユリア
シュテファン
メラル
ロビン
ケルスティン
?
アナベル
ヴェリ
レナ

第1章 外出先で

死ぬのは、楽しいことじゃない。

死は怖い。死ぬ人も見ている人も、怖くなるんでしょうね。

ロシアンルーレットと一緒でズドンとくるのはわかっているけれど、いつくるのか、わからないから。

この場合、誰かが死ぬのを見ているのはわたし。そして死んでいくのはわたしの父、ヒーロー・ヴィーラント。父さんは英雄(ヒーロー)を演じて、死ぬのを知らないみたいに振る舞っている。知っていたとしても、たいしたことないと強がっているわ。でも演技は下手だし英雄でもない。わたしは逃げだしたくなるけれど、それもできない。

あたりの空気がきらきらと光った。小さくてピカピカした一匹の魚が、海で泳ぐわたしの目の前でくるくると回り始めた。

目の前のこの小さな魚も、死んでしまいそう。お腹を上に向けたかと思うと小さく跳ねて元に戻った。水面すれすれで動かない。笑っているように見えたし、そのあとのジャンプでは踊っているように見えたのに、横向きに着水した。仰向けと言ってもいい。不安になるほど長い間そのまま、お腹を上に向けて動かない。太陽の光はホワイトゴールドなのに、魚は銀色に煌めいている。

やっとのことで魚がくるっと回転した。また動かない。海は静かで、鰭や鰓が少し揺れているだけ。わたしはお腹まで水につかって、魚を待っていた。近くに群れはいないから魚は独り。わたししかいない。

でも父さんにはたくさんの観客がいる。母さんもいるし兄弟もいるし、その配偶者と子供たちもいる。それに父さんと付き合いのある人たちも。父さんは今も毎日会社に通っているから、そこにも観客がいることになる。

ひとりひとり違うものを見ているんでしょうね。なかにはたとえば一番上のヴァルター兄さんみたいに、目をそむけている人もいる。

父さんはまだ先があるみたいに言ったり振る舞ったりしているけれど、もう長くないことを知っているんじゃないかしら。父さんが見ないようにしてるから、あるいはそんな風に振る舞うものだから、わたしたちまで振り回されてはっきり決められない。と言っても、決断など求められていないし、決められることがあるわけでもない。

父さんの場合、死ぬことを悲劇とは呼べないでしょうね。悲劇と言うにはじゅうぶん年を重ねたもの。七〇歳。わたしたち、父さんの子孫はみな生きているから、父さんは子や孫の墓参りをしなくてすんだし、最年長者として父さんが最初に逝くことに、たぶんそれなりの順当性があるのでしょうね。父さんの叔母さんのジョゼファ大叔母さんが九〇歳近くで亡くなったとき、順番という感じがした。あれと同じだわ。父さんの誕生日を一緒にお祝いした、その少し後のことだった。ジョゼファ大叔母さんも娘のクララに連れてきてもらっていた。わたしの大好きなクララ叔母さん。あれは父さんの七〇歳の誕生日だったから、全員で祝おうって、とにかく盛大に祝ったのよ。

わたしたちは大家族だ。それが父さんの夢だった。

安定を与えてくれる一族。所属するメンバーが増えれば増えるほど、与えられる庇護も安全も大きくなる。父さんはそんな歴史上の手本にのっとった大家族を思い描き、そしてわたしたち一家がいる。ああ、父さんは、ヴィーラント建材会社なんか継がないで、ちゃんと最後まで歴史を学べばよかったのよ。そうすれば生半可な知識ゆえの誤解を、永遠に残さなくてすんだ。なんと言ってもそれを土台に自分の人生を築かないですんだはずよ。でもそうはならず、わたしたちは五人兄弟になった。しかもまさに今、結婚のけりをつけている最中のヨハネスとわたし以外は、みんな結婚しているし、子供もいる。それに一族には叔父さんや叔母さん、いとこも山のようにいる。でもそれは全員母さんのほうの親戚なのよね。父さんはひとりっ子だったから。れっきとした大家族に憧れたのは、そのせいなんでしょうね。

なぜわたしが巻き込まれたのかは、謎だ。

ジョゼファ大叔母さんがわたしに書いてくれた手紙が一通あるだけ。クララ叔母さんがこのあいだ渡してくれて、それでいくらか事情がわかった。

あら、さっきの魚がわたしの目の前を泳ぎだした。ボラかしら。イタリア語ではチェファロ。チェファロがまた回りだした。半円の形に折れ曲がり、水を打って跳ねた。中に戻るときにはわたしの膝くらいまで、深く落ちてくる。ぱちゃぱちゃと音がする。わたしは動かなかったけれど、チェファロは水のなかで踊っているよう。

日光はまだそれほど深く差し込んでこない。浅い光線が水のなかで黄緑色の三角形をつくっている。その下は青緑色で、まるで早朝の空気のように透明だ。

語学学校が始まるのは九時。その前の時間はわたしの大切な時間。早朝の空気は凛（りん）としてなめらかでまるでシルクみたいだけれど、昼には重たいサテンのようになってしまう。きっとここの湿度が高いせいね。「蒸し暑い」はイタリア語でアフォーソ。ドイツに戻れば最低でも一クラス分は飛び級できるくらいに、わたしのイタリア語も上達したと思う。

それにしても弟の結婚式に行かなくてよかった。スペインのマヨルカ島、今、一族全員そこにいる。病気の父さんまで行ったわ。

マヨルカ島の街、パルマ・デ・マヨルカでの結婚式。

それが、ヨハネスが花嫁にしなければならない最低限のこと。そういうことなんでしょうね。花嫁のクレオは、アメリカ人特有の大きく口を開く話し方と、せり出したお腹のせいで、カエルを連想してしまう。肌は白すぎるから、色までは似てないけれど。

さっきの魚がまたのぼってきた。何かに吸い込まれていくみたいにとてもゆっくりと。なんだか子供が魚を寝かしつけて、掛け布団をかけてあげているみたい。そんな感じに横向きになった。怪我(けが)はしていないわよね。病気なのかしら。それとも年？　魚の年なんて、見てもわからないけど。あ、魚が動いて水の表面に触った。と思ったらまるで意志に反するように、またくるんとお腹を下に戻した。そしてそのまま。少し泡の立った水に、銀色の鱗(うろこ)が浮かんでいる。

体が冷えた。わたしは首まで水につかると、魚の横を大きく弧を描いて通りすぎ、沖へ泳ぎだした。

見渡す限りの海のなか、仰向けに浮かんで計画を立てる。

こうしているのは、家の戸棚の前にいるのとも違うし、ローカル線の列車の座席に座っているのとも違う。クララ叔母さんの家で古いガーデンテーブルに囲まれて、言おうと決めたことを言うのとも違うわ。

海のなかでは、いい考えがびっくりするような速さで、どんどん浮かんでくる。夜もそう。どんどんたまって、なかには消えていくものもあるし、奇抜(きばつ)な白昼夢になるものもある。数カ月前にわたしの人生に現れた男性、正確には通勤電車で一緒のケンが、白昼夢ではわたしが考えた役を演じてくれる。

ひとりでここに来てるせいかしら、あれこれ考えが湧いてくる。唯一の気晴らしが語学学校で、あとの時間は悶々と考えているせいでしょうね。

わたしは多くのことを変えなくてはならない。

まずはクララ叔母さんのこと。ジョゼファ大叔母さんが亡くなるまで、叔母さんは年寄りには見えなかった。わたしにとって叔母さんは、ジョゼファ大叔母さんの娘だったから。クララ叔母さんのあの働きつくした手、人のよさそうな顔、脚には白い肌に青い血管が浮かんで、まるで細かい網目をつけた大理石みたい。

お葬式が終わって、クララ叔母さんがジョゼファ大叔母さんの手紙を渡してくれてから、少しはっきりした。これからはもっと叔母さんの面倒を見ようと思うの。わたしとはちょっと違う意味で、叔母さんもひとりだから。

まだ夏だし、家に遊びに行くのがいいわ。ここに来る前にしたみたいに、イチゴのケーキをふたりで食べよう。でも帰るころにはイチゴは終わっているから、アプリコットのケーキかしら。お金のことじゃなくて、わたしたちのことについて話せばいい。クララ叔母さんのことも知りたいし、わたしがどうして家族と距離を置きたいのかもわかってほしい。それに庭の家具のさび落としをして、ペンキを塗り直してあげなくては。

太陽が村の後ろの丘の連なりから、もう手のひら分くらい上にのぼってきた。そろそろ戻らないと。

わたしはごぼごぼ泡が立つほど、水のなかでボクシングのまねごとをした。体を温めたかった。それに勇気も出したかった。新しい男性をめぐる計画は複雑だから。名前がケンだってことはわかったけれど、よくは知らない。今まで一緒に過ごしたのは、ノイブルク駅からベルンシュタット駅の間の通勤電車のなかだけ。彼は途中のヴァルドルフ駅から乗ってきて、わたしのことを探す。一緒にいられる三〇分の乗車時間。そんな感じでもう三カ月がたつ。もしかしたらわたしがシングルだってかぎ分けたのかしら。彼と寝たい（よりによって、このわたしが）。彼のこと、ほとんど知らないのに。ナイジェリア出身の黒人男性で、よく笑う人。でもいろいろあったみたい。

「数年前、事故で妻を亡くしたんだ。あのとき子供たちも失ったようなものだ。子供たちは事故は生き延びたけれど、ナイジェリアの祖父母のもとへ戻ってしまったから」

そう話していた。ケンはとても優しそうで、その上きりっとして見える。彼のあの目がわたしを覗（のぞ）き込む、とても深く。何が見えるのかしら。

わたしは目を開けたまま、水に潜った。

父さん。

今度こそ書斎の本棚に怖気（おじけ）づいたりしない。本棚の一番上の棚には『古代ギリシャ列柱門（プロピュライア）の世界史』があった。これのせいで部屋が押しつぶされそうなのよ。その下にはタキトゥス全集、スエトニウスやヴェレイウス・パテルクルス、そしてほかの著者が書いたローマの歴史の本がずらりと並ぶ。それから中世が来て、目の高さには一九四五年以降の現代の本がずらり。『西洋の没落』の横には、色あせた白黒写真が少し後ろにずらして置いてある。シンプルな銀のフレームのなかには、父さんの父親がいる。母親の写真はどこにもない。わたしが生まれたときには、ふたりともすでに亡くなっていた。

　写真の下には扉があって、鍵がかかるようになっていた。なかにはコニャック、ウイスキー、果実酒とかそういうたぐいのものがあって、それからピカピカに磨き上げられたグラスが入っていた。

　父さんの書斎に呼び出しをくらうのが、いつだってとても怖かった。お説教されるとき以外、子供なんかが入る場所じゃなかったもの。


　空気がなくなったので、わたしは水面（みなも）へと急いだ。前はもっと体力があったのに。ふう、水面に仰向けになった。これは何にでも効果がある。わたしの不安もパニックも恐怖も、こうしていれば手出しできない。邪神クトゥルフ（H・F・ラヴクラフト『クトゥルフの叫び声』に出てくる水に住む神）もサタンもいなければ、わたしを海の底に引きずり込もうとする魚の群れもいない。理由もなくわたしに復讐しようとする不気味なものも存在しなくなる。


　学校の成績はそれほど悪くなかった。でも夢見がちでぼーっとしていたから、数名の教師がただでおかなかった。それで母さんに電話してきた。何かあればまず母親に連絡がいく。それから父さんに伝わり、父親の出番、本棚の前のお説教というわけ。

　でも、今度はわたしが話す番。

あ、クラゲ！　こっちにも！　今年はクラゲが多いわね。でも刺されなかった。危険な種類ではないけれど、イラクサと一緒で嫌な感じがする。

父さんにちゃんと尋ねること。

ジョゼファ大叔母さんとクララ叔母さんに、生まれてすぐに一年間わたしを預けたこと。それをなぜ内緒にしていたのか。なぜわたしだけ預けられたのか。父さんの口からちゃんと聞きたい。ジョゼファ大叔母さんは、それについて自分からは話せないと書いていた。

なぜ？　だいたい生まれたばかりの赤ちゃんを、なぜほかの人に預けるのかしら？　それも丸々一年もよ。それなのに父さんは「どの子も同じにかわいがった」なんて言う。

寄宿学校のことはもう触れなくてもいいわね。少なくともこの点は平等だったから。わたしたち兄弟はみんな、最低でも五年間、あの牢獄に行かなくてはならなかった。そのせいで長い間ケンカや言い合いがあったけれど、今はなんとか仲直りできるはずよ。

話し合うだけの時間が残されているといいんだけれど。

ほかの人たちにもきっと話したいことがあるでしょうし、それに母さんもいる。でも待って、母さんには今まで何十年も父さんとの時間があったはずよね。結婚していた間の時間が。今はみんな、わたしに譲ってほしい。父さんはわたしのことを一番知らないから。

しっかり準備しよう。それから父さんに聞こう。死ぬとわかっているって、どんな感じなのか。さっさと終わってくれって思うのか。それともその逆なのか。でもこの質問はもう少し待ったほうが良さそうね。

海のすぐそばに真水があるなんて、海の家のシャワーは本当にありがたい。急げば角のバーでラテ・マキアートを飲める。そしてイタリア語の授業にもちゃんと間に合う。

2

ヒーローからすると、スペインのマヨルカ行きはくだらない思いつきだった。天井についた送風機は太ったハチみたいに唸(うな)り声をあげているのに、部屋はまったく冷えない。ヒーローは薄暗がりのなか、ダブルベッドの半分に身を横たえている。そしてもう何度目になるだろう、自問自答していた。なぜ俺の身にこんなことが起きたのか。なぜ子供たちは俺をこんな目にあわせるのか。俺は何を教育してきたんだ。五人もいるというのに、誇らしく思える子がひとりもいないなんてな。

汗は鼻と上唇で小さな玉になり、額の上と胸の上では平らな流れになってしたたっていた。ヒーローは起き上がると受話器をつかみ、ホテルのフロントにミネラルウォーターを一本頼んだ。それからズボンをはき、シャツを着て待った。

一番上のマルタ。

あの子にはずいぶん望みをかけていた。それなのに一九歳で未婚の母になってアナベルを産んだ。ウドーという左翼の男の子供だ。ありがたいことにこの男は翌年、自動車事故で死んだ。そうでなければこの共産主義者(コミュニスト)と家族との間に、戦争が起きただろう。あいつはなんでも批判した。安全とか豊かさとか、ありとあらゆる責任や義務。そのくせ自分はただの怠(なま)け者で、おまけになんでも妬んでいた。

　しかしマルタが次に選んだ男アンドレアスも、耐え難い奴だった。投資アドバイザーで経済的には安定している。しかし冷徹で、どこでもすぐに争いを始める。

　二番目は長男のヴァルター。

　後継ぎには実にほど遠い男だ。間抜けとまでは言わないが、従順すぎる。しかし会社の後継ぎはこの子しかいない。いやその逆だ。この子は会社を継ぐ以外にほかに選択肢がなかったんだ。だが妻がいて息子がふたりいて、ちゃんとした家族を構えたのはヴァルターただひとりだ。ヴァルターの上の息子には、男の子もいる。俺の最初の男のひ孫だ。ただ、ひ孫の母親はトルコ人、外国人ときた。

　ヒーローの最初の女のひ孫はレナで、もう何年も前に生まれていた。マルタの最初の娘、アナベルは一七歳で母親になり一家に混乱を起こした。ひ孫のレナのほうが、孫のケルスティンよりも年上なのだ。ケルスティンはマルタの再婚相手アンドレアスとの間の娘で、それ以来、家族状況が複雑になってしまった。

　三番目は次女のネレ。この子は謎だ。

　ノックの音がした。ヒーローは起き上がり、水のボトルとコップ二つが載ったお盆を受け取った。地球温暖化でドイツがここみたいに暑くなったら、お手上げだな。コップに水を入れると、一息に飲み干した。

それから次男のヨハネス。

この子はこの結婚式で、末の妹のティナをなんとかして打ち負かそうとしている。ティナは昔、ドイツのノイブルクで結婚式をあげて、大喝采を浴びたからな。

ヒーローは当時を思い出してぞっとした。

銀色に光るライダースーツを着たオートバイ野郎たちにエスコートされて教会へ行き、続いてホテル・ベルヴューへ行った。それでもティナとイェンスには真剣さが感じられた。ふたりの間にはあの結び合う力があり、それが永遠に続く。そういう別次元のものがあった。残念だがヨハネスたちにはそれがない。


ヨハネスとクレオ。

あの子らはノイブルクでは満足できないと言わんばかりだ。ノイブルクは歴史がある。ヴェネツィアを思わせる水路が走り、ミヒャエル教会の前には新郎新婦の登場におあつらえむきの荘厳な外階段があって、結婚式には申し分ないというのに。

だが、もしかするとふたりはクレオの目立ってきたお腹を恥ずかしいと思ったのかもしれん。匿名になれる所がいい。そのためにできるだけ遠くで、というわけか。

それに、遠くで言ったことや約束したことを家に戻って守る必要もないだろうしな。ヨハネスはそれも計算に入れたに違いない。女たらしめ。クレオも少しぼんやりした娘だしな。それで結婚式はここマヨルカというわけか。灼熱と乾いた空気。それに陽気にしゃべりまくる人々……。

ヒーローはすべてにうんざりしていた。

細く枝分かれした道が、彼の目の前に繰り返し現れる。避けることはできない。分かれ道はその都度決定をうながしてきた。それが自分の人生に重大な影響をもたらすこともわかっていた。すでに長年にわたって数えきれないほどの重大な決定をしてきたことも、そしてそれが積み重なって今のこの状況に自分が置かれていることも、わかっていた。

大家族の家長として、上っ面ばかりで見栄と欲にまみれた結婚式に参加せざるをえないのだ。

ヒーローは少し眠ることにした。フライトのせいで疲れていたし、これからの数日間はかなり体力を必要とする。

そこで他の者たちが辺りを観光している間、ひとりで横になった。

妻のアグネスは今回、別人のように浮かれていた。手に入るマヨルカの旅行ガイドと写真集はすべて読み、ビデオまで借りてきた。しかしヒーローが興味を示さないようなので、すっかり意気消沈してしまった。

実際ヒーローは興味がなかった。スペインのマヨルカに来ることはもう二度とないとわかっていたが、早く結婚式を終えたいと思うだけだった。おまけに新郎新婦はこの場所を選ぶことで、自動的に参加者の人選までしてしまった。それが腹立たしかった。クララやアグネスの兄や姉たちは遠方への旅行は無理だと判断し、来なかった。クララにはいい気分転換になっただろうに。だからここには若い者ばかりが来た。ヴァルターやマルタは五〇歳になろうとしていたが、ヒーローの目から見ると若い部類だった。その点からも見てもマヨルカでの結婚式なんてくだらない思いつきだし、時間の無駄、金の無駄だった。

ヒーローはうとうとして、夢を見た。

若いときにアグネスと結婚式を挙げたミヒャエル教会。その丸天井にある植物標本の夢を見ていた。パイプオルガンの前面管（フロントパイプ）は後期ルネサンスのものだし、アグネスは若くて元気な花嫁だった。興奮してしまい、式の流れを覚えられず、いつになったら指輪をもらえるの、と何度も小声でヒーローに尋ねた。

目を開けると目の前のアグネスは、自分と同じくらい年をとっていた。ヒーローの汗ばんだ薄い髪をなで、具合が悪いのかと心配そうに聞いた。

「いや、ただ暑さがこたえてね」

ヒーローはぼそぼそ答えた。

「でもあなた、暑いのがお好きだったじゃありませんか」

ヒーローはアグネスを引き寄せると、脇にずれて場所を空けた。彼女が隣に腰を下ろすと言った。

「あのころはまだ体力があったからな。おまえは海が好きになったのか？」

　家族は海派と山派に分かれていた。その分かれ目はちょうどヒーローとアグネスの間にあり、子供たちも上の三人、ヴァルター、マルタ、ネレは海派、下の二人、ヨハネスとティナは母親と一緒で山派という具合に分かれていた。

　しかし、ばらばらに出かけたのは一度だけだった。山歩きのグループが風邪をひいて、雨続きの旅行からがっかりして戻ってきたときのことだ。

　それからというもの、行き先はヒーローが決めた。毎回、海。それもホテルには決して泊まらない。せめて二食付きのペンションに泊まっていたら、山派のアグネスだって気もちも和らいだだろうが、それもしなかった。夏の間だけ部屋を貸し出す漁師か年寄りから、虫よけ剤の匂いがする質素な部屋を借りた。つつましやかな生活がいいと言うヒーローの意見だ。

「そうね、ここの海は好きですよ。山もあるし」

「おまえのお気に入りの息子がここで結婚するしな」

　アグネスは小首をかしげて、ヒーローをじっと見た。

「また始めるおつもりですか？」

　ヒーローは先日の昼食を思い出した。ふたりは収拾のつかない喧嘩（けんか）をした。アグネスが、ヒーローのひいきの娘マルタをやり玉にあげたのだ。しかもヨハネスが、マルタに長年してきたやり口そのままだったものだから、ヒーローはいつもの早食いで食事を平らげてしまい、ヨハネスの分をこれっぽっちも残してやらなかった。そのうえ肉が硬いとアグネスを非難した。

「結婚して四〇年以上もたつのに、相変わらずだ。おまえも今さら変われないだろう」

そのとたん、アグネスが泣き出した。


ヒーローはアグネスの膝に手を置き、手を握ろうとした。

「いやよ、悪いけど」

ヒーローはあくびをしながら言った。

「明日になったら観光するよ。疲れたんだ」

彼女がそばにいようかと聞くので、みんなの元に戻るように促した。

「じゃあ、あとでね」

アグネスは彼を軽く抱きしめると、あっという間に行ってしまった。


ヒーローはトイレに立った。ものすごくたくさん水分をとっているのに小便が出ない。以前だったら気にもとめなかったが、今はどんな変化も見逃さない。

誕生日からだ。すべてはあの日に始まった。雷が落ちたようだった。男性用の白い陶器の便器に、赤い血の細い筋が走った。それは水ですぐ流されていった。一瞬のことで幻に思えた。コンクリートの天井が落ちてきたような恐怖に襲われたが、それが何か直感した。知りたくなかった。だから医者に行くのを延ばしつづけ、何週間もたってようやく行った。泌尿器科のブレーマー医師のもとへ。

生ぬるく感じる水を、腕の上に流した。濡れた手で髪をぬぐった。マヨルカ島ではゆっくり考える時間がたっぷりある。

これから何をしたいのか。

何の治療をしてほしいのか。

何をしてほしくないのか。

ブレーマー医師のところにはもう行かない。それははっきりしている。

名前のない病気とともに生きるほうが楽だ。だから中世では曖昧な名前しかつけなかったんだろう。ヒーローはそう思った。

痛風は「例のもの」だし、インフルエンザは「人を襲うもの」だった。患者の経過観察などせず、起こったことをそのまま受け止めた。だからこそすべてが可能だったのだ。自然治癒も、それに奇跡も。

腎細胞癌(じんさいぼうがん)。

響きがよくない。ブレーマー医師が「非常に切迫しています」と言ったときと同じだ。

まず油断させる。「いいえ、心配することはありません。いいえ、本当に」そのあとで猛々しい攻撃をしかけてきた。「手術しましょう、ヴィーラントさん」

ヒーローはベッドに戻り、ピンと張られた白いシーツの下に潜り込んだ。そのとたん寒気がした。

何日にもわたる検査のあと、長い質問が続いた。研究の統計のために利用されるのではないかと疑いを抱いたほどだ。今でも覚えている。

「ご家族にはどのくらい癌の方がいますか？

一定量の痛み止めを定期的に服用したことはありますか？

飲酒の習慣、アスベストや灯油との接触は……」

それから医師は勝ち誇ったように戦闘計画をもち出した。まず根治のための除去から始めたいと言った。腫瘍のある右の腎臓と、その周りにあるリンパ節すべてを手術で除去することを意味した。そのあと引き続き化学療法かホルモン療法、あるいは放射線療法、もしくはそのときの状況に合わせて、それらを組み合わせたいと言う。眩暈(めまい)がした。ヒーローは、一刻も早く診察室から抜け出るために、急いで用事をひねりだした。医師のあっけにとられた顔を思い出して、ヒーローは笑みを浮かべた。

「ち、ちょっと！　あなたの人生のことなんですよ！」

医師はすっかり取り乱し、急に間抜けに見えた。

「だからこそ、なんだ」

ヒーローは思い出しながらつぶやいた。ここに来て初めて、この島にいることが嬉しくなった。

「安全な」場所にいることが嬉しかった。

3

遠くからだとより鮮明に見える。わたしは近眼だし、ヴィーラント家で一番目が悪いけれど、死が近いのは見て取れる。どうやら見えているのはわたしだけのようね。父さんはまだ見ていない。見えないのか、見たくないのかわからないけど。母さんもほかの人も、こうしたらいいとか、ああしたらいいとか、助言するばかりで、突然、全員が専門家になってしまったわ。

たしかに四〇年前、母さんは看護師だったことがある。

子供のころのわたしたちは松脂湿布だのジャガイモ湿布だのをされて、まずいお茶を飲まされた。医者に行くのは最悪の緊急事態に限られたし、専門家らしくきれいに包帯を巻いてくれた。父さんが便秘になると、母さんは浣腸を処方した。オレンジ色の小さなボールに、ゴムでできた管がくっついている。煮沸消毒して乾かしてある浣腸をキッチンで見つけると、それを使って自分たちで遊べるから、どの子も引き寄せられた。最初に見つけた子がそれをぷうっと吹いて、ほかの子の顔に吹きかけるの。ものすごく臭い空気。耳のなかにも吹き入れたし、それを使って競争もした。途中で大人に見つからないようにしなきゃならなかった。リンゴジュースをコップに一杯分、一回で浣腸に入れるの。できなかった子はそのジュースを飲まなきゃいけない。浣腸のなかに入れた分もね。

今、誰もが救い主になろうとしている。ヴァルター兄さんはやっぱり人の話をちゃんと聞いてなかった。前立腺癌の専門家を紹介してきたわ。マルタ姉さんと弟のヨハネスは手術と化学療法派で、母さんもそれがいいと思ってるみたい。末っ子のティナは絶対インドの伝統医学（アーユルヴェーダ）だって言っている。わたしは蚊帳（かや）の外にいる。何がいいのかわからない。だからここにひとりで座っている。マヨルカ島の結婚式に家族で参加するよりも、イタリア北西部のリグーリアの語学学校にいるほうがいい。そう自分で選んだ。それでもやっぱり、誰かがそばにいてくれたらと思うわ。たとえば女友達のメナとコニーとか。昔はよくみんなで自転車旅行をした。今回メナは仕事が忙しくて休暇がとれなかったし、コニーは二年前に結婚して半年前に子供が生まれたから、もう旅行には誘えない。


生温かい夜の大気。ひとりでいるには向かない。

西洋夾竹桃（きょうちくとう）の甘い香りがしてくると、ますますそうよ。おまけにここでは防波堤をぶらぶらするにしたって、ふたり連れか家族連れだもの。みんなで固まって歩いている。ときどき、ほんの少しの間だけ子供がひとりで三輪車をこぐとか、走りだすとかして、人の輪から離れていくぐらい。でもそれだって、すぐにまたみんなに捕まる。というよりも、受け止めてもらう感じ。ここでは誰もひとりでなんか歩いていない。一〇代の子たちも集まって、そこらに座って笑っている。

蝙蝠（こうもり）が紺碧（こんぺき）の空を低く飛び始めた。コバルトブルー。カフェもバーも大混雑している。まるで先を切り取ったみつばちの巣箱のようね。かごの形をした昔のやつね。

ヴォルフはここにはきっと合わない。わたしの元彼、夫のようだった人。ようだったというだけだから、その辺りの手間は省けた。クララ叔母さんはヴォルフを気に入っていたけれど、別れてからは「ひどいヴォルフ」と呼ぶようになった。

ぶらぶらしたり観察したり、彼はそういうことが好きじゃなかった。自分が動き回らないと気がすまないスポーツ狂いで、危険なスポーツは挑戦と見なす。そういう人だった。

観光地のツーリストバーなんて見向きもしなかったわ。ここを見たらきっと、俗っぽいって言うでしょうね。別れて正解。ほんとにそう。遅かれ早かれ、わたしまでいつの間にかパラグライダーに乗せられていたと思う。そうでなければ彼の後ろについて、息を切らしながら自転車でアルプスに登っていたはずよ。

わたしたち、職業上はまあ合っていた。民族学者どうしの夢のようなカップル。わたしは途中で民族学をやめた。あと二学期で修了するところだったから、もうすこしだった。でもほかの人の人生や歴史をほじくりまわして、こじつけまわることに、もううんざりしていた。相手はわたしたちのことを何も知らないままで、すべてが一方通行なんだもの。

相手は研究旅行とか言ってバイエルン州やメクレンブルク＝フォアポンメルン州に気軽に来るなんてできない。ドイツ人がどんな習慣で、どんな儀式をして、なんの歌を歌っているかなんて、わたしたちがしているようなことをしに、ドイツまで見にこられない。ヴォルフはそういうことを全然気にしなかった。そのうち講師の口を得て、自分のことを重要人物だと思うようになってしまった。民族学者どうしの理解。まさにそのとおり。今や民族学者は軍事目的で戦場に動員されるようになったのだか学者として敵をどう扱うか。スパイとしての民族学者。なんと言っても、よく知ってるもの。せいぜい知識を横流しにして、やっとお役に立てましたって喜んでいればいいわ。でも、民族学者には職業規範がある。研究対象に絶対に害を与えてはならない。それに研究対象だってことを相手に知らせて、認めてもらわなくちゃいけないの。でもこんなことを言うのは古臭いし、実行しようがないことくらい、わたしだってわかっているわ。戦争中はなおさらそうでしょうね。

わたしは造園学に乗り換えた。また一から学び直しだった。今度は高等専門学校だった。社会的に少し落ちるけれど、それがまたヴォルフには気に入ったの、自分が高められるから。そして一カ所に腰を落ち着けることになった。彼が世界のどこかから帰ってくるときの、たとえば彼の専門の中央アフリカでのフィールドワークから帰ってくるときの目的地にいる人になった。わたしまでオーストラリアのクイーンズランド州のトレス海峡諸島に行くなんてことになって、ふたりして出かけていたら、住まいは空っぽになっていたでしょうね。

二年前から、わたしは新興住宅地の建設を中心とした設計事務所、ホルストのところで働いている。今の行動範囲は見渡せるほど狭い。ノイブルクとベルンシュタットを毎日往復するだけだから。でもこの数カ月間はアフリカの人と一緒。場所は正確に言うとわたしのいる列車のコンパートメント。彼はここにいて欲しいと思う人だけれど、まだ幻のように溶けて消えてしまいそう。わたしたちを結ぶ糸は、子供の髪の毛のように細い。

父さんがわたしの仕事のことをどう思っているのかは、わからない。何も言ってこないから。民族学のときも何も言わなかった。歴史学者になる夢をずっともち続けている歴史学専攻の父さんとしては、似たようなものを学ぶ娘がいることは、嬉しかったんじゃないかしら。しかもマルタ姉さんみたいに教職じゃないし、知的だし、博士号への可能性だってあったから。でもそれがヨハネスじゃなくて残念だと思っているのでしょうね。大学教育を受けた息子、それも博士号をもつ息子がいれば一番ってこと。ヴァルター兄さんには無理だった。従順に熱心に勉強したけれど、ギムナジウムの六年までがやっとだったわ。それだけに弟のヨハネスは父さんの大きな期待の星だった。才能のある若いほうの息子。そしてその後の大きな期待外れ。

あーあ、女友達が今ここにいないのが残念。語学学校のほとんどの人がふたり連れなんだもの。メナがいたらたくさん笑って楽しかったでしょうね。ただ自由時間にお互いドイツ語ばかり話すのが難点ね。現に今もドイツ語で考えているもの。頭のなかが騒々しい。たくさんのことが煮えたぎって、解明を求めて叫んでいる。

ときどき、たとえば今日みたいな晩はひとりで外に出る。ファッチョ（ちょっと） ウン ジレット（一周してくる）。それからバーに入る。観光客がたくさんいるところなら女ひとりでも入れる。

ここに引っ越してこようかしら。イタリアが民族学の対象になるなら、また鞍替えしたい。そのときは地域の大漁節を研究したい。昨日、年配の男女のグループが来て、ここで歌っていたの。痩せこけた男がギターを弾いて、太ったアコーディオン弾きが伴奏して、泣きたくなるほどきれいだった。みなが立ち止まって、お年寄りたちも家から出てきたわ。歩けないお年寄りまで外に出てきて、目をた。

明らかにここの出身に見える厚化粧の女がわたしに説明してくれて、興奮しながら一緒に歌ってい

「方言で歌われる、伝統的な歌だよ」

輝かせて聴き入っていた。

あら、もう少しで語学学校のクラスの待ち合わせを忘れるところだった。今日はクラスで映画館に行くことになっていた。先生のジュゼッピーナも一緒。クラスメートはみんな礼儀正しくて、気さくでいい人たちだ。

この間のノイブルクの市民大学講座には、ものすごく神経質な女がいた。ああいう人が休暇で同じ場所にいる、そう考えるだけで身の毛がよだつ。あのバカは最初の一時間目の授業の後で、クラスの人を非難した。

「自分を仲間外れにしてる。しゃべらせてくれない。自分の発音をバカにしている」そう言ってそこら辺の女優が尊敬してくれるんじゃないかってくらい、見事に泣きじゃくった。わたしたちのクラスは、男性ひとりとその連れだけがもともと知り合いで、あとは全員初対面。しかもその男性以外は全員女性だった。わたしたち、変に気まずくなって何も言えなかった。先生が介入するまで待っていたら、ちゃんとそうしてくれた。「今日の授業が終わったら、自分のところへ来るように」と女に言ったの。それからの数週間は見ものだったわ。授業中は彼女ばかりが当たっていたし、彼女のほうもそれはもう一心に先生とだけ会話していた。わたしたちは空気も同然よ。そんな人がここの語学学校の

クラスにいたら、今回の休暇は地獄になっていたでしょうね。彼女だったらひとりでここまで来られたとしても、あとはわたしにくっついてまわったに違いないから。

ちょうど今のわたしみたいに誰も連れがいない人にとって、語学学校のクラスはありがたい。ここにいるための正当な理由になるし、ひとりでいないための背景にもなる。支えにもなってくれるわ。そういうことがここ南欧では特に重要なのよ。夏は何もかも屋外でするし、太陽は独り身を容赦なく照らし出す。悪意に満ちていると言ってもいいほど。ほかの人たちの視線はイラクサみたいにチクチク肌を刺してくる。ふたり連れとか団体で外出している人たちは、ひとりでいる女を孤立させる。ナイフみたいに鋭い目で存在の輪郭をなぞり、とり残されたんだって気もちにさせるのよ。驚きから軽蔑までのニュアンスで、口角に皺を寄せてじっと見てくる。もしかしたら同情しているのかもしれないけれど、それって余計にみじめだわ。

文字にはされていないけれど、全世界共通の法律があるのかもしれない。女たちにひとりで休暇をとるのを禁じる法律よ。ただし自分を市場に出す場合は許される。どこかの誰かと付き合ったり、たとえ将来性がゼロで屈辱的な関係でも同意する覚悟があるのなら、旅行を許されるのよ。

孤独はものすごく臭くもなる。もちろんそれは男の人も同じよ。そういう臭いの人をわたしは避けるようにしている。もしかしたらそれもあって、クララ叔母さんのところが居心地悪くなったのかもしれないわね。叔母さんからは面倒見るようにわたしを義務づける臭いがして、わたしを縛りつける。叔母さんの孤独もその臭いも、まるでわたしの責任みたいに臭ってくる。わたしは世代が違うから、この点では叔母さんに何もしてあげられない。それに本当言うと不安なの。もしかしたらわたしも同じ臭いがするのかもしれないから。

このバーのテーブルでは、手帳をもって、することがあるふりをしている。ウェイターが来たらミネラルウォーターかジンジェリーノ（アルコールフリーの飲料。赤みがかった色で、ソーダが効いたさわやかな味）を交互に注文する。時おり人が来て、空いている椅子を使ってもいいかと聞いてくる。それからたまに、こう聞かれるの。

「どこから来たんですか？　ここは気に入りましたか？」

「ええ、語学学校に通ってるんです。いえ、ひとりじゃなくって……クラスで……そういう意味では観光客ではないんです……」

　そう言うと褒めてくれた。

「信じられない。彼女、イタリア語が上手だ」

　わたしは最後に赤ワインをグラスに一杯注文する。それからモーレ川の横を通って海岸へ出て、海沿いを散歩する……。

　ひとりで。

4

ブラインドの隙間から、最初の光がほのかに伸びてくる。気もちよさそうだ。朝のとても早い時間、ヒーローは目を覚ました。体の調子も断然よい。まだ眠っている妻のアグネスを起こさないようにそっと起きた。洋服をもって浴室へ行き、着替えて外に出た。周りを歩いてみたかったし、できれば海まで下りていきたい。

ホテルの前で深呼吸すると、松の香りがした。ベランダにはまだ誰もおらず、空気はきれいな水色だ。彼は嬉しくなった。

数日前、このホテルが少し町はずれの丘の上にあると耳にした。道中一緒だったやかましい観光客のグループは、空港を後にすると全く別の方向へ行った。花嫁クレオの父親はヒーロー一族を全員バスに乗せると、多少静かな区域にあるここへ連れてきた。

変わった家族だ。母親はどうやらいないらしい。アメリカ人の父親は、この小さなペンションを所有してるのか、それとも経営を任されているだけなのか。クレオの話からはわからなかったが、クレオはそれが理由でマヨルカ島で結婚したいと言ったのだろう。

ヒーローはあたりを見回すと、まっすぐ駐車場を通り過ぎた。それからアスファルトではない、石ころだらけの細道に向かった。トキワガシとカサマツの間の乾いた砂の道だ。みなも昨日この道を歩いたに違いない。木々の下のほうに、青い海がきらきら輝くのが見えた。心の深くに若さと力がみなぎって、冒険でもしたい気分だった。

ローマ人はここまで来たに違いない。そしてオリーブを植えたのだ。

ヒーローはずっと下のほうの林の連なりを見た。

家族で南欧へ旅行した思い出が浮かんできた。いつだって朝早く出発した。日中の渋滞や強い日差しを避けるため、日が昇るだいぶ前に家を出た。それでも車の移動は果てしなく長く、たいてい何日もかかった。子供たちがだだをこねる声が、突然彼の耳によみがえる。出発して数分しかたっていないのに「いつ着くのぉ？　いったいいいつぅ？」が始まる。

たいがい彼はすっかり腹を立てて、こう怒鳴った。

「まるまる一週間かかる！　いいか、もう何も言うな！　何か言ったらその子は次の森で降ろす！」

ヒーローは妻のアグネスの怒った顔を思い出して微笑んだ。アグネスはそれでも決して口を挟まなかった。なんだかんだ言って運転しているのは彼で、物事を決めるのも彼だった。

ヒーローが休憩を決めた。食事の休憩、トイレ休憩。場所も彼が選んだ。

例外は次女のネレだけ。ネレはしばしば急停止を余儀なくさせた。急ブレーキのことさえあった。ネレは何の前触れもなく吐き始めた。小さな汗の玉が上唇にたまるくらいで、それだって運転しているヒーローにはもちろん見えない。見えたとしてもそのときには手遅れだ。座薬や酔い止めを飲ませたというのに、しかもほとんど何も食べていないのに、ネレはかなりの量を車のなかに吐きちらした。あの小さな体から、酸っぱい臭いのする液体が大量に出た。何度も響きわたった、あの興奮した叫び声。

「パパ、止まって！　ネレが吐きそう！」

すぐにそうしなければならなかった。ワイシャツの襟に魚雷攻撃されたことさえあったのだから。

ヒーローは首筋に手をやった。硬い地面の上の小さな石を蹴りながら、体を震わせた。道の上を走る木の根は投石機（カタパルト）のように小石を撃ちあげて、小石は大きな弓を描いて飛んだ。

ああ、そしてアグネスときたら。蛇行する道路のカーブのたびにヒューと口笛を吹いた。そうやって谷底でひそかに夫と子どもたちを狙っている死を知らせた。ドライブはおかげでスリルに満ちたものになった。友人や近所の人たちに旅行の話をするときにも、アグネスは唯一、助手席から前輪の右側が宙に浮いているのが見えたと誓った。

「その下は奈落（ならく）だったのよ」

それにしても旅行のたびに、ずいぶん喧嘩したものだ。

きっかけはたいがい些細なことだ。ヒーローは気候の変化のせいにし、アグネスは疲れと粗末な部屋のせいにした。それなのに夏は思い出のなかで輝いている。子供たちの不機嫌のせいで鼠色（ねずみいろ）に曇ることもない。素晴らしい海辺の夏。

ヒーローは立ち止まり、腕を宙に挙げ、深く息を吸い、頭の後ろで手を組んだ。肩を後ろに下げ、胸郭を広げた。――俺は元気だ。腕をぶらぶら振りながら先へと進んだ。のんびりした初老の男だが、ヒーローは遠くから見るとまだ若く見える。

その後、子供たちが休暇をめいめい過ごすようになると、アグネスがストライキした。涼しい山のほうがいいからと森へ行きたがった。

「もっと快適なところ、ホテルがいいわ。三食付きなら一番だわ」

そんな旅はヒーローには悪夢だ。しかし一度だけ、アグネスの母親が亡くなったときは妥協した。温泉保養地の黒い森（シュヴァルツヴァルト）にあるクアホテルへ行ったのだが、あのときは自分を年寄りに感じた。自分の怒りを即座にぶちまけないよう努めた。気乗りがしないことにも、自分はとても健康なのにという信念にも逆らって、どんな小さな批判もしないようこらえた。義母への敬いもあったし、二年もの間ほとんどひとりで看病し、疲れ果てていた妻への配慮もあった。

そのときのことがあるから、ここ数年アグネスが数えきれないほどの小さな仕事や役職で、夏休みは体が空かないようにしていることを残念には思わなかった。

だから海にはじつに長い間来ていなかった。この結婚式は贈り物かもしれないと、今なら思える。ヒーローはまた立ち止まった。

目の前で道が分かれている。カーブして少し上る道から、細い小道が出ている。まだ人のいない湾へと折れ曲がって下りていく、蛇紋石（じゃもんせき）の細い歩道。ヒーローは上へ行く道を目で追いながらも、小道へ足を踏み出した。下のほうは茂みが生い茂り、道を覆っていた。ところどころ岩が突き出ている。視線がさらに下へいく。そして景色に圧倒された。海がそのまま空へ溶けていく。その大きさ。その広がり。祈りたくなった。大きさと広がりの前に立つ、病んだ自分。

ああ、また病か。俺はなんてちっぽけなんだ。

ヒーローはゆっくりと降りていく。まだ時間がかかるだろう。それもとても長く。そのときを海で待つ。それも一つの選択肢だろうか。格別な質の人生のかけらになるだろう。だがひょっとすると、とんでもなく長生きするかもな。

人に答えは与えられないのか。ヒーローはときどき疑念を抱いた。長く生きれば生きるほど、俺は人生に執着するかもしれない。アグネスは子供たちと孫のために死にたくないと言っていた。それにひとり残されたら俺が困るだろうから、と。しかし俺より先に死ぬことはないのだからな。

妻は神を信じており、それが助けになっている。ヒーローも神を信じている。しかしそれゆえに苦しんでいる。信じるようになったのが遅すぎたせいかもしれなかった。以前は教会がバリケードのように邪魔をしていた。教会はヒーローと神の間の乗り越えられない障壁となって、彼は実に長いあいだ神にたどり着けなかった。今、その報いを恐れていた。

彼は十分に年を取っていたし、教養もある。だからいつの時代にも神をなだめる方法があることも知っていた。動物の生贄。人間の生贄。贖宥。献金。そして懺悔。

「神さま、わたしはあなたに懺悔します。この腐敗した小部屋であなたの代理人に、わたしが豚野郎であることを認めます。そうすればあなたは、またわたしによくしてくださる」

そんな懺悔など、信じられるものか。しかし彼には背負っているものがあり、救済を求めていた。


ヒーローは石だか根だか、何だかわからないものにつまずいた。体勢を立て直せたので転ばないですんだが、少し休憩することにした。海まであと数メートルのところに、ちょうど茂みから突き出た大きな岩がある。一番上は座れるように手のひらの幅くらい、平らになっていた。

ヒーローは企業家であり商売人で、おまけに裕福だった。

「金もちが神の国に入るよりも、ラクダが針の穴を通るほうがまだ易しい」（マタイ伝一九章一六〜二六）

子供のころから知っている。確かにそのとおりで、聖人は商売などできないだろう。利益は与えられるものではなく、自分で獲得していくものだ。とはいえ、巨大コンツェルンやグローバルビジネスの時代において、自分の小さな会社など社会福祉のようなものだ。公益と見なしてかまわないだろう。会社で働いているクラウス夫人やリンダー氏やその他の総勢二八名の人たちに、何年も定職を提供し続けてきたのだから。それに息子のヴァルターにもよい状態のファミリー企業を与えている。彼が継ぐことになるだろう。ひょっとしたらそれほど先のことではないかもしれない。

しかしまだある。

ヒーローは座り直したが、座り心地は悪かった。座っている面がすこし傾いている。体を支えるため、足で岩にでっぱりを探したがなかった。

俺は叔母のジョゼファの信頼を裏切ってしまった。彼女がコツコツためてきた財産を投機で失った。ジョゼファは事業に成功し、いい時期にそれを売却した。おかげで自分や娘のクララ、真面目に働いてきてくれた従業員たちにちゃんとした老後を準備できた。そこへ俺が投機をもちかけた。神は悪く思われるだろうか？ 俺の子供たちのものになるはずだった金もだ。会社は分けることができないから、ほかの子供たちにも財産を残してやりたかった。実に運が悪かった。根本的な間違いを犯した。代理人の言いなりだった。リンダー氏の「絶対儲かります」という秘密の情報とやらに従ってしまった。ああ、俺はバカだ。

あの世では経営者としての才覚で評価されることはないだろう。しかし気骨があるかどうかは問われる。ヒーローはジョゼファの信頼を裏切った。彼女に何も伝えなかった。嘘はつかなかったが、隠しとおした。ジョゼファは亡くなる前から、もう長いこと、この世界にいなかったから簡単なことだった。彼女の中身は、誰もついていけない世界へとうに移動してしまっていた。今はいとこのクララがいる。悪意がなく温厚で几帳面なクララ。思い浮かべるとよけいに辛くなる。彼女には話さなければなるまい。債務者として開示宣誓をしなければならない。

ヒーローは岩から滑りおりた。ズボンをはらい、細い道を下へと降りていった。静かだ。昆虫たちがもう飛び始めている。でも音のしない種類ばかりだ。リンリン鳴いたり、ギーコギーコいったりブンブン唸ったりしていた昨日の虫とは違う。

ヒーローは自分しかいないのを嬉しく思った。低木がからみあった茂みからは、香辛料のような強い香りがしはじめた。家族で何回か行ったサルディーニャ島の密林を思い出した。同じ種類なのかもしれない。しかしここはローズマリーや麝香草（じゃこうそう）も混ざっていた。

ローズマリー。それは父親の香りだった。今ここに、あの年取った親父がいたらいいんだがな。今なら時間もある。親父なら年取るってことも知ってるし、俺のことだってわかってくれる。いざそのときが来たらどうなるのか、親父なら落ち着いて教えてくれるはずだ。

ヒーローの父親はもう何年も前に亡くなっていた。不安や恐怖に取り残されているのはしかし今、なのだ。ここにいる若い連中は子供のころのヒーロー、ティーンエージャーのころや青年のころのヒーローなど想像できないだろう。おそらくそんなことを思い浮かべることもないにちがいない。これまでずっと年寄りで俗物で、独裁的で近寄りがたかったのだと思っているはずだ。しかしそんなこと、あるわけがない。

彼自身、父親について同じように思っていた。最後の何週間か、父親は半身不随で病院にいた。そうなってようやくヒーローは時間をとった。ローズマリーの軟膏を足に塗ってやるために、何よりも話をするために、頻繁にお見舞いに行った。しかしそのときにはもう、父親は話をするのが困難だった。多くのことがすでに遅すぎた。父親には身の周りのことが重要になっていた。部屋のなかの適温。光。視線の方向。

そこから出ていくか、あたかも飛んで行きたいかのように、視線は窓へ、それから憧れに満ちて扉へ向かった。痛み止めをもった看護師がその目に見えているかのようだった。長い間見てさえすれば、看護師を呼び入れられるかのように、親父の視線はじっと扉に向けられていた。

それに天井を見つめるときの、あきらめに満ちたあの視線。最後の最後に、一度だけ俺の顔に、俺の目にまっすぐに向けられた、あの永遠の視線。


ヒーローは病室にひとりだった。そして泣いた。


母親はだいぶ前に亡くなっていた。

親父に聞いてみたかった。なぜよりによってあんなに自分に冷たかった人が母になったのか。なぜ母の死後になってから何度も来た「若いころの恋人」ロザリーが、母親でなかったのか。

しかし息子が父親に訊くことではなかった。死にゆく父親にはなおさらだ。

母親が亡くなったとき、ヒーローは何も訊かなかった。

そのころちょうど妻のアグネスが長女のマルタを産んだ。ヒーローは不死身で、人生は素敵だった。それに母親がヒーローに近しかったことは一度もなかったのだから。厳しくて、よそよそしい存在だった。

母親が凍死したのも偶然ではないのかもしれない。マイナス二〇度と並はずれて寒い日に、女友だちと森の湖にスケートに行き、そこで転び、頭に傷を負った。女友だちにはひとりで氷の上から運ぶ力もなく、すぐに助けを呼びに行った。しかし戻ってきたときには寒さが氷の被膜になって、倒れたままの母親を覆いつくし、その凍る指で心臓を握りしめていた。

何十年もたったというのに、おまけにここ、マヨルカ島の六月の朝の太陽は昼の暑さを思わせるほどだというのに、ヒーローは寒気がした。引き返そうかと考えた。しかしもう一度南国の、それでいてどこか殺風景な景色に目をやった。

すると遠くから声がした。振り向いて探すと、上のほうで手を振る黒い人影が、逆光のなかにいくつか見えた。ちょうど小道に分かれるあたりだ。騒音のもとは彼らだ。インディアン映画でアパッチ族が登場するときのようで、ヒーローは不機嫌になった。朝の静けさがこれで台無しだ。

人影たちはヒーローにむかって何か言っているらしい。どうやらそのようだ。腕を動かして呼びかけている。ヒーローは自分の名前を聞いた。彼らは興奮したヤギの群れさながらに曲がり角を突っ切り、石を蹴散らしながら近づいてくる。なんてこった！　とヒーローは思い、唖然（あぜん）とした。俺の家族だ。犬はしゃぎじゃないか。みんなの先頭に長女のマルタ、その夫のアンドレアス、末っ子のティナ。ぴったり後ろにいるのは長男のヴァルター。妻のテレーザと息子のロビンとシュテファンが続く。アグネスは次男のヨハネスに支えてもらいながら、最後尾にいた。ぎらぎらした明るい背景を背に、上の道から手を振る松葉杖（まつばづえ）の影、あれはティナの夫のイェンスに違いない。黒いシルエット。

息を切らせながら、マルタが言った。

「お父さんたらここにいたのね！　わたしたち、ぎょっとしたのよ！」

アグネスはヒーローのベッドが空なのを見るなり、みんなを起こした。洗面所にもいないし、朝食にも来ないのよ。前の日、ずいぶん弱っていたみたいなの、と。

ヒーローは驚いた。無精髭をなでながら、ひとりひとりを見た。髭ぐらい、剃ればよかった。きっとひどい顔だ。

ヨハネスの声が聞こえてきた。

「言っただろう。親父はひとりきりで、センチメンタルなお散歩中だって」

にやにやしながらヨハネスが、アグネスを支えながらゆったり下まで降りてくる。ヒーローは微動だにせず、待っていた。

「大丈夫みたいだな。じゃあ戻ろう。クレオのお父さんが待ってる」

これは現実的に考えるヴァルター。肩をすくめると自分の妻の腕を取り、斜面を上っていった。一言もしゃべらず、ほかの者もひとりずつ続いた。ヒーローはアグネスの手に自分の手を滑り込ませた。

「俺はただ、朝早かったから……」

「もういいわ」そう言ってアグネスは先に立って上りだした。

上に着くと、イェンスから遠くないところにホテルのバスが日の光にきらりと光っている。運転席にはクレオの父親がいた。

「セニョール、だから言ったでしょう。心配しないで、見つかりますよって。マヨルカ島で行方不明になる人はいません。それにしても……やさしいご家族だ。あの心配のしようったら」

「まったく、そのとおりでして」

ヒーローはもごもごと答え、バスに乗り込んだ。

アグネスはとりあえず微笑みながら、後ろから続いた。それからすぐに肩をすくめて口を結んだ。「夫はこういう人なんですのよ。あまりまともに受け取らないでくださいね」と言わんばかりに。そして夫に続いて一番後ろの列に並んで座った。ほかの者は運転手のそばにかたまって、立ったままだ。

バスがホテルに着くころになって、ようやくアグネスが口をきいた。

「そんなに早起きなさりたいなら、どうかしら。明日はみんなで一緒にフィンカ・リール（マヨルカ島の北東にある遺跡）に行きましょうよ。先史時代の墓地は地中海全域でそこだけだそうよ。ネクロポリ墓地をみんなで観光しましょう……」

ヒーローは相手をしないで黙っていた。朝早いことではなく、ひとりでという点が重要だったのだが、どう説明すればいいのかわからなかった。アグネスを傷つけたくなかった。

そのとおりだ。大家族を望んだのは自分だ。ひとりっ子だったのが嫌だった。アグネスの兄弟姉妹のつながりがずっとうらやましかった。しかし今、恐れていた。落ち着くことなど、このままずっとできないのかもしれない。このいい加減な子らにふりまわされ、この子らの起こすトラブルの面倒を永久に見なければいけないのか。確かに俺は家族に責任がある。しかしもう我慢できない。ここへ出発する前からうんざりしていたんだ。

最初は末っ子のティナの夫、イェンスのオートバイ事故。彼が起こした事故ではないが、それがなんだ。脚が打ち砕かれてしまったのだから、一生の問題だろう。末っ子のティナが頼んできた。救急病院の医長をしている友人のローラントに介入してもらってくれ、と。輸血で肝炎かエイズになるかもしれないと激しい不安に襲われて、一時間おきに会社に電話してきた。イェンスがある程度回復した今、話すことと言えば新しいオートバイとそれに合うライダースーツの色のことばかりだ。それ以外に重要なことなどないらしい。

次は長女のマルタとその夫のアンドレアスだった。もうふたりでは折り合えないからと、とうてい無理なことを頼んできた。

そして最後がこれ。マヨルカでの結婚式。

妻のアグネスと花嫁のクレオの間に繰り広げられる、果てしないやりとり。花嫁の父親が支払いを受けもつが、全部というわけではない。それなのにクレオにはまだまだ望みがたくさんある。そのどれもがくだらなくて、どうでもいいことだった。教会までの道には白いキャデラック。花嫁の介添えを務める少女たちには絹のドレス。招待状には最高の手すき紙。ヨハネスはヒーローと言い合いになるのを避け、仕事があるからとずっとごまかして逃げてきた。そういうすべての騒動やあれこれにうんざりしていた。しかしクレオは人の心を和らげる。あの子はいつもあの特別な空気をまとってハグしてくる。えくぼを浮かべ笑い声をあげながら、桃色のビロードのように柔らかな頬でヒーローの頬をこする。まだ髭を剃っていなくて、ざらざらするに違いないときでさえ、そうした。そんな彼女の望みはそう簡単に断れない。おまけに臨月だ。

しかし、だ。ここのすべてを済ませたら誓って言うが、身を引いて平穏を守りきる。それにしてもアグネスはなんだ。今の俺によりによって墓地の見学を勧めるなんて、実に悪趣味だ。たとえ先史時代の墓地であってもだ。そんな意味で言ったつもりはないにしたって、ひどいじゃないか。

ホテルのテラスでは花嫁のクレオと長女マルタの娘のアナベルが、子供たちと待っていた。バスが砂埃（すなぼこり）をあげて現れると、子供たちが喜びの雄たけびをあげてヒーローに向かって走ってきた。花嫁のクレオ側の親戚や友人たちは朝食の最中で、テーブルに座ったまま、ヒーローの到着を興味深げに観察していた。

末っ子のティナが最初にバスを降りた。脚に包帯を巻いた夫のイェンスが降りるのを手伝うために、手を後ろに伸ばしながら、こう言ったのだ。

「問題解決よ！　患者は見つかったわ。わたしたちの今日は救われたってことよ！」

ヒーローはティナに腹が立った。

「俺は何を教育してきたんだ？」

もう何回目になるだろうか、ヒーローはそう自問した。

いったいいなんて家族に紛れ込んでしまったんだ。俺はいつだって自由だったはずなのに。

5

みなに共通で、理解できる神学。それが欠けているのよ。例えば「神とは海のようなものである」とか「神は海だ」とか。神は無限で、人間はそのなかの一点に過ぎない。包まれていると同時に、見捨てられている。

外海に目をやると、見わたす限り、さえぎるもののない海。ただただ青い広がりがある。果てしなさや、無限。神はそういうもの。人間の理性ではとらえきれないほど、大きくて深い。ローマ法王もイスラム教のイマームもラビも、誰もわからないし、誰も知ることができない。でも誰にでも、信じることならできる。

ローマ法王は全世界に対して、判断と指図ができると思っているんでしょうね。結果として天国に対しても、指図していることになっている。天国に誰が聖人として行けるのか、誰を追放するのか、法王が決めているわけだから。ここイタリアでなら彼も安全だけれど、ドイツだったらいろんな言葉を浴びせかけられるでしょうね。演説の引用とか会話の断片とか。少なくともそう望みたい。中近東でも同じ目にあうことを望むわ。イスラム教徒もユダヤ教徒も、とにかくローマ法王から身を守るべきよ。

ローマ法王たちは世界に進出する前に、まずは民族学を学んだらいいのかもしれない。理性的なコミュニケーション。あの人たちは異なる考えや信仰の人に対して、あまりにもリスペクトがない。イスラム教徒とユダヤ教の一番上の人たち、それに自分は何でも知っていると思っている学者たちも、全員一緒に料理教室に行くべきよ。そこで一年間一緒に、ほかの人たちのためにいろんな国に行って料理をする。全員が美味しいって思うようになったら、ようやく世界に出るのを許されるってわけ。

ケンのことをまだ苗字のオナゴルワさんと呼んでいたころ、自分の考えを話してくれた。「わたしはキリスト教徒として」ケンは皮肉な笑みを浮かべた。

「当然です。キリスト教徒じゃないアフリカ人をご存じですか？　わたしはキリスト教徒として、それほど狭い見方はしないのです。いろいろな宗教のもつさまざまな面を、互いに結びつけられるはずです。ナイジェリアでは珍しいことではありません。少なくとも複数のグループが互いに争わないところではそうです」

「ナイジェリアの詩人、ウォーレ・ショインカを読んでみてください」

あのころはわたしに敬語だった。まるでわたしがショインカ（ナイジェリアの詩人、作家）を知らないみたいだった。

でもどちらかというとヴォルフの領域だったし、覚えているのは神さまがたくさんいて複雑だったことくらいだから、もう一度ちゃんと読んだらいいかもしれない。わたしが探しているのはシンプルな神さまだ。エレメントとしての、つまり水としての神。そのなかにざぶんと自分を沈ませられるから、土とか火とか空気よりいい。打ち寄せられたり、打ち寄せたり。水のなかは冷たくないし、仰向けになって腕を広げて、何が起こるかを待つ。自分をゆだねて何もしない。死んだ男の真似ができる。ちがう、死んだ女だったわ。

寝てるときって、落下しているのかしら?


デッド・マン。

父さんにどうかしら。ジョニー・デップ主演の映画(ジム・ジャームッシュ脚本・監督)みたいにカヌーに乗って、広い海に運ばれていって、永遠のなかへ消えていく。父さんは海が好きだし、神さまを信じているから、いいんじゃないかしら。そうすれば、病室や機器、興味津々の訪問客とか、いろいろ省けるわ。でもそういうことはしないものだと父さんは考えるでしょうね。家族がある人間は、最後まで頑張りぬくものだって。


空が曇っていて、灰色でほとんど海にまで垂れ込めているとしても、泳ぐってすごくいい。歌と一緒。潜る、息を吐く。それでまた水の上に出て息を吸う。肺をいっぱいにする。息をたくさん吐きながら、歓声を上げて水のなかを飛び回る。呼吸が苦しくなって、息を一度吸ったぐらいじゃもうだめだってなるまで何度もそうするの。そうしたら仰向けになって休んで、天を見る。空が青いときにはそのなかに吸い込まれる。今日はダメ。雲がわたしを押し返してくる。天に入り口がない。

両親も天国を探している。だから日曜にはいまだに教会に通っている。父さんは教会への対抗心で通っているし、母さんは教会が好きで通っている。役職もあるし、受け入れてくれる神父さんもいるし、それに聖歌隊で歌っているから。音楽は教会ではいいことになっている。家ではずっと音楽は禁止だったし、今もそう。音楽は耐えられないから、と父さんが禁じた。母さんはそれを守ってきたし、わたしたち子供も音楽から遠ざけられてきた。父さんが病気になるから、音楽はするのも聞くのもダメだった。午後は父さんがいないのに、それでもダメだった。夜になったら壁が父さんにばらすとでもいうのかしら。母さんは厳しくてしつこくて、繊細な父さんを守りきった。

日曜になるとわたしたち一家は、教会の長いベンチを丸々一つうめた。幸せな大家族。神父さんご自慢の一家。違うわ、ご自慢は母さんだけ。神父さんの教区参事会の会長で、みんなを率先するよき例。

それからよね、理想が崩れ始めたのは。最年長のヴァルターとマルタが家を出た。結婚したし、日曜には家にいなかった。ほかの子も思春期になった。いつも疲れていて、なんと脅されようとベッドから出なかった。わたしたち年下の三名はほかのことでは簡単には意見が合わなかったけれど、これだけは一緒に貫いた。

両親が初めてふたりきりで教会へ行くことになった日曜日、わたしたちと大ゲンカになった。ふたりともマッチの棒みたいに硬直して、家を出た。母さんはいっしょに食事するのは嫌だと言って、父さんとふたりでキッチンのテーブルで食事した。わたしたちには何もつくってくれなかった。その日だけじゃなく、それが何日も続いた。それに両親は、わたしたちとまるまる一週間、口をきかなかった。一言もよ。一番厳しい罰だと思っていたらしいけれど。父さんは完全に母さんの味方だった。父親じゃなくて、母さんの夫、母さんの弁護人。侮辱されたものだからふたりは沈黙のなかで身を守り、わたしたちが折れるのを待っていたんでしょうね。わたしたちはといえば、どうなるのかを冷静に観察していたし、どこかおもしろがっていた。両親は建前ばかりで、偽善的に見えた。ぴったり一週間たったら、すべてが終わっていた。一言のお説教も教訓もなく、何もかもが元どおりだった。そのあともわたしたちの反抗について、両親が何か言ったことはない。

今はもう、ティナやヨハネスやほかの兄弟が、教会や神について、何を考えているのか、何を信じているのか知らない。そういうことについて家族では話さないから。

そういう話は、どちらかというと、ここでジュゼッピーナと話している。わたしたちのイタリア語の先生は、昨日そのテーマを提案した。ディスカッションのための本のタイトルは『神さまが教会を脱退なさったとき』だった。

本はわたしたちのレベルでは難しすぎるし、読むより話す練習をするべきだから、とジュゼッピーナは言った。午後に準備して、明日になったら締めくくりの話し合いをすることになっている。

希望者は修了試験も受けられるけれど、わたしは受けたくない。試験は嫌いよ。それにイタリア語はわたしにとってはぜいたくみたいなもの。ほかの人にとってのゴルフやダンスと一緒で、大切なのはイタリア語が好きということ。純粋な楽しみなの。

イタリア語は最初の彼、ガブリエーレから教わった。わたしは男性を次から次へ遍歴するタイプじゃないけれど、それでも何人かとは付き合ってきて、みんな何かを残していってくれた。あるいはわたしがひとりひとりから何かしら得てきた。

わたしの天使ガブリエーレ（ガブリエーレの名前は大天使ガブリエルに由来する）からはイタリア語を。青少年キャンプでイタリアのボルツァーノの近くに行ったときのことだった。彼はパートナーグループのイタリアの代表で、わたしは彼の名前のことをからかった。

「ドイツではその名前だと、あなたは女の子よ（ドイツ語ではこの名前の男の子はガブリエルとなる）」

ガブリエーレはミュージシャンのアンジェロ・ブランドワルディに似ていた。ブランドワルディはまた別の天使だけれど（アンジェロはイタリア語で天使の意）、ガブリエーレはもじゃもじゃの髪の毛で、おまけにギターも弾けた。でも彼はまだ二〇歳で、わたしもまだ高校生だった。彼の大学はイタリアのボローニャにあって休暇が終わると、わたしの住んでいるドイツのノイブルクからはあまりにも遠かった。父さんが「よりによってイタ公なんて！」って激怒するだろうから、内緒で文通していた。彼が新しい女の子（ラガッツァ）を見つけるまでの間。なんと、手紙は写真入りだった。

　ぜったいにミスしたくないと思っていたから、イタリア語で書くのはどっちみち地獄だった。個性的な表現はしたい。それも完璧なイタリア語にしたいものだから、何時間もイタリア語の辞書と首っ引きだった。ずいぶん変な手紙になっちゃったんでしょうね。

　どんなタイプの男性にもひけをとりたくない。

　これって女の特徴なのかしら。たとえどんな関係であっても、何かしら学びたい。関係が短かろうが浅かろうが、はたまたどんなに大変な関係であろうとも。征服者が街に跡を残すのと同じよね。女はいつも、少なくとも相手と肩を並べられるレベルになりたいのよ。相手の男性はたいがい年上だし、年上のほうがより多くを与えてくれる。女友だちとはちょっと違う。野心はない。コニーやメナができることをわたしもできるようになりたいとは思わない。もちろんふたりとも才能はあるけれど、すごいと思うだけ。

ガブリエーレからはイタリア語への熱中を、それからほかの男性たちからもジャズ、映画、合気道、あとはコンピューターゲーム、まあこれはすぐに別れる原因になったんだけれど、そういうものを得てきた。どれもおもしろい分野。

ヴォルフからは体調を整えることと自分の限界を受け入れることを学んだ。このふたつはスポーツの基本装備だと思う。忍耐も学んだわ。だって彼らが走っている最中とかハイキングや山登りの最中に、どこかに座って本を読んだりしながら、ときには何時間も疲れ知らずな人たちを待つには必要だもの、忍耐が。

あの人たちはもう一周しなければ気がすまなかった。裸岩しかない山頂より山の中腹のほうがはるかにきれいなのに、どうしても頂上に行かなければ気がすまない。

最初はけっこう大変だった。「つき合いが悪い」って揶揄されるんだもの。だんだんこっちもしっかりしてきて、ルール自体がおかしいんじゃないかと思うようになった。

要するにわたしは大切なことを両親や学校からではなくて、全部、彼氏たちから学んだのよね。

ケンはまだ違うけれど、そうなったらいい。彼がわたしに何を残すのか、まだわからない。まだ何も始まっていないから。いずれにせよアフリカ、ナイジェリアへの興味は絶対に残るんでしょうね、それも民族学者としての興味ではなくて。

ケンはわたしに気がある。それはたしかだ。でなければ列車でわたしに声をかけなかったはずよね。質問したり、話をするようになったのも彼のほうからだった。でも自分のことを話すよりも、多く聞いてくる。だからわたし、最初に会ったとき、ついたくさん話し過ぎてしまって、すごく恥ずかしくなった。ジョゼファ大叔母（おおおば）さんの亡くなったあとで、クララ叔母さんのことをたくさん話した。「ひとりになって誰もいないから、これからはわたしが面倒見なくちゃならない」とか、「もともと相性がよかった」とか。「どうして叔母さんのところに引っ越さないの」とケンが聞いたから「そんなことはわたしにはできないし、したくないの」と答えた。ひとりで暮らすのがとても好きなことやその理由にいたるまで、くどくど説明してしまった。

すごく自分勝手な人間に聞こえた。次は「自分のところに引っ越してこないか」と聞いてくるんじゃないかと思うほど、彼はじっとわたしを見つめていた。もちろん聞かなかったけれど、わたしは自分の言ったことをなんとか伝え直せないかと焦って、どっと汗が出た。あのとき初めて気づいたの。彼はわたしのなかまで見通せる。わたしは何も隠せない。

わたしも彼を観察した。わたしには外側しか見えないけれど、わたしは見えるものは全部見る。彼の手のひらは、アプリコット色に少し西洋夾竹桃の混ざった色をしている。笑うとあごにかけて色が少し明るくなっていく。目も大きくなる。彼はよく笑うし、大きな声で笑う。

わたしは家族の話をした。

「わたしはサンドイッチ子なのよ、間に挟まれてるから」

そう言った。

「でも五人兄弟だから、やっぱりダブルワッパーバーガーを想像して。わたしは三番目だから、真んなかのレタスなのよ」

そう言ったら、笑っていた。

「レタスは真んなかじゃなくて上だよ。ケチャップと玉ねぎの上」

よく知ってるの。

きっと女のこともよく知っているんだわ。見ればわかる。

彼も海が好きだといいな。わたし、彼のこと、何も知らないのね。

もしかしたら、泳げないとか？　だとしたら残念。でもそうなら、教えてあげる。彼も一緒に水のなかにいるなんて、考えるだけで素敵。抱きしめたい。そしてふたりで一緒に笑いながら下へ潜る。

そうすれば誰にもふたりのことを知られない。

明日はイタリア最後の日。

明後日にはドイツへ戻る。

海もない、見晴らしもない内陸の土地へ。父さんのところへ。ほかの人たちも戻ってくるだろうから、彼らのもとへも。それにクララ叔母さんもケンもいる。順番が違う。まずはケン。名前で呼ぼうって言われた。電話番号もくれた。そうよ、彼に電話ができる。

6

ヒーローは正装した一行に数歩先立って、大きな広場を歩いていた。ギラギラした太陽の光のなか、石で舗装された地面が足の下でぐらぐらと揺れている。石畳の石は色が濃くなり薄くなりしながら、波打つような動きで目の高さぐらいまで飛び出してくる。敷石の色は実際には黒に近い灰色と濃い灰青色、それから赤褐色と黄土色にわたる色調だった。しかし人工的なつやがつけてあり、そのせいでヒーローは酔っぱらったように感じた。一瞬よろめき、何度も手の甲で目をぬぐった。アグネスはそれを見て、夫の具合がよくないと心配して駆け寄った。何も言わずに、夫の腕の下に自分の腕をすべり込ませた。

教会に着くと一行は、ずらりと外階段の上に並んだ。まるで指揮者の指示に従う大きなオーケストラのようだ。だが楽器をもっていないから合唱隊のほうが近い。大事な出だしの直前に息を吸おうとする、その瞬間の合唱隊だ。

幸せな家族。トルストイの言うとおりかもしれん。「幸せな家族はみなそっくりだが、不幸な家族はそれぞれに不幸だ」しかしトルストイも幸せな家族の背後に潜むものは見なかったようだ。表向きは微笑んでいる家族のその後ろにあるもの。ひょっとするとどの家族も、外部の人には幸せそうな仮面をかぶっているだけかもしれん。

　俺の家族がまさにそうだ。

　二番目の息子の結婚式の席。そこに集まった家族の輪の中心に座る幸せなご両親。ふん、だが花嫁は臨月だし、おまけに一二歳の子供までいる。ほかの男の子どもだ。

　花婿のヨハネス、つまり俺の息子だってろくなもんじゃない。家族のなかのはみ出し者だ。あの子は建築家になれなかった。今は広告代理店をやっているが借金まみれだ。長男のヴァルターが会社から少なくない額を融資してやった。俺はそれを後から知った。長男もまぬけと言うかお人好しで、ヨハネスはその一部分を返す素振りも見せなかった。そのまま返済期限はとっくに過ぎている。しかし今となっては、それもどうでもいいことなのかもしれん。

　結婚式をあげる当人たちには、自分らのやり方があるんだろう。この子らは自画自賛のために式をあげ、うぬぼれて、来客が十二分に拍手喝采しているかだけを気にしている。何をしてもいい。それこそ教会から出てくるときに少女たちが散らす花を盗んだっていいとさえ思っているんだ。


　ヒーローは暗い色のスーツ、白いシャツにネクタイ姿で教会の前に立ち、タカのようにすべてを注意深く見ていた。いくらか痩せたに違いない。スーツのあちこちがゆるかった。ヒーローの横ではアグネスが興奮して目を輝かせている。首には赤い日焼けがある。彼女もたいへん優雅な装いで、グレーの絹のドレス姿だった。

　反対側には花嫁のクレオの父親。女のひも（ジゴロ）だということがだんだんわかってきた。見たこともない女性と手をつないでいる。もう若くないこの女性は髪を金色(ブロンド)に染めており、根元が黒いのが見える。このふたりの隣や後ろには親戚や家族がずらりといた。

ヴァルターと妻のテレーザ。ふたりの間には息子がふたり並んでいる。長男のほうはメラルと結婚しており、すでに子供もいた。小さな息子ヴェリだ。

二男のシュテファンは恋人のユリアを伴っていた。このふたりは一家の繰り広げるショーを、面白がって見物していた。当人たちは結婚するつもりはまったくなかったが、結婚式をショーとして楽しむのは別で、招待とあればなおさらだった。旅行は父親のヴァルターが払ってくれたから、この楽しみは無料。ふたりは珍しいものを見つけるたびに、恋人どうしらしく体を寄せ合ってささやいた。

例えばアンドレアス。薄くなった髪にジェルをつけて、なんとか形にしようとしたらしい。くちゃくちゃになった哀れなものが、汗をかいた赤ら顔の上にかつらみたいにのっかっていた。しかしアンドレアスの娘のケルスティンは、父親を誇りに思っていた。彼女の髪も父親同様、赤みがかった金髪だ。「花嫁の付き添い役になんてわたしはなりたくないんだから、そんな風に思わないでね。わたしの場所は両親のマルタとアンドレアスの間よ。ほかの人たちだって自分にぴったりの場所にいるでしょ、それと同じよ」とアピールするかのように父親によりかかっていた。

おごそかな雰囲気の結婚式の一行。見た目は美しく、映画のポスターになりそうだ。ただ撮影する人が誰もいない。なにしろ全員が俳優で、だれもが自分の出番を待ち、新郎新婦の登場を待っていた。

太陽の光が広場を斜めに分断していた。紫がかった黒い影のなかに、教会正面入り口とその幅広い階段が見える。その向かい側は黄色の光。その光のなかに花で飾られたリムジンが止まる。

運転手が降りてきた。車のドアを開け、花嫁が降りるのを支えた。ヨハネスが反対側から降りて背伸びした。太陽に目をしばたたかせ、教会のほうに向かって手を振った。二台目の車が到着した。明るいドレスの女の子が三人、はねるように降りた。花嫁の介添えをするふたりと、母親のクレオのドレスの裾をもつ予定のオリヴィアだ。この車にはティナもいて、女の子たちに花の入った籠を手渡してやった。専門家の目にはブーゲンビリアとランタナだとわかる。街にある花壇の花と同じだ。ティナはクレオに駆け寄り、ウェディングドレスのドレープを直してやった。

結婚式の一行が動き始める。

先頭は花をもった介添えの女の子たち。そのあとに新郎新婦が続く。ヨハネスは照れくさそうに辺りを見た。列の最後はオリヴィアがひとりで歩く。巨大なへその緒で母親とつながっているかのように裾を手にもっている。

ティナが一行を追い越して、脇からビデオ撮影を始めた。この舞台を撮影する者がやっと現れたのだ。教会の前の人々も動き始めた。ジャケット、ドレス、ブラウスを下に引っぱったり、さりげなく髪をなでたり、姿勢を正したりした。ヒーローは首元がすれるのに気づいた。クリーニングの札が襟についたままなのだ。

ブランド名「刺繍する人」と書いてある小さな四角い札だな。〝刺す人〟に変えるべきだな。それともこいつは洗濯表示の札か。たいがいいい加減に縫いつけてあるから、真っ直ぐにアイロンがけしない限り角が飛び出して刺さるんだ。ということはアグネスが週に一回頼んでいる新しいお手伝いが、きちんとアイロンがけしなかったんだな。今日一日、チクチク刺すのを耐えることになるのか。拷問(ごうもん)だ。

ヒーローは痛みと怒りで顔をゆがめた。その顔が撮られて、永遠に残ることになった。

教会で待つ家族のもとに新郎新婦がやってきた。日なたを少し歩いただけですっかり汗をかいている。特にクレオはひどい汗だ。一行はふたりのために道をあけた。ふたりはその間をゆっくりと歩き、客たちはドレスの裾の延長のように列をつくって続いた。

イェンスは祭壇のそばの一列目に席を確保して、前からの撮影を受けもった。ティナがマルタの横から行列に押し入ると、アンドレアスとケルスティンは脇によけて二列になった。

オルガンが鳴り始めたので、マルタは気兼ねなく大きな声で言った。

「クレオみたいに着飾れば、マヨルカ島のカテドラル(ラ・ゾイ・イン・パルマ)でだって式をあげられるってものね」

「あら、気に入らない？」

「そんなことないけど。あんたがやってあげたの？」

「もちろんよ、クレオの趣味がいいとでも思ってた？」

服飾専門のティナが答えた。彼女は婦人服のショップを経営しており、太って見えるものすべてを嫌っていた。臨月のクレオが太って見えるのは一目瞭然だ。

「アプリコットの色が彼女の体型をカバーしてるのよ、わかるでしょ？　白は痩せてないとダメ。すごく不恰好になっちゃうの。どっちみち臨月のクレオに白は合わないし……」

ティナはそう言ってクスクス笑った。

「そうね。特に南欧ではそういうことに価値を置いているもの」

マルタも後ろを振り向いて、教会の外にまで続く列を見た。

「あら、ドイツでだって自分の娘が結婚するなら、白のドレスは着させないわよ」

アンドレアスが自分たちの市役所での地味な結婚式を思い出して、注意した。「おい、いい加減、静かにしろよ」

おまえだって当時、あのろくでなしの奴の子、アナベルの未婚の母だったくせに。

花嫁の連れ子オリヴィアは裾を床につけないよう、かつ引っ張りすぎないように、たいそう苦心していた。新郎新婦とオリヴィアの後ろに、アグネスとヒーローが続く。ふたりはおごそかに歩いていた。ヒーローはアグネスの腕を取り、横から彼女を見ながら、自分の選択に満足しているように見える。まるで花嫁をむかえるのはヒーローだと思えるほど、幸せそうだった。その様子も永遠に記録された。

花嫁のクレオの親戚たちが右側に着席し、アグネスとヒーローのふたりは左側の最前列に腰を下ろした。座るやいなや、ヒーローはアグネスにささやいた。

「あのな、考えたんだ。戻ったらすぐに手術する」

「え！」

アグネスは思わず声を出し、嬉しそうに夫の手を握った。

「おまえの望みは昔から、俺にとっては命令なんだよ」

少し皮肉を混ぜながらも、ヒーローは微笑んだ。


オルガンの轟音が入場の曲に変わり、結婚式が始まった。

しかしそれはすぐに葬式のようになってしまった。というのも神父が片言のドイツ語で、結婚を死ぬまで出られない港にたとえたからだ。港に入ると新郎新婦の後ろで出口が閉じ、死ぬときになってようやく開くと言う。痩せこけて神経質な小男は「死の前に港を出ようと試みるだけでも、神の厳しい罰がくだるのです」と意地悪く保証した。そのあとで満ち足りて幸福な人生をふたりに祝福したが、雰囲気は変わらなかった。そこにいた人々には日々の味気なさと、囚われの身であること、そして死の後味が残った。

重たくて大仰な音楽。それもあって雰囲気は軽くなりようがなかった。それどころか新郎新婦がすべての手続きを終えて、前にいる人々や後ろに続く人々と一緒にふたたび教会の外へ出ようとしたそのときだ。オルガンが轟音で鳴り響いた。ほぼ全音域を使ってのすさまじい音量の即興。客たちは出口へと押し寄せ、まるで教会から逃げるようにして外に出た。

ヒーローは自分の葬式では音楽は一切禁止することを心に決めた。もちろんアグネスは知っていた。それに時間も十分にあるから、まだ考えなくていいのだが、ヒーローは書面で残すことにした。

昼食は地中海の香りがするスペイン料理で、素晴らしいものだった。しかし量があまりにも少なく、空腹のまま食事を終える者もいた。外見からもわかるとおり、食べるのが好きなアンドレアスは不幸なことに、トイレに行くタイミングを誤った。その間、ほかの者たちは消えてしまいそうなほど少量の食事を前に、空腹を抱えて唖然(あぜん)とした。大きな皿のなかにはロリオ（ロリオはペンネーム。本名はヴィッコ・フォン・ビューロー。ドイツの喜劇俳優で漫画家。演出家としても活躍）が描くような、実にちっぽけなダチョウの薄切り肉が、これまた少々の色どり野菜と一緒にぽつんとあるだけだった。デザートはプリンの一種だったが、人形の使うキッチンから取ってきたように小さなガラスの器に盛りつけられていた。お代わりなどここではありえない。

「今お腹いっぱいにならなくって良かったわ。本当の祝宴は今日の夜だから、少しお腹が空いているほうがいいのよ！」

クレオが自信満々に告げた。遊覧に予約していた船の船長もすでに来ていたので、みなを急き立てた。あまり気乗りはしなかったが、それでも客たちは昼の灼熱のなか、港へ向かい始めた。

「俺は昼寝(シエスタ)のほうがいいんだが」

ヒーローがぶつくさ言うと、アグネスが答えた。

「またそんなことを。楽しみを台無しにするようなことばかり言わないでくださいな」

小さくて古めかしい遊覧船に乗り込むと、若い人たちはさっそく展望デッキへ向かった。年配の者は中甲板にある冷房完備の部屋でコーヒーのサービスを受けていた。

　食べるものは出なかった。アグネスはそれがわかるやいなや上のデッキへ行き、若い人たちに合流した。ヒーローはとりあえずクレオの叔父（おじ）と会話を始めた。いや、クレオの父親のいとこだったか。ヒーローには花嫁側の親戚関係がまったく読めなかった。母親はいないらしい。その代わり金髪に髪を染め、誰にでもニッと笑いかける女性がいる。母親は逃げたのか、それとも亡くなったのか、誰も母親の話をしない。クレオも触れたことがなかった。ヒーローはとにかく空腹だったので、叔父らしき人物の奥さんがバッグからクッキーを一箱取り出すのを見た瞬間、一緒に食べることにした。ところがひとつ手に取ったとき、お腹を空かせた人々がテーブルに群がった。会話したいそぶりを見せながらも、その目はあきらかにクッキーを凝視していた。視線に負けた持ち主は、気乗りがしないながらも、一同に勧めた。人々は一斉にクッキーをつかみ、あっという間になくなった。しかしもちろん誰も立ち去らなかった。最低限の礼儀を保つためにテーブルの周りに椅子がもちよられ、ひしめき合うようにして座った。そしてヒーローが最も嫌う、無意味でとりとめのないおしゃべりが始まった。

　妻を探しに行かなければと言い訳をして、ヒーローは立ち上がった。座っている人々の間を押し分けて、上のデッキへ向かった。

　驚いたことに港からもう何キロも離れていた。ほのかな風が心地よい。雲ひとつない澄みわたった空だったので、船が起こす風に違いない。

　アグネスは大騒ぎしている一群にいた。その中心はクレオで、彼女は驚いたことに、前回の検査のときにもらった超音波写真を回していた。

「かわいい赤ちゃんでしょ！　見て、この小さな指、それにこれ、このおちんちん！」

クレオがそう言ってクスクス笑うと、笑い声がドッと沸きあがった。

ヒーローはあきれて背を向けた。デッキの反対側へ行き、遠くを眺めた。光がきらきら輝いている。空が突然白く見えた。病気だと急に色が変に見えるのかと思い、下を向き閉じた目を少しこすった。欄干(らんかん)によりかかり、ふたたびクレオとヨハネスたちのグループを見た。エネルギーに満ち溢れ、揺るぎのない生。何もかもが楽しいのだろう。自分だけが違う。彼はこれから先の厳しいときを予見し、彼らの目を開かせて忠告しようと何度も試みてきた。最近では自分の誕生日でスピーチをしたときに試みたが、誰も信じようとしない。

Homo(ホモ) homini(ホミニー) lupus(ルプス). 人は、人に対して狼になる（ローマの喜劇作家プラウトゥスの言葉。人を見たら泥棒と思えというニュアンス）。ヒーローの時代には教養として誰もが知っていた。今は誰もラテン語を学ばないし、歴史も学ばない。当時の自分の専攻はローマ帝国。とりわけその滅亡。どのように滅亡したのか。そこには現代との共通点が多くある。それなのに家族はヒーローを笑い者にした。表立ってではないが、もちろんヒーローは知っていた。

アグネスも「使命感を帯びた情熱」と名づけ、夫が大げさで悲観的な見方を楽しんでいると思っていた。

俺はみんなを、家族を守りたいだけだ。備えを確かにし、一族で一致団結することがなによりの武器だと伝えたい。たとえいろいろあるとしても、だ。友人はやってきて去っていく。それも調子が悪いときほど、さっさと去る。友人には何の義務もないからだ。国なんてものはいっそうあてにならん。俺が言いたいのはそのことだ。政治家たちは何にでも襲いかかる狼になってしまった。自分の得を追いかけている。権力と金と虚栄心。まるでそういうものが残ると思っているんだ。しかし、何ならば、残るんだろう？

ヒーローは身を起こすと欄干にもたれかかって、水を覗き込んだ。スクリューから出る水しぶきが水のなかをかきまわして消えていく。彼の考えもかすんで遠くにとけていく。

船が港へ戻るコースを取り始めたとき、彼は決めた。

今夜は夕食やらなんやらを辞退しよう。空腹だがそのまま部屋に戻って横になろう。

結婚式は家族の祝い事だ。たしかにそのとおりだ。しかし今回は俺の出番じゃない。病人だし、年も取った。あのトルストイだって同じ立場なら、家族と一緒にいて不幸に感じたはずだ。トルストイは孤独だった。自分の家屋敷から逃げるように去って、遠く離れた駅のホームで、物乞いのごとくのたれ死んだ。それほどに孤独だった。

ほかの人が自分をどう思うかは、ヒーローにはもう重要ではなかった。

ヒーローは夜になると自室にこもり、ベッドで過ごした。たいした理由をあげなかったが、病人なのでその必要もなかった。アグネスは心配してちょくちょく様子を見に来たが、ヒーローはもうすぐ寝るからと安心させた。アグネスは楽しんでいる様子で、すぐに納得して、他の家族のいる階下へ戻っていった。

ヒーローは自分の祝辞が中止になってしまったのを申し訳なく思った。そこで書面でヨハネスに送ることにした。そうすればのちのち残るだろう。

サイドテーブルの本を手に取り、ワインを手にした。アグネスはじろっと睨(にら)んだが、眠る前にちびちび飲もうとルームサービスで頼んだ辛口のいい赤ワインだ。

階下の改まった席では、末っ子のティナが向かい側のヨハネスに大声で呼びかけていた。

「ヨハネス兄さん、良かったじゃないの。兄さんの暮らしぶりと父さんの演説好きからすると、きっと一晩じゅう、お説教されたはずよ!」

7

わたしが生まれたのは粉々の鏡の前だった。最初に見た自分の姿、そしてそののちの人生に残ったものは、何千にも砕け散った人間だった。だからわたしは数えきれないほどの回り道をしなくてはならないんでしょうね。考えたことは書きとめないと脈絡がなくなってしまうし、もつれあう原因も見えなくなってしまう。

イタリアからの帰り道、海はあっという間に見えなくなってしまった。海と一緒に、いいことも全部なくなってしまったみたい。この列車、冷房が強すぎるわ。冷蔵庫のなかのよう。ドアはガラス製で外の景色が見える。緑の景色が飛ぶように去っていき、どんどん山の景色になっていく。

いろいろな面をもちながらも、ひとりの人物でいるためにはわたしの全エネルギーが要る。そうしないとばらばらになってしまいそう。断片に千切れてしまう。ケンにはこの断片も全部知ってほしい。民族学者で造園家でひとりでいるのが好きなわたし。それにケンは電話でわたしのことを夢の女性だと言っていたけれど、それだけじゃなくて、すべてを見てほしい。

夢、そうね、わたしにも夢はあるし、そこに男性もいる。それは黒人の男性で、夢のなかでセックスする。その一方で彼から逃げたい。

「黒人のオトコが怖いのは、誰だ？／そんなやつ、いないよ！／でも、もしも来たら？／みんなで逃げるぞ！」

ばかばかしい子供の遊び。でも黒人の男性はもう存在しているし、わたしも逃げるつもりはない。外国から彼に電話したの。それがすべてを語っている。わたしの計画と組み合わせられるかもしれない。クララ叔母さんとそれから父さんにも彼を紹介したい。その前に彼がどんな人か確かめなくては。短い恋なら、誰かに紹介する必要はないもの。特に家族には。クララ叔母さん以外はみんな、まだわたしがヴォルフと付き合っていると思っている。夫婦みたいな関係。それが家族にも受け入れられたと思ったら、終わりを迎えたのね、ヴォルフ・ガイヤー君！

Nomen est Omen.（名は体をあらわす）

本当にそう。あの人はハゲタカのようにわたしに狙いをつけて、オオカミのように食らい尽くしていった。付き合い始めたころ、わたしたちはそのことで大笑いしていた。今もどこかで獲物を狙っているのでしょうね。

トンネルのなか、暗くなった窓ガラスに映るわたしの顔。明るい楕円形。下のほうがかなりとがっている。髪は目の前の窓ガラス同様に黒いから消えて見えない。顔は鏡のなかの仮面のようだ。パソコンの電源をオンにしてまだ起動しないとき、あるいは電源を切ってとっくに画面が暗くなったのに、まだパソコンの前に座ってるときのようだ。光があれば、そうね、日の光があればもう少しましな顔。ネオンの光だと顔が緑っぽく見えるし、むくんでしまってまるでクラゲ。そんな顔、今は困るわ。でも列車のなかっていつもこういう照明なのよね。みんなが醜い顔になるよう、鉄道会社が仕組んでいるみたい。

わたしは長い間、ひとりだけ髪が黒いから、自分は捨て子だと信じていた。それに家族のなかで起こることに、いつも入れてもらえなかった。たとえばケーキを焼くとき、妹のティナは一緒に手伝っていいけれど「ネレはどうせ好きじゃないんだから、お部屋を片づけてちょうだいね」と言われ、夕飯の前にも「手を洗いなさい。なんて恰好なの。これじゃジプシーの子ですよ」と言われた。

わたしはジプシーなんだわ。わたしの母親は、母さんのような明るい栗色の巻き毛ではなく、わたしと同じ真っ直ぐな黒髪よ。母親にはわたししか子供がいなくて、わたしたちは戦争で離ればなれになってしまったか、引き離されてしまったかなの。その母親がいつかわたしを見つけだしてくれると信じていた。でも第二次世界大戦のときには、わたしはまだ生まれていなかったから、これから長いこと、待たなくてはならないと思っていた。

ところがある日、終わってしまった。身分証明書の申請書類に、自分がヘルヴィッヒ・アントン・ヴィーラントとアグネス・マルガレータ・ヴィーラント（旧姓フート）の実の子どもだと書いてあった。わたしは誰にも言えず、病気になり、二週間、理由もなく高熱を出し続けた。

でもケンには話そうと思う。付き合うことになる人がどんな人か、彼は知るべきだもの。もしかしたら、わかってくれるかもしれない。アフリカ人ってどんな風に考えるのかしら。ナイジェリア人はどうなのかしら。わたし、何も知らないんだわ。ヴォルフだって専門は中央アフリカだけど、何も知らないはず。もちろんわたしだってインターネットでいろいろ調べたわ。政治や文化や宗教とかそういう表面的なことなら簡単に調べられるけれど、魂については何も載っていない。

最初の出会いのときに、ひとりでいるのが好きで、結婚したくないと話した女のことを、ケンはどう考えているのかしら。彼自身はブコラさんという人と、まさに死がふたりを分かつまで結婚していた。舅（しゅうと）がとにかく主張したせいで、彼女との間にできた子どもふたりはナイジェリアに戻って、亡くなった奥さんのご両親のところにいる。舅は家父長制の人なの。「家族は一緒にいなくてはならない」と言ったそう。この言い方、知ってる。父さんと同じだもの。

　ケンはそのとき、イギリスで法学を学び終わっていて、そこでもう弁護士として職についていた。それなのに舅は「娘がヨーロッパへ行くことには最初から反対だった。そうしたら娘がそこで交通事故で亡くなった」そう言ったそうだ。

「同じことはナイジェリアのラゴスでだって、何年も前に起こりえたことだ」

　ケンはそう言う。

「ラゴスは交通事情が最悪で、道路では人を乗り降りさせられないし、歩行者は陸橋を使わないとならない決まりなんだ。それを無視して直接道路を渡って、たとえ車に轢（ひ）かれて亡くなったとしても、遺族が罰金を払うまで、罰としてそのまま道路に転がされたままなんだよ。僕はラゴスには戻りたくない。たとえラゴスとは比較にもならない安全な街、ポートハーコート（ナイジェリアの内部の街）だったとしても、僕は戻りたくない」

　また海に行きたくて仕方がない。でも今は早く家に着きたい。たくさんのことが待ち受けているから。

8

これ以上の幸運はないな。ヒーローは思った。アグネスとふたりで座るテーブルには、出立を祝うかのように日の光が降りそそいでいた。ふたりは外で朝食をとっていた。周りは興奮冷めやらぬ様相で、フロントには荷造りの終わったトランクやカバンが並び、混沌としている。

どこも痛くないぞ。

もしかすると手術で全快するかもしれない。そうしたら記念に、妻とまたここに来よう。海のそばにいる妻が初めて幸せそうに見える。早起きして、ふたりでこの辺りを散策するんだ。ありがたいことにふたりともまだまだ……健康だ。そうだ、俺もまた健康になるんだ。俺たちにはまだすばらしい時間が何年もある。

ヒーローはそんなことを考えながらパンをもう一切れ、手に取った。その上にはちみつを垂らした。スプーンを高く持って、流れ落ちるはちみつの細い筋に朝日が当たるようにした。琥珀のように輝いている。

そんな夫をアグネスは悲しそうに見ていた。まるで子供のようにおかしなことに没頭している目の前の夫。まさにこの瞬間、夫に敗者のオーラを見出した。初めてのことだった。夫が微笑みかけてくると、泣きそうになってしまった。

「ここは本当にいいところね」

そう言ってごまかした。

「もう一度、家族みんなで写真を撮るように言われてるんだけど。あそこ、ホテルの入り口で」

ふたりの邪魔になると感じた長男のヴァルターは、困ったように言った。しかしクレオの父親の望みだったし、ほかの者も快諾した。それどころかそのアイデアに大喜びだった。

「娘の結婚式の写真。それをですね、大きく引きのばしてホテルの入り口ホールに、それともレストランですかね、そこならじっくり眺めてもらえますからね。こういうものは普通のホテルにはないですから。個人的なものをやっと飾れます」

ヒーローは「ああ、いいよ」と答えた。

ヴァルターはムッとして断られると思っていたが、「みんなに少し待つように伝えてほしい」と伝言を頼まれた。朝食を終わらせたら行くから、と。

それを聞いてアグネスもほっとした。

父親が何と言うかわからない。そこで長女のマルタと次男のヨハネスは卑怯なもので、長男のヴァルターを行かせたのだった。ヴァルターは個人的な大勝利を手にした。喜ばしいニュースを一言一言、見るからに噛みしめながら伝えた。すると末っ子のティナは絶対に着替えたいと言いだし、ほかの人たちにも結婚式のときのエレガントな服に着替えるように勧めた。

「そのほうが絶対にインパクトを残せるわ。わたしたちはそんじょそこらの旅行グループとは違うのよ」

　ほかの家族はあり得ないと断った。やっとのことで閉めたパンパンのトランクを、もう一度開けるのは面倒だった。式のときの服はもう人前では着られない者もいた。服には赤ワインのシミがつき、皺（しわ）くちゃなのだ。ゾウのあのシワシワの肌のほうが名誉になるというほど、皺がついていた。クレオもそうだった。だから「いいえ」と宣言した。

「このままのわたしたちで映りましょう。そのほうがうんと自然でしょ」

　ティナはその場をそっと離れた。メークだけでも直してブラウスを着替えたい。その下はどうせ映らない。

　写真は当然、写った人全員の気に入るようにはならないだろう。とにかく準備にずいぶん時間がかかった。太陽は人々の顔に直撃し、呼んでおいたカメラマンはひとりひとりの立ち位置を何度も変えていった。クレオの父親が自分も写りたいし、写真が本格的なものになるよう依頼しておいたのだ。ヒーローは快諾したことを悔いた。この場を逃げ、出発前にもう一度小便をしにいこうかと考えた。

　子供たちが前列に呼び出された。

　花嫁花婿は中央へ。

「ちょっとちょっと。花婿さん、花嫁の腕をがっちりつかまないで。盗んだ品物みたいですよ。そっと手を取って。お花はありますか？」

「クレオのお腹の前にお花がいるんですって」

「茎の長いものがいいです」

「なかに結婚式のときのブーケがあるわ、ユリの花のやつよ」

クレオの連れ子、オリヴィアが走り出す。だんだん暑くなる。空港へ向かうのをこれ以上引きのばすべきではないだろう。一同は健気に努力し、口角が麻痺するほどにっこり笑った。ヒーローだけが括約筋のすべてをギュッと閉じ、しかめ面のまま数を数えていた。

ティナが上を向いて言った。

「嵐が起こって飛行機が飛ばなくなったら、ふふふ、そうしたらたいへん残念なことに、わたしたちみんな、ここにずっといなくちゃならないわ、ずーっとよ」

そう言って、痛いほどに青く澄み渡った空を、切なそうに見ていた。写真には彼女の顎と鼻の穴が映ることになった。

ヒーローはのちにくるときのために映ることに成功した。この写真が残ることになると考えていたかのようだ。後にも残るもの。そしてこれから待ち受けている変化。

前列の子どものひとりが動いた。写真には明るい渦となって映っている。磨き粉の竜巻さながら後ろの列の人たちも巻き込まれて見えない。

他の写真にもどこかしら難があった。クレオの連れ子のオリヴィアと、マルタの次女のケルスティンが言い合っていたし、ほかの写真ではティナの三歳の息子フィリップがシャッターの降りる瞬間にベンチから落っこちた。一列目の子供たちは欠けた歯を見せ、じつに表現豊かにニヤニヤしている。

これではクレオの父親もホテルの玄関ホールにはホテル前の海の景色とかほかの写真を飾るしかないだろう。人っ子ひとりいない景色。たいした印象も与えない、美しい写真。


とうとう時間になった。バスが入り口に着き、荷物は従業員が運び入れた。

「あなたたちはまだここに残ればいいじゃない？」

長女のマルタが、クレオとヨハネスに言った。

「いやよ。赤ちゃんはドイツで産みたいの」

花嫁のクレオはそう言い放つと、笑いながら一番にバスに乗り込んだ。

ヒーローは脇に立っていた。出発したくないように見えた。式の義務や家族のお祝いがすべて終わった今、ここに残ってもいいと思っていた、ひとりで。

俺はあとから帰ることもできるんだ。トルストイだって家族から逃れようと何度も試みた。だができなかった。俺と一緒だ。

アグネスが腕を滑り込ませてきた。

「行きましょう、あなた」

ヒーローには嫌だと言うことができない。

バスが空港の駐車場に着いたとき、次男のヨハネスがなんとなく黙っている家族の沈黙のなかにぶち込んだ。

「考えたらさ、もしも飛行機が墜落したら、ヴィーラント一家は一発で全滅だ。とんでもないな」

ヒーローは思った。墜落なんてせん。それにもしそうなったら、俺にとってはたぶん近道になる。

それに、次女のネレがいる。ひとりは残るんだ。

第2章

家へ戻って

1

ケンは、プラットホームの端を大股で歩いていた。

背が高くて痩せているが、肩幅はがっしりしている。


あの人は黒人。一目でわかるから、じつに好都合。僕はそう思われている。

今では「黒んぼ」と呼ぶのはいけないことになっているが、そう思ってるだろうし、「土人」とさえ言っているかもしれない。

おまけに黒人たちが、いつでもどこでも女の尻を追いかけることは、誰でも知っている。たとえばマーティン・ルーサー・キング、ウォーレ・ショインカ、そしてケンと名前が同じケン・サロ＝ウィワ（ナイジェリアの作家、テレビプロデューサー）の死に、ケンはいまだに涙ぐむ。彼らはみな英雄でたくさん女がいた。家には妻がいて英雄と聖女として暮らすが、外国へ行くと売春宿へ行く。あるいは浮気の相手を探すのだ。黒んぼは精力がすごいから。そう思われていることも、黒人の同義語は不貞だということも、語学学校では教えてくれなかった。

自分も妻のブコラが亡くなったあとは遊んだ。もちろんどの女性にも、何の約束もしなかった。

とりとめのない考えに沈みながら、ケンは白い線を守って歩く。ちらっと目を上げて、他人との距離を測る。ノイブルクには黒人があまりいないせいで、人々は彼を凝視した。ロンドンでは誰も振り返らなかったのに。

ママに手を引かれた小さな男の子などは、口をぽかんと開けている。この子に微笑みかけたところで、何も変わらないとわかってはいたが、ケンは微笑んだ。すると男の子はママの袖を強くつかんだ。よじのぼらんばかりに、ギュッと。母親は少なくとも微笑み返してくれた。息子の怖がりを恥じているのだろう。

彼の経験ではお年寄りのほうがうたぐり深かった。だがなかには、癒しようもなく、満たしようもない憧れを目にたたえて、こちらを見る人たちがいた。自分でも名づけようのない何かへの、強い憧れ。そういう人たちは、年齢に関係なくいた。

なんて紋切り型だ。神話的なアフリカ、すべてのものの源。アフリカ人が人の役に立ったとでもいうのか？　アフリカ人が方向を指示し、みんなが聞いてくれるとでも？　ありえない。アフリカ人は料理の飾りなんだ。

ケンは腹が立ってきた。

みんなに欠けているからって、彩りにされてるんだ。退屈したやつら、想像力のないやつら、生きた屍（しかばね）みたいなやつらの救済者にされているんだ。

アフリカには豊かな資源があった。世界じゅうが欲しがる石油、地下資源、土地。それに歌や音楽、儀式もあった。そういう素晴らしいものがあったのに、それなのにアフリカ人は、自分たちを今の状態にしてしまった。もちろん、そういうものは欲望に火をつける。

ケンは転がっていたコーラの缶を二、三回蹴って、ホームから落とした。

特にひどいのは外国の権力者。やつらは自分の物でもないのに、アフリカの官僚たちを取り込んだ。そういう腐敗した輩は、ほぼすべてのアフリカの国々の政府にいる。交渉に反対したり邪魔をしたりすれば、ケン・サロ＝ウィワやバリネム・キオベル、ポール・レビュラ、ダニエル・グボッコー（ナイジェリアの軍による独裁政権に反対した、「オゴニ・ナイン」と呼ばれる反政府運動のグループのメンバー。一九九五年、処刑された）のように殺される。突然口のなかが苦くなって、ケンは唾を飲み込んだ。救いようのない領域へ入り込んでしまった。ここで何度も絶望させられた。

嫌だ！　もう戻りたくない。あそこには何の期待ももてない。

ケンは殉教者ではないし、なるつもりもなかった。それにもう祖国を離れて久しい。人々が彼を容認することはないだろうし、ましてや評価するなんて滅相もない。外国で弁護士をしていることは邪魔でしかない。それどころか脅しになってしまう。おまけにヒューマン・ライツ・ウォッチ（人権NGO団体）の職員だからなおさらだ。嫌だ。ここにとどまりたい。特に今は。


在来線がやってきて、旅行客を何人か吐き出した。彼らは光を避ける動物のようにすぐに地下道へ潜り込んでいった。あの小さな少年は、ママと一緒に列車に乗り込んだ。母の腕に抱えられて、今なら安全だと思ったのだろう。ケンのほうを振り向くと真剣に手を振った。ケンは小さく手を振りかえした。列車はホームにいたほとんどの人を吸い込むと、発車した。

列車が止まっている間とその前後の時間は、ホームで人がざわざわ動いているのでケンは立ち止まっていたが、再びぶらぶら歩き始めた。そしてすぐにまた、あのぐるぐる渦巻く考えに落ちていった。数えきれないほど考えたが、いつも同じ道筋をたどって、すぐに核心へ辿りついてしまう。アフリカという語を読んだり聞いたりすると、すぐに自分のことだと思ってしまう。しかし話のなかに自分は出てこない。それはそうだ。アフリカというひとまとまりのものは、存在しないのだから。ケンはナイジェリア人だ。それもラゴスのスラムではなく、ポートハーコートの裕福な家庭の出身だ。父親はすでに亡くなっていたが、あの時代にヨーロッパで学んだ弁護士だった。父も妻はひとりしかもたなかった。それがケンの母親だった。その母も亡くなっていたが、四人の子どもがいた。ケンとその三人の兄弟。

ケンは家族療法の施設で、家族の紹介を短時間でしなければならないかのように、リストアップしながら思い出していった。

ひとりだけ、早く亡くなった子がいた。また二年後に生まれて、そしてまた亡くなった。また二年後に生まれ、また亡くなった。「子供の亡霊」だ。家族と過ごす人生から逃れようとしたのか。そんなに悪い家族ではなかったし、いろいろな策はあったのに。僕のように外国へ出てくることだって、可能だった。

子供の亡霊。そう言ってもここの人たちにはわからない。ゾンビや吸血鬼とは違う。同僚たちはホラー映画を見て、子供の亡霊をゾンビと同じに考えている。だけど子供の亡霊は人を食べたりしない。

同僚たちはその話になると、ケンの意見を聞きたくてせっついてくる。が、ケンは決して口を出さない。

あの小さくて辛辣な女性。会いたくて待ち遠しい。

彼女になら、僕のほうから説明したい。ちゃんとわかってもらいたい。ああ彼女は特別だ。短い時間で自分の人生を語る大会に参加したみたいに、偶然彼女の一族となった人たち、その主人公全員と脇役の人たちのことを一気に話していた。まるで自分は家族の一員ではないかのように、一歩離れた感じで話していた。家族が好きじゃないみたいだ。ただクララ叔母さんという人がいて、その叔母さんだけは好きなようだ。年老いた母親が亡くなって今はひとりで暮らしている。だけどこの叔母さんのおかげで、この前のノイブルクでのデートがすごく短くなった。あれはひどい。ああ、腹が立つ。列車の外でふたりきりで会う初めてのちゃんとしたデートだった。それなのに、駅でコーヒーを飲んだだけだ。コルネリア・ヴィーラント嬢、みんなからはネレと呼ばれている。君には腹が立ったよ。クララ叔母さんとの暇乞いのほうが、僕よりも大切だったってことだ。

たぶん今なら違う。月曜日に仕事が始まったら、またあの列車に乗るの？　ってイタリアから電話してきたんだからな、もちろんさ。


ケンはクスクス笑った。彼は自分でも気づかないうちに、自分の役目やアフリカをめぐる堂々巡りの思考から、するっと抜け出ていた。愉快な気分で、そして期待で胸がいっぱいだった。

彼女はきっと驚く。早朝の水のような、青緑色のあの目を真ん丸にするだろう。それともあの目は、バルコニーの日陰に置いてあるペパーミントの葉っぱみたいな色かな。笑うと目が大きくなるんだ。僕に気がある。それは確かだ。黒人と寝たいからじゃない。彼女はそういうタイプの女性じゃない。僕に興味があるんだ。きっと、インターネットで何時間もナイジェリアについて調べて、僕について何か見つけようとしただろう。だけど民族学者として、僕に興味があるってわけじゃない。

ネレが自分のことをどう思っているのか、見当もつかなかった。理由はわからないけれど、自分を求めていることはわかった。もちろん誤解していないとは言い切れない。でもふたりで十分に時間を過ごせば、おのずとわかる。

ああ、待ちきれない。もう着くはずなのに。

ケンは大きく息を吸った。

2

とうとうネレがやってきた。

列車は数分遅れたが、ちょうど良かった。ケンは何度もホームを行き来したせいで、目がまわっていた。

ネレは電話で到着時刻にも触れたし、出迎えを想像し、期待もしていた。しかしいざケンを見ると、やっぱり驚いた。嬉しさのあまり混乱し、興奮していた。

ケンは髪を切り、さっぱりした印象だ。明るい色の半袖シャツが、黒い肌に映えてさわやかだった。ケンの顔いっぱいに笑顔が広がった。そしてネレを抱きしめた。

その瞬間、出発前までのふたりの間の距離がとりはらわれた。ネレは繰り返し思い描いていた白昼夢や想像のなかに飛び込んだ。ふたりは前に会ったときに下の名前で呼び合うことにしていた。ケンはまるでふたりがすでに付き合っているかのように振る舞った。

ケンが荷物をもち、駐車場へ行った。

「車をもってるのね。知らなかった」

彼は笑った。

「あんまり使わないんだ。車に乗ると、君に会えない。列車のなかは仕事に使える時間なんだ。もちろん、とある女性とおしゃべりしなければ、だけどね」

ネレの案内で、ふたりはネレの家へ向かった。

家に近づくにつれ、見慣れた風景が彼の目を通して、どんどん真新しくなっていく。ゴミ置き場の落書き、歩道の端が欠けていたり、あちこちにいる猫、たくさんの木々。いつもそこにあったのに、今まで気づかなかったディテールが目に入ってくる。きれいに保存された貴族の家々。その脇にある静かで小さな通りに車を停めた。花の季節はとうに終わったのに、菩提樹（ぼだいじゅ）がいい香りを放っている。当たり前のように彼女のマンションまで、ケンが荷物をもってくれた。そしてケンもそのまま部屋に残った。

部屋はすっきり片づいていて、貸し出し前の貸別荘のように見えた。キッチンには霜（しも）をとかすために電源を落とし、開け放った冷蔵庫があり、そういう臭いがする。人がいなかった臭い。ネレはケンを居間に案内すると、夏の温かな空気を入れるため、バルコニーの扉を開け放った。

外はまだ日が輝いていて、気もちがいい。

ネレは突然気恥ずかしくなり、外へ行って何か買い、バルコニーで食べようと言いだした。ふたりはまた下へ降り、外へ出た。

小さな店から小さな店へ、買い物して歩く。ネレが住んでいるのは、ロマンチックでとても素敵な町だった。ケンはスポンジで吸い取るように、何もかもを観察している。ネレはそんなケンを見ながら、ここを気に入ってくれたと感じた。

あの店この店と寄りながら、地中海の食材を主に、いろいろな種類のデリカテッセンを買った。棒状の白パンとたくさんのフルーツ。何もかもがしごく自然だ。親しみがあった。ふだんからそうしているように親しげだった。それでいてふたりとも、心のなかでは息を止めていた。


トマトとモッツァレッラチーズのバジルあえ、ローズマリーの香りつきハム、アーティチョーク、オリーブ、イタリアの赤ワイン。一緒に準備して、キッチンの前のバルコニーに座った。そのときケンがネレの手を取った。

食事の前のお祈りね。ネレが思った。しかしケンはこう言った。

「君が帰るのを待ちきれなかった。でもいざ帰ってきて、僕は……」

ケンは恥ずかしそうに微笑んで彼女の手をそっと撫(な)でた。何かをまっすぐに伸ばすように。

「君のこと、何も知らない」

ネレは思った。

(彼もわたしみたいに、いろいろなことを想像していたのね)

「それは、ふたりで変えることができるんじゃない」

そう言ってネレはさらにつけ足した。

「わたし、いろいろなことを変えようって決めてきたの」

意味が伝わっていないのを見ると、ネレははっきり言うことにした。

「今日はここに泊まる？」

彼は考えなければならないみたいに、答えた。

「でも、君はまず家族に会わないといけないんじゃ……？」

「今日帰るって、誰にも言っていないの。明日連絡すれば大丈夫」


ケンは突然のあまりの幸運が信じられない人のように見えた。幸せがどんなだったか、忘れてしまった人のようにも見えた。もしも彼の肌がそれほど黒くなかったら、赤くなったのがわかったはずだ。ネレは彼の額の血管が膨らんだのに気づいた。黒い肌に浮かび上がる蛇のようにうねった模様に見とれていると、ケンが言った。

「きれいだ」

ネレは唾をのんだ。それから恥ずかしそうに微笑んだ。

ふたりは用心深く、まるで素晴らしい食事に集中しているように、あまりしゃべることなく食べ、味わった。


食事を終えると、ネレは立ち上がった。

「これから荷解きをしてシャワーを浴びてくるから、ここで待っていてくれる？　部屋を見ていてもいいし、本でも読んでて」と本棚を指して手招きするようにして言った。

隣の部屋から、またすぐにネレの声がした。

「それとも、また外へ散歩に行く？　長い旅だったから……」

知らない男性を家に招いて泊まらせるなんて、ごくごく当たり前のことのように、あくまでも無邪気に、なにげなく言った。

ケンは本棚の前に行った。腰をかがめて首をかしげながら、本のタイトルを読んでいた。もごもごと返事をしたが、ネレはもうシャワーを浴びていた。

ネレはふーっと息を吐きながら、蛇口をどんどん右に回して、冷たい水を体に浴びた。もう逃げない。タオルで体をふく。髪の毛をごしごしとこすって、日焼けした肌には念入りにクリームを塗った。彼女も彼を求めていた。駅での抱擁から言って、それは彼も同じだろう。それでもまだ確信がもてなかった。鏡に映る自分を批判的な目で見る。イタリアで少し痩せた。体にたるみはない。胸が少し小さすぎるかも……。

下着を替え、麻のズボンとダークブルーのタンクトップを着ると、ドアを開けた。

正面に立っていたのは、裸の黒人男性だった。ネレは思わず後ろに下がった。実際にというよりも、ケンにはわからないように心のなかで。ケンはネレを抱きしめ、何かに気づいた。

「君が嫌なら、やめよう」

「違うの、なんだか早すぎて」

ネレがためらう。

「見知らぬいけない男が、君を襲うのがこわい？」

ケンはゆっくりと、ネレを引き寄せた。

「ゆだねて。僕を信じて」

彼女は少し戸惑い、そして思い切って頷いた。

緊張しすぎていた。頭のなかもこんがらがっていた。そのせいで彼女は愛の行為を楽しむことができなかったが、心地よかった。彼はいい匂いがして、それだけで十分だった。


ネレが目を開けると、彼の頭が肩のところにあって、こちらを向いていた。目を閉じたまま、微笑んでいる。目を開けて彼女を見ると、笑った。

「君は小さな女の子だ」

意味がわからず、ネレはバカにされたと思い、首を振った。

「いやそうさ。こんなに細くて、こんなに軽い」

ケンは寝返りをうって仰向けになると、ネレを自分のお腹の上に抱きあげた。

「男と寝てない」

まただ。この決めつけ。彼のほうが偉くなって、自分がちっぽけになる。

列車で「あなたは絶対に独身でしょう」と言われて、愕然（がくぜん）としたことを思い出した。ケンは彼女の姿を暴く。彼女を眼光鋭く見つめ、どんな部分も見落とさない。彼に見つめられると、ネレは自分が透明なガラスになったように感じる。そして今、自分は素っ裸でその彼の上に乗せられている。

ネレは自分が恥ずかしくなった。抵抗しなければ。

「あなたになんの関係があるの？」

ネレが怒りながら、両腕をついて起き上がろうとした。

「そんなに知りたいなら言うわ。半年前に元彼と別れて、それから誰とも寝てないの。そのことを悔いたこともないし、欠点だとも思ってない」

ネレはケンから逃れるように、体を突っ張った。

しかしケンはネレを抱え、ぎゅっと抱きしめた。

「行かせない」

ネレを行かせないように全力を出しているせいで、ううっとケンが唸る。

「お願いだ。僕はただ……」

懇願するような声の響きに、ネレはあきらめ、されるがままに頭をケンの胸の上にのせた。彼の声が聞こえてきた。

「僕はバカだ……」

ネレは動かずに聞いている。傷ついた小鳥のように丸くなって、横になっている。彼のことは見えなかったが、胸から直接響いてくるような、温かく心地よい彼の声はふるえていた。

「不安だったんだ……もしかしたらイタリアで毎晩誰かと寝てるんじゃないかって……だから嬉しくって。だって君はまるでとても若い女の子みたいだったから。もちろんもっと年をとってるんだけれど」

ネレはつい笑ってしまい、口をパクパクさせながら言った。

「ちょっとちょっと、それは言い過ぎ」

彼の胸を肘で押して、仲直り。

「あなたっていったいいくつなの？」

「四二歳で、とても嫉妬ぶかい」

ケンがため息をつく。

「ふうん、それでよく女の人と寝るの？」

「今は違う。それで、あの、検査したんだ、君のために」

「ＨＩＶ？」

「そう。全然問題なかった」

「たくさんの白人女性と寝たの？　答えなくてもいいけど」

「いや、答えるよ。たくさん寝た、今までは。でもこんがり焼けて、くっきりと白いビキニの跡のある、裸ビキニの女性とは初めてだ」

ケンは、ネレのくっきりとした跡を指でなぞった。

「こんなに長く待ち望んだのも初めてだ」

ケンは寒くないのに、ネレに掛け布団をかけた。起き上がってどこかへ行ってしまわないように。

ネレはぴったりと体を寄せた。

「いいわ。昔のことを話すのは、これでおしまい。いいわね？」

「でもまた質問を始めるのは君だよ」

ケンが笑った。その少しあとで続けた。

「そのときは、僕は答えるよ」


「僕たち、少しは知り合えた？」

二回目のあと、ふたりで一緒にシャワーを浴びているとき、ケンが尋ねた。

ネレは少し真剣に考える。

「わたしは、そう思う」


散歩してどこかで少し飲むために、ふたりで夏の暖かな夜へ出ていった。しかしほどなくして戻ってきた。ノイブルクはニューヨークやベルリンとは違う。ネレはどこかで知り合いに会って、ケンとの貴重な時間がなくなってしまうのを恐れた。ケンもふたりきりで過ごしたかった。

夜更けに電話が鳴った。

ふたりとも目が覚めたが、ネレは電話を取らなかった。

「わたしはまだ戻ってないの」

まるでドアの向こうで誰かが聞いているみたいに、そっと囁（ささや）いた。

三〇分後、また電話がなった。それからずっと何度も鳴り続けた。

「君がここにいることを知ってる人がいるんだ。出なよ」

ケンが不機嫌になった。

ネレは少し考えた。それから電話を引き寄せた。

ヴォルフだった。よりによって今かけてくるなんて、なんて間が悪いんだろう。ほんとに。ヴォルフはふたりが一緒にいるのを街で見かけたのだ。だからネレが戻っていると知っていた。

そしてヴォルフの知らせはよいものではなかった。

3

自死する人は、何を考えているのかしら？

ほかの人のことは、考えるのかしら？　計画を立てているときは、何を考えて、それから最後、死ぬときには、何を考えるの？

クララ叔母さんは計画したに違いないわ。もちろん薬はジョゼファ大叔母さんのものがまだ家に残っていたでしょうけど、クララ叔母さんは思いつきで動く人ではない、いや、「なかった」。もしかしたらわたしが会いに行ったときには、すでに決めていたのかもしれないわね。だから出発前に会いにくるように、あんなに言っていたのかしら。あれが永遠のお別れだったなんて。

どうして「年取った悪い狼」とか言って、わたしとヴォルフの冗談を言ったりしたのかしら。だって何かに飲み込まれてしまいそうだったのはクララ叔母さんのほうだったのに。気づいていたはずなのに、どうして何も言ってくれなかったのだろう。


ほかの兄弟よりも多くもらうべきだなんて、生まれて初めてのことだった。わたしはジョゼファ大叔母さんの遺産を多くもらうことになっていた。なぜそうなのか、ジョゼファ大叔母さんは長い手紙に書いてくれた。その上、クララ叔母さんは全部説明してくれた。手紙はジョゼファ大叔母さんが亡くなるだいぶ前に書かれたけれど、死んでから渡すようにと言われていた。従順な叔母さんはちゃんとそれを守った。そこには生まれて数週間で、わたしがふたりに預けられた。そうはっきり書いてあった。わたしは一時期、ふたりの子どもだった。母さんは二回流産したあとわたしを産んだものだから、赤ちゃんのわたしを手元に置いておけないくらい弱っていた。そういうことになっている。

クララ叔母さんは理解あふれる態度で話していたわ。叔母さんは何に対しても理解にあふれているし、どんなことでも説明できるの。

「本当はこのことを、わたしたちがあなたに話すべきじゃないのよ」なんてくだらないことにまで、理解たっぷりだった。

「アグネスは完璧ないいお母さんで、自分に厳しいでしょう？　だから認められなかったんだと思うのよ」と心理的な理由まで語りだして、すっかり母さんの味方だった。

ああ、クララ叔母さん。いい人だった。誰のことも弁護した。だけど、わたしの叔母さんへの愛はどうなるの？　叔母さんは自分のことをどう弁護するつもりなの？

ジョゼファ大叔母さんが亡くなってからは、たしかにひとりのことが多かったかもしれないわ。それにヴァルター兄さんがお墓のことはしなくていいと言って、することを取り上げてしまったことも間違いだったのかもしれない。でも兄さんは叔母さんの負担をなくそうとして言ったんだと思うの。ジョゼファ大叔母さんに何かしてあげたい気もちも、少しはあったんでしょうね。

きっとジョゼファ大叔母さんが編んでくれた毛糸のパンツを、ひそかにちぎって捨てたことのお詫びよ。毛糸のパンツは学校で笑われたし、気が変になりそうなくらいチクチク刺すんだもの。それにクララ叔母さんだって、お葬式でヴァルター兄さんがその話をしたら、笑っていたじゃない。

叔母さん、どんな言い訳も、どんな理由も通用しないわよ。だってそうでしょう。遠足みたいにバスに乗って、ノイブルクからかなり離れた森へ行って、薬を飲むなんて。

「終点の一つ手前で降りた」とバスの運転手は言っていた。そこでバスを降りたのよね。そこで完全にひとりで、自ら死ぬために、森にあるベンチに座ったのよね。膝の上に『放っといてください』と書いた看板をもって、もしもいざそうなったときに体がベンチから落っこちないように、ちゃんと椅子にシートを敷いた。そんなことは前もってちゃんと考えたんでしょうね。

バスの運転手が新聞に載っていた写真に気づいて、警察に連絡した。

こんなことして、埋め合わせなんてできっこないわ。みんな怒ってるのよ。叔母さんを発見したご夫婦のインタビューと一緒に大きく新聞に載ったんだから。叔母さんの苗字がいくらメルツァーで違うからと言っても「ヴィーラント家の面汚しだ」って父さんは言ってるわ。母さんは「自殺者なのに教会の墓地に埋葬できるかしら」って悩んでるのよ。

ああ、なんてことかしら。叔母さんはどっちみち年をとっていたでしょう？　だからあとは待っていればよかっただけなのに。叔母さんより父さんのほうが大変だって知ってたの？　叔母さんは健康だったじゃない。それとも違ったの？

夏なのに、クララ叔母さんがいないなんて。なぜ一年で一番いい季節に逝かなくちゃならないのか、わからないわ。死ぬんだったら、十一月とか、二月とか、そういう季節ならわかるけれど、なぜ夏の今なの？　叔母さん、イチゴはどうするつもり？　叔母さんが冷凍したでしょう。もしかしたらわたしが食べるとでも思っているの？　庭のサクランボはどうするの？　アンズは？　わけがわからない。自分のことしか考えていないのよ。わたしがどう感じるかなんて、興味もなかったのね。

叔母さんと一緒にいろんなことがしたかったのに。新しく始めたかった。イタリアでほんとうにいい考えが浮かんだんだから。あのね、叔母さんの家の庭でカフェを開くの。庭のテーブルや椅子のさびを落として、新しく塗装してって、いろいろ考えていたんだから。商売じゃなくて、近所の人や叔母さんの女友だちのためのカフェよ。ひとりひとりが何かもちよって、純粋に楽しみでするの。叔母さんにはお菓子づくりが大好きな知り合いが、あんなにたくさんいたでしょう。ひとり暮らしだからお菓子をつくる意味がないって言っていたから、だから。

新しい彼を紹介したかった。きっと好きになってくれたはず。ほんとうよ。黒人だから最初は慣れる必要があるけれど、彼のほうも叔母さんに慣れないとならないわ。叔母さんのことは少し話してあるの。彼には最初に叔母さんの話をしたのよ、ほかの家族じゃなくて。それなのに……。

彼がなんて思うのか、恥ずかしい。もちろん彼は叔母さんが悪いなんて言わないと思うわ。わたしたちがひとりにさせ過ぎたからだって言って、叔母さんのことを弁護するはずだわ。列車のなかでジヨゼファ大叔母さんが亡くなったときの話をしたら、考え込んでいたもの。家族のみんながマヨルカ島に行っていて、わたしまでイタリアに行ってしまったのは偶然なのに。

「みんなと一緒に行かないんだったら、せめてみんなが帰るのを待ってから、イタリアに行けば良かったのに」

そう彼に言われたのよ。

誰もいないときにするなんて、叔母さん、ちょっと陰険よ。でもケンが言うには、ケンって新しい彼の名前なの。「そういうことはひとりで片をつけるものだ。ほかの人に教えたら、絶対止めようとするだろう」って言うの。たしかにそうでしょうね。

でもせめてわたしには言ってくれても良かったじゃない。短い手紙でもいい。そうしたら今、どうしてなのかがわかったのに。沈黙からは何の答えも引き出せないのよ。あるいはそのほうがわたしが罪を感じて、みじめになると思ったの？

叔母さんの家は寒くて、死んでいる。叔母さんと同じ。掃除してあって、すべてきちんと片づけてある。ごみ箱を空にするのも忘れなかったから、メモひとつ残っていない。誰も住んだことがない家のようよ。何にもないわ。使ったティッシュ一枚でもいいから、置いていってくれればよかったのに。そうすれば叔母さんがここに住んでいたって感じられるのに。

これじゃ泣きたくなるだけ。ここにはいられない。もう行くね。

4

一〇年前に叔母(おば)のジョゼファが大きな胃の手術をして、この病院に見舞いに来たとき、あのときは、まさか自分が患者として入ることになるなんて、思わなかった。

小さな体格のジョゼファの頬はすっかりこけてしまい、顔色も黄色くて、容体はよくなかった。医者たちもあまり希望をもっていなかったが、ジョゼファは彼らからも死からもポーンと逃げ去って、もうすぐ九一歳というところまで生きたのだった。

高い窓のせいで裁判所のように見える、まるで魅力のない建物。暗く威嚇的(いかくてき)な正面玄関。ここですべての審判がくだる。

今ならまだ引き返せる。すべてをなかったことにできる。しかし妻のアグネスは、トランクをタクシー運転手から受け取ってしまった。そして自分のほうへ歩いてくるところだ。

業者に頼んで建物クリーニングをするべきだな。あるいは新たにモルタル塗装か。クラッツプッツ社の二ミリが一番いい。あれなら汚れがつきづらい。ヴァルターに電話するように言っておこう。いや、リンダー氏のほうがいい。なんと言っても、専門家の患者、「ヴィーラント建材会社」の代表が入院してるのだから、何もかもが終わったら、特別に割引してやろう。寄付みたいなものだ。むかしは教会や礼拝堂に寄付したものだ。今では病院にしたほうが意味がある。

ヒーローはこの思いつきに満足し、微笑むとしばしその場に立ち止まった。


しかし金がないな。長く続くポプラ並木を振り返りながら思った。並木は少し曲がりながら坂の傾斜に合わせて上っていき、一番高くなっている病院の駐車場まで続く。海はないものの、ここの地理は混乱するほどマヨルカ島のホテルと似ていた。あのハーブの香りもない。心地よいそよ風が吹いている。世紀の夏。もしかしたら街が見える個室をもらえるかもしれない。もしかしたらジョゼファのときみたいに、すべてがうまくいくかもしれない。ヒーローは自分に勢いでもつけるように、トランクを前に後ろにと一度揺らす。額の汗を手でぬぐい、決心したように病院の玄関へ歩き出した。アグネスは重いスーツケースをもっているのにもかかわらず、ヒーローに追いつくと腕を組んだ。

「決心して良かったって思うわよ」元気づけるようにアグネスが言った。

「しかし自分から願い出て夏を病院で過ごすなんて、罪だ」

「あなた！　自分から願い出たなんて言える状態じゃないでしょう！　遅くとも八日後には家に戻れますから」

あるいはお棺という細長い六角形の箱のなかにな、とヒーローは思う。

「クララが埋葬されていないんだ。俺は今は入院したくない」

「遺体をまだ返してくれなければ良かったのにね。でも安心して。あなたがいない間は何もしませんから。それにしてもどこに埋葬すればいいのかしら。ジョゼファのお墓をまた開けられるのかしら？

それともヴィーラント家のお墓に入れたほうがいいのかしら？　でも自殺した人を？」

「おまえが心配することはない。ヴァルターが調べてくれる」

ふたりは受付に着いた。ヒーローは大量の書類を書き、署名した。はい、何々について、何々であることの説明を受けました……であることに確かに同意します……何々への通知を依頼します……。

事務室の曇りガラスの向こうに、うろうろ歩く人々の影が見えた。暗い色のモーニングガウンを着た男たちや髪が跳ねたままの女性たち、きちんと櫛をいれた女性たちだ。何人かの年寄りは車いすだった。

ヒーローは目の端でとらえたが、じっとは見なかった。彼らは別世界の人たちで、自分とは関係がないのだから。


ヒーローは病室へ案内された。すっかり疲れていた。病室には実際、大きな窓があった。夏の暑さのなかに沈む街がはるか下に見下ろせる。案内してくれた看護師が言うには、この病室の二つ目のベッドはまだ空いているから、彼はひとりで使う。

本ではちきれそうだった小さなトランクはすぐに空にされた。本は棚にきっちりと並べられた。ヒーローは、これからは旅行に使うことのなくなったトランクの荷を解いていく。アグネスも手伝った。彼はここ、病院にたどり着き、もうトランクは必要ない。もしもうまくいけば、トランクと一緒に家へ戻る。

病気は冒険たっぷりのサファリと考えられる。そんな話を聞いたことがあったが、ヒーローはそんな気分にはなれなかった。サファリはそもそも安全なところから、大型の肉食動物を見物し、追いかけ、仕留めるものだ。底意地の悪い癌を見つけ出すのとは違う。

ヒーローはベッドに座り、本や老眼鏡をベッド脇のテーブルに飾るように置いていった。その間アグネスは下着や洗面用具を棚や洗面所に片づけた。ヒーローはテーブルをぱたんと上に動かして、専門家らしくメカニズムを確認していた。病人が食べるのに使うのだから、しっかりしていなければならない。ヒーローはすでに腹が減っていたが、今日はもう何ももらえないだろう。

アグネスは家へ帰りたかったが、なんと言ったらいいかわからなかった。ヒーローは寂しそうにベッドに腰かけているし、アグネスは心配で泣き出してしまいそうだった。ふたりともこんな状況は初めてだった。そこへ麻酔科医が入ってきた。近日控えている手術について、新しい入院患者と話すためだ。アグネスはそれを機に、ヒーローをいつもより強く抱きしめて、さりげなく言った。「電話しますね」。そして足早に去った。

家に帰ると、ヴァルター、マルタ、アンドレアスがすでに待っていた。兄弟(きょうだい)で集まって、病状について話そうと提案したのはヴァルターだった。アグネスはこのときをひとりで過ごさずにすんで、嬉しかった。

マルタはベランダのテーブルにもってきたクッキーを並べ、コーヒーを淹れていた。ティナとヨハネスは同時に着いた。庭の門のところで、ヨハネスはティナの髪にくしゃっと手を入れて言った。

「お嬢ちゃん、店はうまく行ってるかい?」

「うるさいわね、おじいちゃん。そろそろたっぷりお肉がつきはじめる年齢なんだから、新しい服を買ったほうがいいわよ」

ティナはヨハネスのお腹を手の甲でぽんとたたいた。同時に反対の手で、手早く髪を直した。

「わかるかな、大切なのは内面の美しさなんだよ。その点おまえは……」

ヨハネスは妹をことさら憐れむようにじろじろ見てから「ノートルダムの鐘つき女（ヴィクトル・ユーゴーの小説『ノートルダムのせむし男』に登場する生まれつき背が曲がり、醜い顔をした鐘つき男にたとえている）だな」と言った。

突然ヨハネスが声をあげた。

「見ろよ、珍しい人がやってきた」

通りを歩き、庭の門へ向かうネレを指さした。


庭の大きなテーブルに集まった家族たちをヒーローが見たら、嬉しくなっただろう。妻と五人の子供たちが仲良く座っている。ネレもいるぞ、と。みんなでコーヒーを飲み、プチフールを食べている。きっとカフェ・ルイトポルト（ミュンヘンのカフェ）で買ってきたんだろう。アグネスの好きな店だ。

しかし部外者がいる。みんなひとりできたのに、マルタだけが夫を連れてきた。結婚したというだけで、家族には属していない者。アンドレアスが赤ら顔で期待しながら座っている。

金の話ということか。何があってもいいように俺はヴァルターと一緒に公証人のところへ行って、ヴィーラント建材会社を譲った。それをどこからか聞きつけたんだな。アンドレアスはきっと反対するだろう。家族の財産はみんなに関係があると言うだろう。とくに自分には関係があると思い込んでいる。

しかし驚いたことに、アンドレアスは長く居座らなかった。数回の激しい言葉のやり取りのあと、その場を去った。怒っているのは明らかだった。ベランダのドアから早足で家に入ると、反対側にある玄関のドアからやっぱり早足で出ていった。入り口に停めてあったメルセデスベンツに乗り込むと、走り去った。ヒーローがこれを見たら、笑ったにちがいない。

マルタに最初の夫のウドーより安定した生活をもたらしてくれたアンドレアスだが、ヒーローはこの男が嫌いだった。共産主義者だった前の夫ウドーは、ヒーローがヴィーラント家の富を弁護するたびに、妬みのあまり顔色が変わった。しかし次のアンドレアスは、投資アドバイスでもって、何もかも台無しにする。とにかく厚かましい。ヒーローにだって遠慮しない。だからいい気味だった。

しかし家族が何を話しているのか。ヒーローに聞こえたら、笑顔ではいられないだろう。家族を近くで撮るのと、遠くから撮るのとの違いは音声。家族は彼について話していた。正確に言うと病気について、それからヒーローに対してどんな態度をとるべきかを話し合っている。しかし意見が一致しないらしい。聞き取るにはそばまでいかないとならない。庭にはライラックやレンギョウ、イボタノキも植えてあり、すべては夏らしく緑が生い茂っているから、身を隠すにはもってこいだ。そこまでいけば一語一語、言い合いのすべてがはっきり聞こえてくるだろう。

激しい言い合いだ。

どうやらみんなのほうが、ヒーロー自身より病状を知っているようだ。化学療法に反対してインドの伝統医学（アーユルヴェーダ）がもち出された。これはもちろんティナだ。でも誰も説得できないようだ。マルタとヴァルターは西洋医学の信者だし、今ではヴァルターも、前立腺癌ではなく腎臓癌だとわかっている。どうしたわけかアグネスはおとなしい。ヒーローはこんな妻を見たことがない。アグネスは迷っているようだ。絶対手術だ。彼女は手術さえすれば大丈夫だと思っている。そうでなかった場合のことは、考えたくないのだろう。ヨハネスはまた専門家面して、付け焼刃の知識を尊大にひけらかしている。

「癌には酸素療法が効くんだ。もう何十年も前から知られてるんだよ。この一家では誰ひとり知らないだけさ」

そしてネレがようやく口を開く。

最終弁論というわけか。この子はジャーナリストか弁護士になればよかったんだな。後ろから観察している。しかし待てよ。この子は俺のために話してくれているんだな。

「決めるのは父さんの自由でしょうね。どんなことがあっても。どんな治療をするのか、そもそも何かするのかも含めて、父さんが自分で決めるべきでしょうね。どんなことがあっても」そう強調した。

みんなそれを聞くと口々に話し始め、そばにいても収拾不可能なほど声が入り乱れた。ヒーローは聞いていないのだから、実のところ収拾不能でかまわない。彼は病院で鎮静剤投与を受けて横になり、次の日の右の腎臓の摘出手術に備えていた。

5

真夏らしく、気温も温かくて、天気も最高によかった。しかし夫は病院にいて、危険を孕むむ、いわば黒雲のもとにいる。

アグネスはやましかった。手術は成功したが、あとのことは何もわからない。それなのに自分は、何もなかったかのように同窓会に行く。

誰かが何か言ってきたら、夫がお見舞いを望んでいないのです、と説明するつもりだった。妻の自分も例外ではないのですよ。夫とは一日に二回、朝食の後と、夜、夫が寝る前、電話で話すきりだから、それ以外の時間、一日じゅう家にいたって仕方がないんですよ、と。

それに今日の同級生たちとの約束は、ずっと昔から決まっていることですもの。少なくとも夫が手術すると決めるはるか前に決まっていたことだもの。

アグネスはお気に入りの服を着ていくことに決めた。鳩の羽のような青灰色で夏らしく軽やかだし、痩せて見える。特に腰から下がすっきりする。わくわくして、愉快な気分になってきた。今日という日には大事なことだ。

彼女の目が生き生きと光った。小首をかしげて窓から外を覗くと、彼女はじっさい鳩に似ていた。

アグネスは楽しくなってしまった自分を、ひとり恥じた。

医者たちが「腎臓は、一つになっても問題はないんですよ」と言ってくれたことを思い出した。

夫は最悪の事態を抜け出して、あとは回復していくばかりなのだとアグネスは思っていた。

この八月は夢のように素晴らしい天気なのに、あの人ったら夏を楽しめないのよ、可哀そうだわ。

といっても後悔するほど、体力があるようでもないの。少なくとも電話では何も言っていなかったわ。


お見舞い禁止が自分にまで当てはまると知った当初、アグネスは腹が立った。しかし次第に、自分を思いやって夫はそう言ったのだと思うようになった。彼はそういう人だった。ぶっきらぼうな態度の裏で、思いやりにあふれていた。おかげで、秋に行われる教区のバザーの準備も思う存分できたし、打ち合わせにも全部参加できる。昨日は合唱練習の後、イタリアンの店でワインを軽く飲むのにもつきあえた。何年かぶりだった。

アグネスは旧市街に向かうバスに乗っていた。カフェ・ルイトポルトでは毎年同級生の「女子」たちが塔の部屋を個室で予約していた。ああ、あの当時のわたしたちは若くて小粋だったわ。今やそんな女の子たちはすっかり消え失せた。どこを見ても、不満だらけのふくれっ面。肌も汚いし、青白い顔ばかりだ。最悪な場合は、アグネスの隣に座った子のように、鼻の穴に輪をつけて、耳に鋲(びょう)をつけているときてる。今の子たちは美しいってことがどんなことか、知らないんだわ。アグネスは非難するように顔をしかめた。

現代の外見が、最下層の趣味に決められていることは見てのとおりですよ。そう、すべてにおいてですよ。洋服、食べ物、ことばづかいに人づき合いまで、何もかもそうなってしまってるわ。

アグネスは、ヒーローの悲観的な見方に、いつも反対してきた。自分の人生の喜びを失わないためにも、そうせねばならなかった。彼はありとあらゆることに、迫りくる滅亡の兆しを見てこんなことばかり言っていた。

「ローマの滅亡だって、最初はこんな風に堕落から始まった。あとは外からの後押しがほんの少しあれば十分だ。何らかの危機、経済的なものとか、政治的なもの。もともとそういうものは互いに関連しているわけだよ。あるいは自然災害。それだけで快適というこの薄い層は、崩壊してしまう。人間は苦しむことになる。子供たちが逃れられると言うのかね？」

子供たち。

アグネスは笑みを浮かべた。

子供たちと言ったって、あの子たちはもう十分に大人ですよ。不幸なことがあってもなんとか自分たちでやっていけるわ。夫もわたしもそのために必要なものはもたせてやったんですから。

そういうことになったら、神さまへの信仰や地域の教区の共同体がどれほど大事か、子供たちもようやくわかるはずよ。今はまだ異教徒みたいに振る舞って、お金とか見かけとか成功のことしか考えていないけれど。

バスは大聖堂広場へ近づいた。そろそろ降りる場所だ。同世代とのおしゃべりが楽しみだった。以前は何を話せばいいのかわからなくて、緊張したし、いらいらした。

あのころは会っても好奇心ばかりで、お互いのことを情け容赦なくじろじろ見たものだわ。家族の集まりで兄弟（きょうだい）たちがするのと一緒。自分のほうがましだとわかると気もちが落ち着くから、とても重要だったのよね。夫の職業やら、子供は何人いるのかとか、子どもの外見とか、学校ではどうかとか、それとなく聞く。自分も働いているのか、あるいは重要な役職を担っているか。長女マルタのことはこちらから触れて回る必要はなかったし、アグネスとその大家族はいつも抜きんでていた。

それがここ数年はというもの、子どものことは重要な話題ではなくなった。職業のことや孫のことは、少し話してそれで終わりだった。離婚したことに触れることもあったが、誰も詳しくは話したがらない。その代わりに誰が太ったか、静脈瘤（じょうみゃくりゅう）のあるのは誰か、髪が白くなったのに染めもしないのは誰か、差し歯は誰か。そういうことで仲間を品定めする視線が再び強くなってきた。誰がどんな病気を患っているのか。ここには家族の者も入る。もちろん年をとってからは、意地の悪さは、ある種、好意的なものに変わった。競争心や妬みからの比較も減った。それでもアグネスは自分が健康なのを喜ばしく思っていたし、夫のことは絶対に話さないつもりでいた。

物思いにふけりながら、アグネスは大聖堂広場を横切った。

関心があまりにも違うので、同級生たちを友人とは呼べなかったが、それでもどこか姉妹のような一体感があった。それぞれ違うのだが、互いに関心があり、交流を断ちたくない。年をとればとるほど、そうなっていった。学校時代の共通の体験によって、彼女たちとは説明のつかない一体感があった。加えて今では「これまでの間にこの世を去った人々と違う、自分たちは生き延びたのだ」という誇りに近い感情があった。

女子校だったので男はひとりもおらず、気の置けない集まりだから、遠慮なく男たちのことを話せた。といっても悪く言うわけではなく、男の人ってこうよねとあれこれ話せれば、我慢するのは楽という程度だ。おまけに女性たちどうし、異性に気に入られる必要もない。というわけで、異性をめぐっての競争は不要だったのだ。

アグネスはルイトポルト通りに入っていった。

改装したカフェの新しい赤いファサードがすぐに目に入った。アグネスは思った。今日はいったい誰が来るのかしら？

以前この集まりは五年おきだったが、仲間の何人かが次々に亡くなってからは、一年に一度集まるようになった。それからというもの、この場所でカフェが目に入るたびに、塔の部屋に現れるのが自分だけだったらと不安に襲われた。誰も来ないかもしれない。

六八歳なんて、たいして年じゃないわ。そう自分に言い聞かせる。今も生き残っている人たちは、面白半分に自分たちのことを「雑草の集まり」と呼び、そう感じていた。

それにしてもたった二、三世代で、年齢の感覚がずいぶん変わったのは驚きだわ。

七〇歳の祖母はものすごく年寄りに見えたし、そのあとすぐに亡くなった。当時は「おばあちゃんはあまりにも早く亡くなった」とは誰も思わなかった。そういうものだと思っていた。自分の母親も六〇歳でおばあちゃんに見えた。アグネス自身、そのころすでに五人の子供のうち、四人目まで生んでいて、母親のことはおばあちゃんとして見ていた。

そして今、自分にもひ孫がふたりいたが、すばらしく元気だったし、力もみなぎっていた。

もしかしたらそのせいで、四〇人もいたクラスのうちのたったひとりの生き残りになることを恐れているのかもしれない。

「一〇人のくろんぼの子供」（一〇人いた子供がひとりずつ死んでいき、最後にひとり残って結婚する。そしてまた子どもを産みまた一〇人になるかもしれないという歌）のように、次から次へ消えていき、最後にひとり残るのだ。ぜったいに自分のことだ。でもわたしはこの年で、また新たに一〇人を見つけるなんてできっこない。

黒人と言えば、ネレが黒人といるのを見かけたと、昨日ヨハネスが言っていなかったかしら？　まったくなんてことかしら！　ネレらしいわ。

カフェに着くとアグネスは、お気に入りのプリンツレゲンテントルテ（七層からなる全体がチョコレートで覆われたミュンヘン名物のケーキ）があるか確認しようと、まずケーキのショーケースに目を走らせた。それからすぐに二階の塔の部屋へ向かった。

心配は杞憂に過ぎなかった。すでに何名かいて、楽しそうにおしゃべりしていた。彼女を見て大きな声で「ハロー」と挨拶した。

「あら、きれいね！　あなたいつも素敵よ！　何年も体重をキープしてるのって、あなただけよ」

ローザが言うと、ほかの人もうなずいた。アグネスは笑った。そして嬉しくなった。

「歳をとったときの分まで、最初に太ってしまったからよ。みんな、元気だった？」

おしゃべりに花が咲き、楽しい午後のひとときだった。当時、クラスで成績が一番だったエルナは杖(つえ)をつき、付き添いと一緒に現れた。大腿骨頚部骨折の話を、詳しく話してきかせた。

「いくらか年齢がいったふくよかな女性が登場よ。いい？　ワインレッドのモーニングガウンを着てるの。あ！　彼女は寝室のベッドサイドマットにつまずいてしまう。おっと、見事なつま先ターン！良かった、転倒は避けられた。ところがどっこい、勢いがついた！　くるっと回転。するっとドアの外へ、ああ、あっという間に階段を転げ落ちてしまった！」

彼女の話はあまりにも見事で、聞いている者はいつの間にか、バレエの舞台の観客になっていた。

「介護用ベッドサイドマットなんて、最高に愚かな商品開発だわ。きっと整形外科医がスポンサーよ」

女たちは笑って笑って涙が出てきた。その一方で全員が、誰かが来てくれるまで、ひとりで何時間も意識を失ったまま倒れている姿を思い浮かべ、すこし恐怖を感じた。エルナの場合はタイミングよく娘さんが来てくれたのでよかったし、こうしてみなの気晴らしのネタになった。

じつに楽しい時間だった、アグネスの携帯が鳴り響くまでは。

ヴァルターからで、今どこにいるのかと言う。

「親父のことで病院から電話があって、緊急に話し合わないとならないんだ。お袋の家に行ってもいいし、お袋が良ければ家に来てくれてかまわないんだけど」

「手が空いたら、そっちに行くわ」とアグネスはきっぱり答えた。

すぐに立ち上がって、出ていくわけにはいかなかった。あまりにもすぐ電話に出たため、誰もが話すのをやめて、期待に満ちた目でこちらを見ているからだ。

わかったわよ。

アグネスは覚悟した。

「夫が入院しているの、いまのは息子。話し合いたいんですって。急いでいないから、今晩でいいそうよ」

みんなのぎょっとした顔を見て、アグネスは急いでつけ加えた。

「たいしたことないのよ。病院に携帯の番号を教えるのを忘れてしまったものだから。ほんと、慌てるようなことじゃないのよ」

それでも雰囲気は一変してしまった。「何の病気なの？」と聞きたくてうずうずしているのを我慢して、唇を噛んでいるのはローザだけではなかった。

重症なの？　命にかかわるものなの？

なんでそんなにアグネスは冷静なの？

アグネスは冷静なんかではなかった。

最初に席を立った。そわそわして気が急いているのを隠しきれなかった。

カフェを出ると、同級生たちが窓辺で手を振っていた。アグネスが大聖堂広場を横切るころ、彼女たちはもごもごと言い合った。

「そろそろバス停に着くころよ」

それからようやく、せきとめていた疑問をいっせいに解き放った。答えはなく推測にすぎなかったが、みな饒舌（じょうぜつ）でかなりあからさまに互いの意見を吟味しあった。最後は「アグネスのご主人の番なのね」というところに落ち着いた。

6

その人の姿を見て、ヒーローは驚愕した。神父にとってはなじみの光景だった。自分が病室に入ると、たいていの人はそういう顔をする。彼らは思うのだ。とうとうそのときが来たか。懺悔しなければならないのか、と。

起こったことすべてに責任をもつ人が、やっと来たと思う人もいた。病気になったこと、治療がうまくいかなかったこと、友人も去り、妻は理解がない。そういったことすべてに対する責任。彼らは怒りをぶつけてきた。神父に苦情を言うことで気が楽になる。神父は天の神の手下で、何もかも知っており、神と共謀していると思っているようだ。

賢そうな顔の白髪のこの神父はゲルハルトという名だと、ヒーローに自己紹介した。彼は五〇歳くらいだった。——神父は自分でもわからないのだった。なぜ病気になったのがこの人で、ほかの人ではないのか？　ひかえめに言ったとしても「豚野郎」としか呼べない者が、ふてぶてしくぴちぴちと生き延びるというのに、善良な子羊たちは往々にしてひどく苦しまなければならないのは、なぜなのか？

八号室のヴィーラントさんは違うようだ。彼はまず最初に「わたしはモリブンドゥスなのか？」と聞いた。確かに「モリブンドゥス」、ラテン語で死にゆだねられた者と言った。神父が自分は医者ではないのでわからないと答えると、もう行ってくれと言ったのだ。感じよく、けれどもはっきりとそう言った。

「あなたのことを必要とする人たちのところへ行ってください。わたしにお時間を使う必要はありません」

こんなに平然と落ち着き払って話すなんて、もしかしたら神学者なのかもしれないと神父は一瞬考えた。ところがとんでもない。彼は建材を売る商人だった！　まるで証拠でも見せるように、自分の会社から取り寄せたファサードのカタログを見せてくれた。しかしテーブルにある分厚いカタログを、自分ではもうもち上げられないほど弱っていた。神父が助けようとすると手を振って「お時間を無駄にしないでください」と断った。

「教会を改装なさることがあれば、ヴィーラント建材会社へいらしてください。もちろん割引きいたします」

これだけ言うと、すべて言い終えたという風にクッションに寄りかかった。

口を開いたのは神父のほうだった。「少し座って話をしてもいいでしょうか。わたし自身、モリブンドゥスなんです」

「白血病なんです。余命、一八カ月だそうで、きちんと計算したそうですよ。神父だから」

神父だからと言いながら、ゲルハルトは苦々しく微笑んだ。

「はっきり言ってもかまわんだろうと言うことなんでしょうな、神さまがいるんだから、大丈夫だろうというわけです」

「わたしがまだ五〇歳で、とにかく生きていたいということなんか、おかまいなしなんです」と続けたかったが、これは言うのをやめた。自分も病気であること、機会があればぜひまたお話しさせてくださいとだけ伝えた。

「このところわたしはいわゆるインプットだけを常にしているわけです。患者さんやその家族が投げ入れてくる話は、ときおり吐しゃ物のように苦いです。神父には味方に全知全能の神がいて助けてくれているんだから。そう思っているんでしょう。多くの人は神父のことを避雷針のように扱うんですよ。地上から天に向かってですから避雷針とは逆ですが、何もかも天に伝えてくれて救済を頼んでくれる存在として扱うんです。しかし苦しみは大きく、救済はたいてい訪れません。そもそも何を願ったらいいのか、わたしにはわからないことが多いです。もしかしたらもっとよく聴けるように、願うべきなのかもしれません。というのも、この神さまというのは、かなり不明瞭にお話しになるので、神父の身ですが、すべて理解できているとはとうてい言えないのです……」

訥々(とつとつ)と話す聖職者の話を、ヒーローは注意深く聞いていた。俄然(がぜん)興味をもち、ベッドの横の椅子に座るように手で促した。それからヒーローによる尋問が始まった。タブーを恐れない質問ばかりだ。

神のしもべとして、法王のことをどう考えているのか。教会にあるヒエラルキーについてはどうか。神の姿をどうイメージしているのか。神父の性生活は？

　神父はカトリックの聖職者なので、たびたび困惑のあまり咳払いした。しかしヒーローは、相手が率直なこと、偏見がないことにすぐに気づいた。

「わたしは人を改宗させたいとは思っていません」

　神父は言った。

「神はいる、あるいはいない。確率はフィフティ・フィフティです。わたしは神さまといい経験をしました。だからわたしにとっては神さまはいる。それだけなんです。それ以上のことは誰も言えません。神の存在を証明することは、そもそもできませんから」

　ヒーローは、そのような考え方で聖職者でいることは可能かと尋ねた。

「それともわたしが気づかない間に、教会の方針が変わったんでしょうか？」

「それはないでしょう」と神父は微笑んだ。

「病院勤めの聖職者は、宮廷道化師みたいなもの。何を言っても許されます。学校で働くことはわたしには許されないでしょうし、教区をもつことはもってのほかでしょう。

　わたしの同僚はプロテスタントの女性牧師です。わたしたちはふたりでこの病院を受けもっています。宗派ではなく、科で分けています。常勤でいつも決まった時間に病院に来ます。ほかにもユダヤ教とイスラム教の同僚がいますが、彼らは呼ばれたときに来るだけですね。患者さんのなかには、自分のところの教区の自分の聖職者に来てほしいという人もいます。そういう場合はそのとおりにします。でも今までわたしたちのことで苦情を言った人はいませんでした。みなさん、自分に時間を取ってくれる人がいる。それだけで喜ばれます。それが第一なんでしょうね」

ゲルハルト神父の担当は、内科、外科、老年医学科で、小児科は同僚の女性牧師が受けもった。子供はわたしには無理です。涙もろいんですとゲルハルト神父は説明した。

「学生のころのことです。お恥ずかしい。包帯を頭に巻いた目の大きな利発な子でした。ICUのその子のベッドに行ったとたん、泣いてしまいまして。するとその子は『心配しないで』って乾いた口で言うんです。『ママに来てほしい。もう一度ママに来てほしい』と。でもその子のママはこの子と同じ事故で亡くなってしまったんです。

わたしには子供は無理です。どんなトレーニングをしたって、どんなスーパーバイザーについたって、無理なんです」

この病室にはそんなドラマはない。ヴィーラントさんは落ち着いていたし、人生で何もかもを得てきた男だ。伝統的な家族経営の会社をずっと経営してきて、会社は息子が継ぐ。あるいはもう継いだかもしれない。加えて誠実に心配してくれる奥さんと五人の子供たち。誠実に心配している。確かにそう言っていた。それにたいへんな高齢とは言えないが、死を受け入れられる年齢だ。

ゲルハルト神父はたいへんな高齢まで生きるのは、人に勧められないと思っていた。体験しないですむならそのほうがいいたぐいのことを、老年医学科でいろいろ見ているせいだ。九〇歳を過ぎるとたいてい難しくなる。とりわけ家族にとって大変になる。

ゲルハルト神父はサイドテーブルに積み上げてある本を観察した。目の前にいるのが、多くの方面に関心をもつ、教養あふれた人物だということがわかった。この人と話をするのはきっとおもしろいだろう。

神父はここで日々体験することについて、話し始めた。もちろん患者たちの名前は仮名にしたが、ずっと誰かに話したかった神父の抱えてきたストーリーだ。悩みをぶちまけてしまいたいと望んでいることを隠さなかった。

ヒーローはときおり目を閉じて、注意深く話を聞いた。ときおり質問した。患者の運命に関心を寄せ、神父の答えやアドバイスにも関心を寄せていた。ゲルハルト神父は喜んで答えた。

人々が望むお父さんというのは、このヴィーラントさんのような人かもしれないと思った。そして願った。

この患者さんがまだしばらくとどまりますようにと。

7

父さんが、あのとき介入してくれればよかったのに。マルタはそう思った。
彼女はひとりでジュニーバ（オランダ産のジン）を次から次へ飲み干しながら、おいおい泣いていた。娘はリコーダーのレッスンに行っていたし、アンドレアスはいなくなってしまった。いなくなる度合いに程度の差はあれ、行ってしまった。

父さんがやっと家へ来てくれたあのときだったら、まだなんとかなったはずなのに。父さんの誕生日にうちへ招待したあの日。週末、ヴァイトリンクの我が家へ来てもらって、わたしの家族アンドレアスとケルスティンと一緒にのんびり過ごしてもらう、それがプレゼントだったのに。母さんなしで、父さんを独占したかったから。

父さんは歴史も特徴もない眠りこけた村だとか言って、この小さな町をたいして好きじゃないのよ。わたしたち、もう長年ここに住んでいるけれど、来てくれたのはたったの二回よ。でも今回は、ほんとうに重要だった。ふたりきりで話したかった。子供のころ、わたしは父さんの秘蔵っ子だった。あのころはふたりの間を邪魔する男とか、夫とかがいなかった。あのころみたいにしたかったのに。

マルタは「今も父さんを信頼してるのよ。だから助けがいるときは父さんに助けを求めるの」と言ってあげたかったのだ。それに父親の信頼をまた得たかった。アンドレアスのことを相談すれば、ちょうどいいと考えていた。

そうするには父さんにひとりで来てもらわないとならなかったのよ。母さんが一緒だと、あの人は父さんの一言一言をいちいち真に受けて、ヨハネスにはそうしてあげてないとか、文句を言うんだもの。昔からそうやって、母さんと父さんは張り合って、攻撃し合っていた。もしかしたらそのせいかしら、そのせいで父さんはなかなか返事ができなかったのかしら。

やっと来てくれたと思ったら「病気なんだ」ですって。「癌なんだ。でもすぐに治療できるんだ」そうつけ加えたのよ。あのときはきっとそう信じていたんだと思うけど。

夕飯が終わって、ケルスティンが上の自分の部屋に行くなり、父さんたらそう言ったのよ。やっと邪魔されずに、何もかも話せるはずだったし、父さんは美味しいものが好きだったから、腕によりをかけて料理した。それなのにすこししか食べないものだから、ちょっと驚いちゃったわ。ケルスティンがどうしてもって、リコーダーでテレマンのソナタを吹いて聞かせたせいかとも思っていた。ケルスティンはふだんはお気に入りの孫だし、おじいちゃんの前でどうしても演奏したがった。でもうまくいかなかったのよね。父さんは褒めてあげられなかったし、ケルスティンは機嫌を損ねてしまったし。

ほかの理由で気が重かったと知って、自分にビンタしたい気分になっちゃったわ。

アンドレアスはここ数年ずっとそうだったけれど、最悪よ。一秒だって待てないぞと父さんに自分の新しい投資会社への投資をもちかけたのよ。ありとあらゆる論拠をもち出して説得しようとしたけれど、父さんは断固、断った。アンドレアスは目を細めて、あの冷たい目つきになった。そして父さんともわたしとも、一言も口をきかずじまい。
わたしはずっと別の問題を考えていた。アンドレアスは権威に弱いんだから、あのろくでなしには父さんが一言びしっと言ってくれれば十分なのに。父親なんだから助けてくれればいいのに。

そこでマルタはヒーローと夜、散歩に出かけた。ヒーローは満月だと特に夜の散歩に行きたがったし、今回はほとんど何も食べなかったというのに、満腹だから行くと言った。アンドレアスは機嫌をそこねたままだから、ふたりきりで行くことになる。家庭内の問題をばらさせまいと、ただそれだけのためにアンドレアスはついてくるかもしれない。マルタは一瞬、不安を感じた。
父と娘は月に照らされた新興住宅街の通りを歩いた。静かな晩だった。歩いているのはふたりだけ。そこでマルタはやっと、例のこと、アンドレアスのことを打ち明けた。

「あの人、同僚ともう何ヵ月も続いているの。情報処理学の教師よ。ひどいでしょ。わたしが問いただして認めさせたの。嘘つきなだけじゃなくて、陰険。だってそうでしょう、なにも同僚と……。そんな状態なの。それだけじゃないわ。教員室でみんなの笑い者にされているんだわ。それにあの人たち、恥も外聞(がいぶん)もないのよ。夜、家に電話をかけてくるんだから。わたしのこと、どこまで苦しめればいいのかしら。

アンドレアスもどんどん図々しくなって、子どものことなんてどうでもいいみたい。それで離婚するなら、この家の自分名義の分は、現金で返してくれっていうの。だから父さん、助けてもらえないかしら」

父さんときたら、話の間じゅう月を見てた。まるで今にもそこに飛び跳ねるんじゃないかってくらい、ずっと。そしてこう言った。

「できない」

え？　と思ったわ。どういうことかしらって必死に考えたわよ、きっと気が散ってるんだとか、いろいろあって今は混乱してるんだとか。心ここにあらずって感じだけど、辛抱よ、病気のことがどうにかなれば、また元に戻る。だからマヨルカ島に行くまで待ってみようと考えたの。そのことも気になってるに違いないもの。変わり者で自分勝手な弟のヨハネスに、父さんはものすごくいらいらさせられちゃうから。

ところがマヨルカ島は思ったほどひどくなかった。それどころか最後には父さんも気に入ったみたいだった。ドイツに戻って、父さんはリラックスして見えたし、それどころか元気になったようだった。だから、わたしは父さんに会ってもう一度頼もうと思ってた。わたしがノイブルクに出ていって会社とかカフェとか、どこか公的な場所で会おうと思っていた。そうしたら父さん、どうしたと思う？　突然手術することに決めちゃったのよ。入院よ。それにお見舞いは禁止ですって。

マルタはグラスを空けると、勢いよく注ぎいれた。赤、白、青のストライプの蓋をほとんど空になった瓶にねじこんだ。ジュニーバはアンドレアスとケルスティンとともに休暇で訪ねたオランダで好きになったお酒だった。あのころはまだ幸せだった。あのころは少し飲む程度だった。今では何杯もあおるように飲む。

ひとつ希望があるとすれば、父さんが遅くとも二週間後には退院することだった。

でも母さんも一緒にいて、鋭く目を光らせるわよね。もしかしたらほかのみんなも一緒かもしれないし。とにかく急がないとならないの。アンドレアスは何も問題がないみたいにマヨルカに一緒に来たし、今までのところ問題のない家族を演じてきた。もちろん目も耳もばっちり開いて、家族のあいだで起こるかもしれない「闇取り引き」を見逃さないようにしている。知らないところで何かされるのが嫌な人なのよ。そのくせ自分のほうでは、わたしをわたしの家から追い出そうと計画を練っている。ちゃんと知ってるのよ。

相手と相当もめてるみたいよ。もしかしたら妊娠したのかもしれない。もちろんあいつは隠せるあいだは隠しとおして、自分からは言わないでしょうね。落ち着かなくちゃ。

自分が家の三分の一を払ったからって、なにもわたしを追い出すことはないじゃない。不動産投資と情報処理学のふたりなら最高に合うんじゃないか。そう思ったんでしょ。でもだからってそんな権利、あいつにはないのよ。

マルタは考えごとのなかでも、つっかえてきた。最後の一杯を飲みほした。小さな声でブツブツ言いながら、二階へ上りベッドに入った。腹立たしいことに、ふたりは今も同じ寝室を使っていた。アンドレアスはすでにいびきをかいていた。

今に見てなさいよ。父さんが治ったら、あんたなんかひどい目にあうんだから。

8

最初はジョゼファ大叔母さん、次がクララ叔母さん、そして今は親父。
年の順ってことか。

ヴァルターは向かいの空の机を見た。父親のいない光景にまだ慣れることができない。ヒーローは長年のあいだ、せいぜい二日か三日しか続けて会社を休まなかった。今回は「遅くとも二週間後には戻ってくるはずだ」と言っていた。

ヴァルターは机を整理した。書類を積み重ねながら今日の午後のリンダー氏との会合を延期すべきかどうか、考えていた。今のところ受注状態も悪くないし、不透明なリンダー氏のプロジェクトから逃げたい気もちもある。親父が帰ってから話し合ったって、十分間に合うだろう。

なんと言っても親父は会社を譲渡してくれた。しかも公証人のもとで、書類もすべて揃えてだ。「どっちみち、時間がないんだよ」と言っていた。俺は十年も前に、そうしようと言ったんだ。そのときは親父が嫌がったんじゃないか。親父の会社、親父のライフワーク、親父の聖域。俺では守りきれない。ずっとそう思ってきたのさ。

別に悪い父親だったわけじゃない。ヴァルターはそう思いながら、パソコンの電源を入れた。親父は実用的なタイプではない。そういう才能に対する評価やリスペクトもない。あの人にとっては、劣っている人たちがそういう仕事をするのが当たり前なんだ。俺自身は、実用的なことや運営といったことに才能があったし、楽しかった。きっと母親から譲り受けたのだろう。親父はテントも張れない。それどころか目玉焼きだってつくれない。しかもそれを自慢にしていた。親父はよく言っていたよな。そういう類のことに向いている人たちが、ほかに居るんだって。俺みたいな人間のことだろう。

ヴァルターは整理した机に座って、背もたれによりかかり、頭の後ろで手を組みながら、なんてこったと思った。親父の考えでは、会社ではそういう人たちが、倉庫の保管、商品の入荷や出荷、パソコンでの経理などをしたらいいのだ。しかしだからと言って、褒められようと思ってはならない。

ヴァルターは自身も父親になって、ずいぶん年月がたった。父親とは逆のことをしようとしてきた。自分の父親を好きになろうとすることは難しかった。しかしもう彼を必要としていないのは、いいことだった。俺はもう親父に気に入られなくていいんだ。評価に左右されることもない。そう考えると心が軽くなった。

ヴァルターの息子たちはプレッシャーを受けずに、のびのび育った。ヴァルター自身ではそう思ってきたのだが、ロビンとシュテファンに、父親としてどう思っているか、一度聞いてみるつもりだった。

ヴァルターと息子たちとの関係は、ヒーローとヴァルターの関係とは、かなり違うものだった。妻のテレーザはアグネスと違って「パパが帰ってくるまで待ちなさい」などと言って、父親の権威を持ち出すことはなかった。その反対でヴァルターは厳しすぎるという意見だった。ヴァルターが声を荒げそうになっただけで「大きな声を出さないで」とか「どうしても叫ばないとならないの？　子供たちはちゃんと聞いているわ」と言ったものだ。

妻はありがたい。息子はふたりともいい子に育った。親父の子供たちはそうではない。俺の兄弟(きょうだい)はそれぞれ、かなりの欠点がある。特にヨハネスは親父のお気に入りだが、ひどいもんだ。もちろん親父は「あの子には我慢できない」と振る舞っているけれど、関心があるのはヨハネスだけだってことは、誰にだって見え見えだ。若いヴィーラントさんは、知的で無鉄砲で自信家だ。要は親父が弱いタイプだ。

マヨルカ島での大騒ぎを、もしも俺がしようとでもしたら、どうなったか。

そのくせヨハネスは親父の前で面子(めんつ)を失わないですむように、借金はなんとか俺とだけで処理して、ばれないようにしたがった。結局、わかってしまったけれど。

ヨハネスが大学を辞めたとき、親父はもちろんがっかりした。せめてこの息子だけでも学者になって欲しいと思っていたのだから。息子というのは、父親の果たせなかった夢を果たすものなのか。俺たちに一番に望んだことは、歴史学者になることだった。とはいえ会社があったから、俺にその選択肢はなかった。会社の後継ぎとしてではなく、永遠の奴隷。

それでも俺は残った。それも自分でそう決めたんだ。

何年も前のこと、テレーザはスカウトの話をヴァルターにもってきた。父親の家族会社では、大量のサービス残業が当たり前だったからだ。それで自分が経理で働いているトラウト建材会社の話をもってきたが、ヴァルターは会社に残った。そしてヒーローには何も話さなかった。おかげでヴァルターは自分の価値がわかったし、ほかに選択肢があるとわかった。実によかった。そして今の状況からすると、残ったのは正解だった。

テレーザは俺の部署にフルタイムで採用しよう。息子たちも大きくなって家から出たし、俺と働きたいとずっと言っていたからな。リンダー氏は解雇しなくちゃならん。でも親父にはまだ言わないでおこう。もちろん、ふたりが投機で失敗したことも言わないさ。

ヒーローとリンダー氏のふたりは、ヴァルターをバカだと思っていたが、それは誤りだ。ヴァルターはバカなどころか、ふたりとは対照的に投機に大成功していた。それもまさにリンダー氏がやめたほうがいいと言った株で。その利益から、自分と家族の分をきちんと取ってある。

親父は会社からもっと早く引退すべきだったんだ。七〇歳にもなって、毎日毎日会社に来るなんて！　あの歳なら老後の準備をすべきだった。

ノックの音がした。秘書のムルナウさんがコーヒーをもってきた。何年もの間、一〇時ぴったりに行われる儀式。彼女はとても混乱したようにヒーローの空っぽの椅子を見た。今にも泣きだすのではないかとヴァルターは思った。しかし彼女は黙ったまま、パソコンのキーボードの横にコーヒーの盆を置いた。

親父は英雄には何も起こらないだろうと思っている。でも実際のところ親父の名前はヒーローではなくて、ヘルヴィッヒだ。ヒーローはただの愛称だ。英雄でもないというのに。不安なんだよ、親父は。俺が物心つくころから、周囲に不安をまき散らしてきた。大きな崩壊への不安。親父にとっては人類はいつだってそれに直面していた。核戦争への不安、世界経済の停滞への不安、民衆の粗暴化への不安。苦心して考え出し、生き残り計画を練り上げた。大量の備蓄を地下室に用意し、何週間もの間、お袋と週末のたびに山へ出かけた。あやしい予言によると放射能から守られた谷があり、もしものときに家族が生き残れるように、そこで宿屋を探したんだよ。

ここ最近、親父はさらに不安が増えたんだろう。子供たちをきちんと育てられなかったのではないか。病気が自分を変えてしまうのではないか。交渉ができないし、従業員に父親のごとく接しないヴァルターには、会社を率いることができないのではないか。たしかに。だが俺はそんな社長にはなりたくない。秘書のことを自分の妻のように面倒みるなんて、納得できない。会社は俺の家族ではない。家族のところには、仕事が終わったあとに帰っている。自分が社長になった今も、それは変わらない。俺にはヴィーラント建材会社以外にプライベートがある。ロビンやシュテファンはもう家を出たが、妻のテレーザとの生活だ。

ヴァルターは他の家族に言った。

「手術が成功したらさ、治る見込みが大きいって、父さんに伝えたほうがいいんじゃないか」

ヒーローの友人で、医者のローラントの勧めだった。ヒーローは現実を受け入れられないだろうからとのことだった。ローラント医師はひょっとするとクララ叔母さんの事件から、そういう血筋なのではないかと思ったのかもしれない。死から逃げるために、直接死に飛び込んでいく、そういう血筋だと。

ヴァルターはそうは思わなかった。しかし絶対ないとは、もちろん誰にも言いきれない。

9

今度はわたしの番だ。父さんが望もうが望むまいが、お見舞いに行くわ。病状を伝えるつもりよ。父さんにはその権利があるもの。ケンも紹介する。

「新しい彼です。ええ、真剣よ。父さんの気に入るといいんだけれど。気に入らないとしても、わたしにはどうにもできないわ」

ダメ。最後の文は言わなくていい。フェアじゃないわ。父さんも偏見は埋葬すべきよ。あ、これも言えない。「埋葬する」はダメね。「克服する」のほうがいいわね。


ほかの人たちが伝えるつもりがなかったことも、父さんは知るべきでしょうね。生きる勇気を失わないように配慮しているつもりらしいけれど、伝えた後で、なんと言ったらいいかわからないから、それで言わないだけだと思うのよ。

この先も生きる勇気を失わないように、嘘をつき続ける。今になって、生きる勇気なんて必要なの？　どちらかというと死んでいく勇気なんじゃないの？　死ぬために何かする必要なんて、父さんにはないのよ。案外、早いのかもしれないし。

もちろん、早くないことを望みたい。わたしにはまだ父さんが必要だもの。父さんとの関係が終わったとは言えない。そもそもまだ始まってさえいないのだから。非難ではなくて、会話。わたしは家族から被害を受けたわけではない。ただその中心にいなかっただけ。そのことを父さんに伝えなければ。

母さんにも父さんにもお気に入りの子がいて、ほかの子のほうが大切だったことはもちろんわかっている。わたしはお気に入りには入っていなかった。どういうわけか、わたしはいつも家族には入っていなかった。

でもそのことはもういいの。自分でこんな風に考えて、文にしたから。

「顧みられない人間は、見えなくなる。だからどんなことをしても大丈夫なの。童話に出てくる身を隠すことのできる帽子のもち主と同じ」

そう。ほかの兄弟（きょうだい）にはなかった、かなりの自由がわたしにはあったわ。ヨハネスと両親との間の果てのない議論を思い出す。勉強はどんな風にすべきか。スポーツや補習コースでは何を追加すべきか。大学で何を学ぶべきか。ヨハネスは冴えない成績でアビトゥーア（日本の小学校五年から高校三年にあたる期間、一貫教育を行うギムナジウムの卒業試験で、大学入学の資格試験を兼ねている）を終えたというのに。そういう親の介入をわたしは省くことができたのよね。それでも何度か落ち込んだわ。それは認める。嫉妬と孤独。そのときはこんな文章を書いたわ。

「自分を見てもらうよう、他人を強制することはできない。愛されることはなおさらだ。とりわけ家族には」

これはひとまずの助けになった。それからどこへ行っても家族を悪く言った。女友だち、のちには彼氏たちがいつも味方してくれた。わたしは悲劇の役を演じ、ほかの人は同情してくれた。そうやってうまく乗り切った。そう思うわ。

そういうことを父さんに話そうと思っているの。そのことについてはもう悩まないでいい。ほかのことのほうが今は重要だということ。もしも父さんが望むなら、わたしたち家族はみな、そばにいるということ。もちろんそれぞれのやり方になるでしょうけど。わたしたち家族は一緒に何かをすることができないのよ。それは学んでこなかったから。でもこれは父さんに言う必要はないでしょうね。

突然、思ったの。たったひとりの死にこんなに大騒ぎすることは正しくないと。わたしが望もうが望むまいが、胸に湧きあがってきた。ほかの場所では大量に人が死んでいるのに、わたしたちは無感動に受け止める。昨日も自爆テロで百四十八名の死者が出た。ここでは誰もそのことで泣き叫ばない。


ケンに聞いてみたわ。

「数千人の死者って想像できる?」

「できない」と彼は答えた。「誰にもできない」

彼は仕事上、折に触れてそういうことと関わりがあるのよね。わたしは自分のやり方を説明したわ。死者たちをひとりずつ、部屋に寝かせていく。一部屋に十名ずつ。ひとりひとりに、名前と顔がある。子供もいれば女も男もいて、若い人もお年寄りもいる。それからわたしは一部屋ずつ、部屋を巡る。全員をじっくり、きちんと見る。哀しみと疲れで、もう見ることができなくなるまで見る。でも大きな事件になると、たとえば地震やワールドトレードセンターの同時多発テロ、あるいはボスニア、アフガニスタン、チェチェンの紛争、ほかの戦争などになるとできない。それにわたしも年をとったわ。より無感覚になったたし、疲れやすくもなった。

死は荷が重すぎるわ。なぜそうなのか誰もわからないのよ。誰もが遅かれ早かれ直面することだし、最初からわかっていることだというのに。

けれど死ぬのは他の人だと、誰もが思っているんでしょうね。少なくとも自分が元気なうちは。

10

クレオは息子をヒーローと名づけたがった。ヨハネスはとんでもないと思った。「愛に誓って」とヨハネスは言った。「というより敬意に誓って、それって本当に、いい考えではないよ」

クレオは楽しいことだと思った。アメリカ流のアクセントで「小さな英雄（リトル・ヒーロウ）」と呼ぶ。「考えてみて、ヒーロウよ、かわいいわ」誰もが偉（えら）ぶってつけたのではなく、祖父にちなんで名づけたと考えるだろう。残念なことにその子が知り合うことのない祖父の名。

待てよ、やっぱりそれもいいかもしれないとヨハネスは思い直した。みんなが言うように親父にはちゃんとした景気づけがいる。それに来週退院する予定だしな。

家族は大げさだ。親父はすぐに退場するタイプではない。まだいろいろ整理するつもりだろうし、それが長生きさせるだろう。周知のことだ。片づいていない責務は、死に瀕した人さえもかなり長生きさせる。親父はほんとうに重要なことを、まだし残しているじゃないか。

公正証書遺言さえ作成していないことを、お袋から聞いている。多少書き残してはいるものの、たえず変更したり加筆したりしつづけて、しかもお袋にさえ見せない。

終末医療事前希望書さえないという。とにかくまず初めに作成してもらわないと。親父は大げさな痛がり、まあそこまで言わないとしても、ちょっと独特だから。医療関係者が親父になんでもかんでもするなんて、あってはならないだろう。とくに大して効果がないケースでは。

それに親父は、絶対に俺たちともう一度真面目な話し合いをするつもりだ。「真面目な話し合い」いつもそう言ってた。それはひとりひとりに行われる、それぞれのために考えられた演説。記念に書類にして手渡してくれるかもしれない。そういうことは時間がかかるものだ。演説の準備、ひとりひとりとのアポイントメント。だって、この話し合いとやらは、ふたりきりで行われるべきだろうしな。

急いだようなヴァルター兄さんへの会社譲渡が、はたして賢い選択だったのかは、まだこれからわかることさ。しばらく待って、それから会社を売却すればいい。そのころには会社に返さねばならない月々の返済も、たぶん忘れられているだろう。そうなるといいんだが。ヴァルター兄さんは折に触れて返済を促してきたが、かなり控えめだった。世間に知られたくないんだろうな。親父だって公証人から聞いて、絶対知ってるはずだっていうのに。

だけどふたりとも、我が家における比喩的な会話の世界レベルマイスターだから。我が家では不快なことは無視される。ささいなことと見分けがつかなくなるまで、糊で貼り合わすのさ。そもそもまったく存在しないのかもしれないな。たいてい誰も気がつかないから。

ひょっとするとこんな付き合い方のおかげで、互いに殺し合わないですんでいるのかもしれない。

クレオの家族は直接言い合うのに、うまく折り合っていた。彼女の父親は新しい伴侶と、あのスペインのマヨルカ島の小さなホテルを引き続き経営していくつもりだ。クレオ、ヨハネス、そして赤ん坊はいつでも歓迎だと言われた。クレオの新しい家族も全員歓迎してくれるそうだ。ふたりともヴィーラント一族にすっかり魅了されたようだ。「あの団結力、あの楽しそうなこと」

もしかしたら親父は、もう一度あそこへ行きたくなるかもしれないな。お膳立ても可能だ。親父が海や景色をとても気に入ったのは明らかだ。それにお袋だって一緒に行くだろうな。そうすれば気も晴れるだろう。今のお袋には、本当に必要なものだよ。

11

まただわ、商品出荷の人たち、なんてことしてくれたのかしら。

新たに到着した商品を陳列しながら、ティナはそう考えた。

「エスプリとエスカーダは、小さなサイズしかないわ」と愚痴った。

週に二回、掃除、店内ディスプレイなど肉体労働や、注文した商品の受け取りなどを手伝ってくれている店員は、言葉なしに頷いた。

「外を歩いている人たちをきちんと見ればわかるでしょうに。あの化け物たち、サイズXLかそれ以上を着て、うろうろ歩いているでしょ。このサイズの服を全部なんて、とてもじゃないけどうちでは引き取れないわ」

ティナはさらに愚痴をこぼし、細い腰の上のぴったりしたスカートを満足げに撫(な)でた。

まるで彼女にはほかに悩み事がないかのようだ。

たしかにティナは何も決定しないですむ。兄弟(きょうだい)のなかで一番若いというのは得だ。決断は年上の兄弟たちがしてくれるのだ。末っ子はいつまでたっても大きくならない。永遠に末っ子のままだ。それはこの家族に限ったことではないが。

それでも今はみんな、わたしの言うことを聞くべきよ。すべてが最初から間違っているの。ヴィーラント一族らしいわ。他の人なんて無視して、自分のパートだけ弾いているんだもの。すぐに話し合うべきよ。それでまずは一度、現状維持が可能で、効果のある処置を試してみるべきだわ。それには当然、ほかの人たちが父さんに真実を伝えることが前提になる。それに父さんも自分を乗り越えないとならないわ。しかもその自分自身は、少なくとも父さんがここ一週間入院している病院くらい大きいの。

代替医療についての最低限の知識を身につけてもらわないとね。あの人たちは何も知らない子羊ちゃんみたいに、指示にはすべて従い、通常医療の人たちの基準値に従っている。何も知らないくせに、インドの伝統医学(アーユルヴェーダ)を鼻で笑っている。でもそうこうしているうちに、手遅れになっちゃったわ。あの人たちは既成事実をつくってしまったのよ。腎臓を取ってしまったんだから。


「これから癌は転移するでしょうね」とティナは予言した。

「誰でも知ってるでしょ、体は抵抗する。手術後にできる傷が、新たな細胞成長の要請になるの」

するとと兄弟たちは答えた。

「それは大衆医学だろう。医学の専門的知識とは関係ない。ハハハ、あとは心身医学的な説明が欠けてるだけだな」

父さんにとってはそれだってまちがいじゃないわよ、とティナは思った。

「だけどおまえはセラピストじゃない。ましてや父さんのセラピストでは全然ないんだからね」

ティナはお母さん子だ。末っ子の甘えん坊。ヒーローは、彼女の世界、よい外見、ファッション、いい暮らしをすること、人生の楽しみ、そういったものには全く関心をもたなかった。それよりも責任、鍛練、義務、深さを重視し、軽さや陽気さとは無縁だった。でもティナには必要だ。そしてありがたいことに夫のイェンスも同じ。

イェンスは事故にあっても臆病にならずに、勇敢に克服した。あのとき、あの事故の一日目、ティナはパニックになって父親に電話した。父親に任せなければならなかった。

父さんはすぐに動いてくれた。オートバイ事故だなんて、それも自分の家族に起こったなんて絶対にきまり悪かったのに、父さんは友人のローラント医師に頼んでくれて、介入してもらえたのよ。

イェンスは幸運なことに以前と変わらず、大胆だ。前と同じくらい向こうみずだ。それがティナには気に入っている。イェンスはいつもびくびくしているような知識人タイプではない。彼はそんな人たちを笑いとばす。イェンスは実際にはよく本を読むし、本を読むのが好きなのに。

イェンスが言うにはヒーローは理想的なプロテスタントの牧師だそうだ。

「君のお父さんなら、ルターの本を書き換えただろうね」

イェンスは言った。

「たとえば『購買行為と暴利について』とか。あるいは感動的な脚注をつけて出すとか。それに説教者として名を成しただろうね。それも悪くない評判の説教者になれたよ。揺さぶられるような言葉が好きな人はたくさんいるからさ。それで自分の原理どおりの生活をしたと思うよ」

イェンスは、家族のことは、つまり自分の子どものことは何もかも母親のアグネスに任せるべきだったと言う。

「それでお父さんは知的なことに身を捧げればよかったんだ」

ティナにはそれは信じられなかった。たとえ牧師になっても父さんは、教育に絶対口出ししたはず。化粧も踊りもバイクも、いま同様に自分に禁じただろうし、自分はやっぱり従わない。

各自が自分の道を行く。ただ末っ子にはあまり選択肢がない。前を行った人たちのせいで、多くの道がすでに埋まっている。ティナは人の歩いた跡を歩きたくなかった。だから機会を待った。上の人たちと十分距離ができるまで、許される限りの学年を繰り返した。各学年、一度ずつ落第した。自由に感じた。ティナがなんとかアビトゥーアを修了しただけで、父さんは喜んだ。すぐに結婚するだろうと確信し、実際そうなった。しかし職業選択には口出しをしなかった。商業の見習い修業を選んだことは気に入ったようだ。しかし分野はファッションで、父さんの好みではなかった。「しかしこの問題は」と言って、夫のイェンスに任せることにしていた。紳士服ブランド、ヒューゴー・ボスのデザイナー兼アートディレクターであるイェンスは喜んで、請け負った。

ティナの言い分では、父さんと自分は緊張のない良い関係だ。ふたりは共通する関心はないが、お互い干渉しない。ティナが助けを必要とするときには、たとえば今回のイェンスの事故のようなときには、父さんが出てくる。ティナにはそれで十分だった。

今、父さんが可哀そうだった。人生を軽くしてあげたかった。陽気にしてあげたかった。笑わせたかった。以前は時々、父さん自身がそう試みてくれた。ティナがまだ子供のころ、もう覚えていないが、おたふく風邪だか、はしかだかで入院したときのことだ。

父さんはピエロのように、部屋を走り回ったっけ。父さんが想像するところの「ピエロ」だったけど。常軌を逸した大げさな身振りでふらふらと歩き、オレンジをふたつ使ってお手玉をしたの。オレンジは何度も手から落ちた。父さんは『何でもしてあげる』と約束した。『また元気になってさえくれれば、僕のお姫さまに何でも約束してあげる』と。

この状態で自分が何もしてあげられないことが、ティナは残念だった。こんなに早く病気に襲われたことも悲しかった。ティナの子供たちはまだ小さかった。アンナは九歳で、フィリップはまだ三歳だ。おじいちゃんのことを覚えていないだろう。父さんの写真をできるだけたくさん撮らなくちゃ。それもできるだけすぐに。病気が顔に現れてくる前に。

12

アナベルは特別だった。ヒーローとアグネスの子供ではないものの、ほかの孫たちよりもヒーローとアグネスに近かった。叔母にあたるティナより七歳年下なだけだったので、アグネスは最初の数年間は、アナベルを自分の子ども同様に可愛がって、「遅れてやってきた女の子」と呼んだ。

アナベルの母親のマルタは、アグネスのお気に入りの子ではなかった。ヒーローが賛成しないにもかかわらず、アグネスはアナベルを可愛がった。マルタはいつだってヒーローのお気に入りだったが、ウドー登場以降はそうではなくなり、アナベル誕生以降は、まったくそうではなくなった。忠実ではない人間、堕落した人間には助けもない。しかしヒーローは、未成年の母親の父として、マルタに生まれた子どもの後見を引き受けた。

これらのことは、アナベルの思い出せる以前の出来事だ。

アナベルは父親のウドーのことも覚えていない。写りがいいとはとても言えない写真が数枚あるだけだ。みなマルタがウドーと別れる前、そし事故にあって死ぬ前に撮ったものだ。太い巻き毛の男、身だしなみはよくない。どの写真も、唇にはタバコをくわえている。ほとんどがピントがずれて、ぼんやりしている。よく笑う男だ。マルタとだけで、アナベルとの写真は一枚もない。

最近アナベルは考える。おじいちゃんが父親だったらよかっただろうかと。独り占めできるのなら、たぶんそうだ。でも他の人たちと分け合うのなら違う。自分だけの父親のほうがいい。そう思っていたのに、自分の娘のレナに父親を与えることもできなかった。とどまってくれる人がいなかった。しかしアナベルはそれでもやっていけるとわかった。すごくいいとは言えないけれど、まあまあだ。それに家族がいる。痛い棘（とげ）があることが多いし、アナベルのことを考えて、望むように受け止めてくれる家族ではないけれど、つながりはある。

たとえば、どうしてこのばかばかしい名前を防いでくれなかったのか。ほかの人が言うように、そんなにおじいちゃんに権威があるのなら、こんな名前は禁じられたはずだ。母親のマルタと父親のウドーはラインハルト・メイがあのどうしようもない歌（ドイツの歌手ラインハルト・メイの曲『ああ、アナベル』。「ああアナベル、君はとっても知的、素敵なほどにネガティブで、目が覚めるほど普通じゃない。君は僕の世界を壊しちゃう」という歌詞）をつくる前に、この名前をつけた。この名前のせいで、思春期、彼女は知的な脚韻でからかわれ、打ちのめされた。アナベルは皆に、この歌の前に生まれたと説明しなければならないと思っていた。だからこの歌のアナベルとは関係ない。それに後見人でもある祖父も、名づけのときにはいまいましいことにほんとうに何にもしてくれなかった、と。

それでも祖父はいつもそこにいてくれた。祖父は激流のなかの岩のようだった。しかしアナベルは陸地にいる。激流のなかの岩がいったい何の役に立つのか、アナベルにはわからなかった。この状況になったのは、母親が大学を終え、ほかの街で教職についたときのことだった。アナベルは母のマルタとふたりで、退屈な田舎町の小さなアパートに住み、そこで学校に通った。祖父母に会えたのは学校が休みで、たいがいはほかの人たちも一緒の、祝祭のときだった。ヒーローはそんなときはいつだってみなの父親であり、同時に誰の父親でもなくなった。

どう表現したらいいのかわからない憧れで、アナベルは誰かを求めていた。


それからアナベルは自立した。

税理士の養成専門教育を受け、その分野に精通した。マルタは将来、自分の収入に関する無料の助言や世話を期待できるので、大喜びし、学費を払った。というよりも娘に投資した。それはアンドレアスとの結婚後も続いた。アンドレアスは最初のうちは、この邪魔をしようとした。しかし自分の企業にも利益になるとかぎつけたのだった。

それでもアンドレアスとアナベルは互いを嫌い合ったし、アナベルは決してアンドレアスとは仲良くならなかった。彼の下心を見抜いていたし、自分の職業に自負があった。アンドレアスにはそれがまた癪(しゃく)に障ったのだ。

「父親もいないくそガキ」とアナベルを呼んだことがある。今は、アナベルの娘のレナにそう言っている。ただし、アナベルがそばにいないときだけだ。アナベルは、娘がアンドレアスとふたりきりにならないようにしていた。ヒーローの前回の誕生日のとき、騒動が起こった。アンドレアスは自分の娘のケルスティンをレナと争わせようとずっとけしかけていた。マルタはただ見ていた。しかしヒーローが間に入った。彼はなにひとつ見逃さない。ようやく静かになった。

アンドレアスがいるから、レナは自分の祖母のマルタのところに、ひとりでは決して行かない。アナベルと一緒にしか行かない。女たちしかいなければ、レナと、マルタのふたり目の娘ケルスティンは仲良くできた。ふたりは一緒に楽器を弾くこともあった。弾いているより、クスクス笑っているほうが長いけれど、母親たちは何も言わなかった。音楽はアナベルにとって、いまだに未知の感触がした。いかがわしい感じさえした。それもヒーローのおかげ、ヒーローから受けた教育のせいだ。

ヒーローが病気だとわかってからというもの、アンドレアスは嫉妬深く監視していた。ヒーローがアナベルに何かしらゆだねないか。家族の財産にあたるものをゆだねやしないかと、監視していた。

しかしそんなことをあれこれ考える必要はないのだった。

13

やはりひとりで来たわ。

最初はケンと一緒に来ようと思っていた。あれこれ説明するより会ったほうが早いと思ったから。でもケンは待ったほうがいいと言った。

「君のお父さんは不意打ちに感じるだろうから。そういうことは誇り高い人だから望まないだろう。それもベッドに寝ているところを黒人に見られるのは嫌なはずさ、家族にさえお見舞いを禁じているのだから」

彼の言うとおりよね。いまわたしがここにいるのも、何の根拠もない。

あっという間だったわ。最初に言う文章をきちんと準備した。ノックした。返事がなかったから、すぐになかに入ったのよ。

父さんが病室をひとりで使っていると聞いておいてよかったわ。そうでなければ部屋を間違えたと思ったでしょうね。父さんが全然違って見えたから。

サミュエル・ベケット（アイルランド出身のフランスの劇作家、小説家、詩人。代表作『ゴドーを待ちながら』）みたいだったの。すごく痩せていて、もじゃもじゃの灰色の髪が高く真っ直ぐに立っていた。もちろんベケットを寝間着で見たことはないし、そもそも写真でしか知らないけれど、でもベケットもちょうどこんなベージュに青の縦じまの、すこしわくちゃのパジャマを着ていてもいいはずよ。わたしは準備してきた文章を言った。謝ったの。しかしその必要はないようだった。父さんはわたしを考え深げに見た。ぜんぜん不機嫌ではなかったのよ。

「いい、いい。少なくともおまえには勇気がある」

それを聞いてすっかり混乱したわ。ベッドの隣の椅子に腰をおろした。しばらくの間、何も言わずにとりあえず座っていた。生徒みたいだった。呼ばれるのを待っていたのよ。

でも父さんも何も言わなかった。ただわたしを見ていた。どことなく驚いて、そしておもしろがっているようだった。はっきりとわからなかったけれど、少し微笑んでいるようだった。それから父さんが話し出したのよ。

数年前の日食のときに、偶然出会ったことを話した。

「俺はあのとき家族の誰にも会いたくなかったから、ひとりでカッツェンベルクまで車で行ったんだ。群衆のなかに混じろうと思ってな。そうしたら突然目の前におまえがいたんだ。ちょうど今のようにな」

父さんはかなり小声だった。わたしはかがみこんだわ。微笑んでいるのがはっきり見えたの。わたしの思い出もはっきりよみがえってきた。あのときも、突然そばに立っていたのよ。

光は独特な感じで、不気味だった。何もかもがうっすらと灰色がかり、人は死人のように見えた。完全な静寂。小鳥も直前まで叫ぶようにして飛びまわっていたのに、ピーとも鳴かなかった。一気に寒くなった。八月だというのに。父さんは上着を肩にかけてくれたの。父さんの背広よ。会社から直接来たんでしょうね。母さんはたしか教会の人たちとどこかに出かけていたわ。


なぜなんだろう。それから父さんに聞いた。

「なぜその話をするの？」

父さんは「光」と答えた。この数日同じ光がまわりにあるそうだ。わたしは恐ろしいと思った。きっと一種の昏睡（こんすい）状態だったんでしょうね。

「だが、今はもう終わった。体力は戻ってきてる。はっきり感じる」

枝のようにやせ細った腕や手を、見ないように努めた。生気がうすれ、注射針が刺さっていたところに青灰色（せいかいしょく）のしみが浮かんでいた。病院でどんな治療があったのかわからないけれど、きっと恐ろしく大変だったに違いない。父さんを見ればわかる。


父さんは少し大きな声でまた言った。

「俺はまた元気になった」

それからいろいろ計画を立てているのだと言った。もちろんわたしはどんな計画なのか、尋ねたわ。

「もう一度海へ行く予定だ。退院してしっかり元気になったらな。しかしもちろんまずはクララの葬式だ。いまはそれが一番重要だ」

その話から離れたかったので、どの国へ行くのか聞いたの。

「暖かくて、海がきれいなところなら、国はどこでもいいんだ。遠すぎてもいかん」

「イタリアはどう?」

提案すると、いい考えだとすぐに賛成してくれた。こうなるともう、いくら努力しても、計画どおりにはできなくなった。父さんに本当の病状を伝え、だからそんな未来のことを計画するよりも、ほかの旅のこと、死へむかう旅路を準備するべきではないかと言うこと。だめだ、そんなことは言えないわよ。

父さんは明るい色の目をしているんだけれど、その目でわたしのことを見ていた。なぜベケットに似ているのかがわかった。ベケットも父さんもタカのような目をしているのよ。わたしは父さんに言った。

「あたらしい彼氏がいるの。ヴォルフとは全然違うタイプの人。わたしの家族にも関心があって、父さんに会いたいって言ってるの、もしも父さんがよければ」

第3章

再び、家族と

1

ヒーローは戻ってきた。聞きたがる人にはもうすこしで死ぬところだったと話した。顔色はまだすこし青白く、黒いコートを着ているせいでさらに強調された。彼はしかし胸を張って立ち、家族の輪のなかで誇らしく感じていた。しかし手術後にリハビリ病院に行くことは拒絶したし、引退して休養するようにという忠告もすべてはねつけた。
「もっと重要なことがある。まずはクララの葬式だ。クララも待ちくたびれただろう」

そもそも葬式向きの天気があるとすればの話だが、その日は葬式向きではなかった。天気が良ければ良いで、土に埋葬される人を気の毒に思うだろうし、その日のようなひどい天気のときには、多少の羨ましささえ覚えるから。この数週間、大西洋の低気圧のせいで、最初の風が墓地に吹きつけていた。ひどく冷たい風で、人々はそんな寒さに慣れていなかった。七月は暑くて乾いていたのに、八月の今、段階も経ずに秋になった。

ヒーローは震えながらも、周囲の人間を考え深げにじろじろ眺めていた。彼らは市営墓地のホールの前で待っているところだった。少し前の結婚式のときのように改まって、家族が全員そこにいた。しかし今回はその真逆の集まり。大変な目にあわされている家族だ。出産が差し迫っているので家に残ったクレオ以外、実に全員がいた。

「墓地で生まれてきたら、赤ちゃんも気まずいでしょ」

　彼女独特のユーモアで言った。

　ネレも来た。とはいえ、すこしはずれたところに男と一緒にいた。一目であれが新しい恋人だとわかった。ネレは病室で「ナイジェリア出身の黒人だ」と話していた。ヒーローは打ち明けてもらっていなければ、きっとほかの者たち同様に驚愕（きょうがく）したことだろう。彼らに先んじて、その反応を観察して楽しんでいた。

　自分はネレの味方だ。俺の意見はすでに伝えてある。ヒーローは首を伸ばしてじろじろと頭越しに見ていた。クラスの生徒を点呼する教師のようだ。実際、家族はお説教を待っているように立っていた。誰もが目立たないように体を小さくし、身をかがめている。隣のアグネスさえ、靴の先に答えがあるかのように、下を見つめていた。

　遠く離れたところには、見知らぬ弔問客が何名かいた。彼らも途方に暮れていた。クララの友人かもしれないし、新聞を見て見物に来た野次馬たちかもしれない。老女が自殺することは珍しいことだった。

　マルタが妹の連れの黒人に気がついたようだ。すぐにアンドレアスの脇をつついて、気づかせようとした。つついてから思い出したようだ。もうこの人とは関係ないし、ふたりで何かするつもりもないのだと。あんぐり口をあけたアンドレアスを残して、左側のティナとイェンスのほうに数歩寄った。それから後ろのヨハネスを振り返った。兄弟は集まってひそひそ話し、ホールの風の当たらないところにいるネレたちを好奇心むき出しでちらちらと見た。

ヴァルターとテレーザ、その息子ふたりはひとかたまりになって、自分たちだけのグループをつくっていた。彼らは反応しなかった。ロビンは妻のメラルを連れてきていた。メラルはイスラム教だったが、ちゃんと連れてきたのだ。その息子のヴェリはまだ二歳だったが、やはり連れてきていた。ヒーローはそれを見て感動した。どうやら孫の世代には家族というものがわかっているらしい。小さなときから、家族として全員で参加させるのだ。

ヒーローは最初、この結婚に反対だった。相手がトルコ人だからだ。しかし祖父としては何の影響も与えられなかった。しかもアグネスが前に立ちはだかったのだから、なおさらだ。彼女はヴァルターとテレーザの味方となり、若いふたり、そしてそのときお腹にいた赤ん坊を守ろうとした。今になってみるとそれでよかった。


小雨が降りはじめた。霧吹で吹いたように細かな雨だった。

凍える羊の群れのように、大人たちはどっと建物の入り口前、その屋根の下へ押し寄せた。子どもたちは砂利道できゃっきゃと鬼ごっこをして遊び始めた。大人たちに注意されて呼びもどされるまで、雨も風も気にしなかった。

もう時間だった。

ホールといっても実際は小さなチャペルの扉が開けられた。一瞬で静かになる。ヒーローとアグネスが最初になかに入った。ヒーローはマヨルカ島でも同じように教会に入ったことを思いだした。葬式は家族行事なんだろうか？　と疑問を感じた。

今回のは違うな。全員が集まったには集まったが。クララは近道をした。俺にも聞かず、いや、誰にも何も言わなかった。それも、どこも病気じゃなかったことは明らかなのに。

自分勝手で配慮がない。人はそういう人だったと思うだろう。クララは人生の終わりによくない印象を残した。ひとりっ子の特徴なのかもしれん。そのうえ父親もいなかった。誤りを正す父親の手のないままに育った。そういうことはいつか現れ出てくる。俺は前々からそう確信していた。クララは今になってそれを立証した。

家族をどんな目にあわせるか。そんなことは考えもしなかった。しかも神への冒涜だぞ、命を捨てるなんて。俺は命のために闘わねばならんというのに。

だが時が経てば別のクララを思い出すかもしれん。あの微笑みや気立ての良さ。人に愛されたし、陽気だった。ジョゼファに対してはじつに献身的だった。

人が亡くなると死の間際の最後の顔の印象は、時とともに薄れていくものだ。死によって刻みつけられた顔に、昔の顔がとってかわる。人生の真っただなかだったころの、美しい顔のほうを人は思い出す。それと同じだ。

長く考えれば考えるほど、ヒーローはクララの別の顔をはっきり思い出した。テーブルスピーチではそのクララについて話すことにした。

ヴァルターとネレがすべて仕切ってくれて、ありがたかった。アグネスは絶望と羞恥心から、匿名での葬式を考えていた。自分は関係ないと表明しようとした。しかしふたりが抗議した。おかげでみなで今ここにこうしている。

わずか三カ月前にジョゼファを埋葬したのと同じチャペル、同じ墓地だ。ヒーローには何年も前のことのように思えた。


ネレはケンと一緒に最後列に座っていた。

ふたりの意見は食い違っていた。ケンはなぜそんな遠く離れて座るのかわからなかった。ネレはそもそもケンが一緒に来ることに反対だった。お葬式が最初の機会に向いているとは思えなかったのだ。

「民族学の研究として捉えている」とケンは言った。

「それに家族全員に一度で会える機会を逃すわけにはいかない。みんなだって、わざわざ僕を招待しないですむんだよ」

そう言うとネレががっかりし、落ち込んだように見えた。そこでケンは別の理由もあげた。

「もちろん君のそばにいてあげたい。クララのお葬式だからこそ。クララとは知り合いみたいなものだし、だから……だけど、なぜこんなに離れて、しかもふたりきりで座らなきゃならないんだ？　僕らも家族の一員じゃないか」

ケンは小声で聞いてきた。ネレはすぐに答えた。

「すぐちゃんと説明するから。それにふたりきりではいられないわよ」

そのとおりになった。

ティナとイェンスが子供たちと一緒に、ふたりのすぐ前の列に入り込んできた。フィリップは珍しい男の人をたびたび振り向いた。子どもらしく目を丸くして、興味津々だった。ティナとフィリップの姉のアンナは、代わりばんこにフィリップの顔を前に向けてやった。アンナはそのたびに「あそこで音楽やっているわよ」と弟に言い、ケンのほうを見るとニヤッとした。


ほどなくして全員が席に座った。最後の二列はクララの知人や友人ですっかり満席だった。

それ以外の場所には、人々があちこちに小さなグループになって座っていた。小さな島々のようだ。そのうちの二つの島はヒーローの子供たちで、その二つはまるで半島のようにつながっている。ヒーローとアグネスだけが最前列に座っていた。ふたりは迷子の渡り鳥のようだった。隊列から離れてしまった、小さな黒いつがいの鳥。


「エドワード・サイードがこう言ってるの、知ってる？『わたしの家族には、感情を互いに共有する余裕がなかった。ひとりひとりが母親と相互関係があるだけだった』」

ネレがささやいた。

「うちもそう。うちの場合は、すべての線が父さんに向かっているの」

まるで聞こえたかのように、この瞬間ヒーローが振り向いた。ばらばらに座っている子供たちを見て驚いた。ふつうは悲しいとき身内どうしは近づき合うものなのにと思った。

それなのになぜ俺の家族は、ばらばらなんだ？　なぜ互いから離れていくんだ？　まさに今こそ、まとまるべきだろう。まったく、なぜわからないんだ？

別れの辞は短かった。神父には言うべきことがなかった。神父はクララの経歴を前もって練習しておいたとおりに無関心に読み上げた。この牧師は日付やわずかな部分だけ変更して、テンプレートを何度も使いまわしているのではないかとネレは怪しんだ。クララがみずから人生の幕を閉じたことが神父の知性に最高度の働きを求めたかのようだ。

ひとりの性急な女性が神の御前に、呼ばれてもいないのにつつましく進みでたと神父は話した。性急な女性、仕事熱心な、仕事に熱中していた女性と言い、いくつかはそれほど間違ってはいなかった。ヴァルターとネレの提出した書類から多少は使ってくれたようだ。しかし神父の話している人物からは、亡くなったクララの懐かしい姿はまったく見出せなかった。

雨と風に抗ってたどり着いた墓前で、何名かが泣きだした。つややかなオーク材のお棺の上には水滴がたまり、飾られたユリの花は何度も使ったかのように、濡れて水を含み傷(いた)んで見えた。

「汝(なんじ)は塵(ちり)なれば、塵にかえるべし！」（創世記第三章一九節。お葬式で唱えられる）

ぬかるみって言ったほうがぴったりね、とネレは思った。

神父は掘り返して積み上げた土の前に立ち、両手を上にあげた。彼の着ているスータン（カトリックの聖職者の着る通常服）の下に風が吹き込み、白い祭服(アルバ)をふくらませた。堂々として立派に見えた。しかし同じ風が、襟に巻いたストラ（首からかける祭服用の布）を宙に巻き上げようとした。神父はすぐにその端をつかむと、両手で腰にしっかりと押さえた。その姿はまるでパラシュート隊員。そのままお祈りの言葉を唱え始めた。

「我々はこの地上の客人なり。幾多の悩みを抱えてさまよいながらも、永遠の故郷に向かう」

細く震える聖歌隊の声が、その上に重なった。まるで聖歌隊まで彼岸への旅路にいるようだ。

これはネレのアイデアだな。俺の葬式では音楽はどのような形であっても一切なしにするように、やはり書面で残さねばならないとヒーローはふたたび決意した。弔辞が一言も聞き取れなかった。風のせいか？　不安になってアグネスを見た。小柄な彼女は自分の隣でこごえ、考えこんでいた。ヒーローは突然のどを絞めつけられるような、深い哀しみに襲われた。俺はもういないのだ。まるで消し去られたかのように。かがみこんだこの喪服の女性が、ぽつんと俺の墓の前に立っている。

自分の葬式に参列している自分を見て、ヒーローはぎょっとした。

参加者はお棺に聖水をふりかけていた。ふざけているのではないかと思うほど、カラフルな花輪で墓が飾り立てられていた。人々が花と土を投げ入れた。これはすべて俺のためだ。お棺のなかにいるのは俺だ。

ヒーローはひとりひとりが墓の前に立ち、なんと言ってお別れするのかを聞いていた。くらくらしてきた。滑り落ちていくようだった。深みへ引きずられてしまう。すべてから引き離される。

残されるアグネスに言いようのない悲しみを感じた。かよわい妻。俺が守ってやらねば。そう思って肩に腕をまわした。しかし妻が一緒に下に引きずられないようにしなければ。

アグネスが驚いて顔をあげ、ヒーローをじろじろ見たとき、ヒーローは我に返った。

「どこか悪いの？」

アグネスが聞いた。

「どこも」

ヒーローはそう言って首を振った。

この瞬間にヒーローを見た人は、寒さに震えていると思ったことだろう。

2

外から見れば、わたしは今までどおり。会社に行き、家に帰る。あれこれ用事をする。でも何もかもが変わったわ。

わたしの一筋にいたるまでケンを愛するようになってから、わたしは生まれてはじめて人生に愛着を感じている。彼と離れている日は早送りに、その代わり彼と一緒の夜はスローモーションになってほしい。先のことを考えるときには自分のことや仕事の望みだけではなく、まだはっきりしないなりに、ふたりのことを投影している。ケンはいつもそこにいる。

休んでいる時間には時に水道管の破裂のように、すべてが一気にあふれ出てくる。とどめようがなくて、何もかもがまじりあう。今日の夜は時間があるから、整理するつもり。わたしのなかも、わたしの周囲も。


父さんは本当に元気になったみたいね。

あんまり元気に見えるから、かえって確信がもてないの。見込みがないわけではないことを望んでいる。みんなもそう望んでいるようね。

父さんは自分の計画に心を奪われ、夢中になっている。未来を見つめて、人生に心を開いている。

ひょっとしたらわたしたちがそう思いたいだけかもしれない。あるいは父さんがそう思わせているのかもしれない。

わたしもそしてケンも、父さんを観察しているわ。そのことに気づかれないようにしなくてはならないでしょうね。

「きみのお父さんだろう」とケンは言う。

「だったら僕に関係あるよ」

そんな風に簡単に言う。

それでもやっぱりケンは一緒に来るべきではなかったわね。少なくともお葬式の後、すぐに帰るべきだったのよ。とはいえ、クララ叔母さんのために、すべてが厳粛に行われるよう望んだのもわたしだった。

葬儀後の宴会は「ライヘンシュマウス(遺体の宴会)」(お斎(とき))と呼ばれているんだもの。この言葉がすでにひどいわよね。ケンは笑ったらいいのか、吐いたらいいのかわからなかったそうよ。

テーブルではすぐに、誰がどこに座るべきかの争いが始まった。

マルタはケンの隣に座りたがったけれど、アンドレアスが割り込んでくるのを阻止できなかった。座席は大事よね。母さんが準備していたら、食卓に手書きの座席カードがあったはずよ。でも母さんはケンのことを知らなかったから、きっとわたしの隣の席にはヴォルフと書いたでしょうね。それはまずいわ。

それから猿芝居のスタート。ヴィーラント一家のサーカス劇場。

誰もがほかの人を出しぬこうとしている。拍手が欲しくてしかたがないのよ。ヨハネスとアンドレアスはラテン語の引用でパンチの応酬になった。「ほかの人がしていいから（クオト リセット イオヴィス）って、君までしていいとは限らない」には「彼は見かけよりもバカだ（プラーター スペシエム ストゥルトゥス エスト）」がかえってきた。こんなやりとりをおもしろがることができるのは、父さんだけよ。とんでもなくひどいテレビ番組と同じ。

それでも家族のことはときどき受け止めなければならないんでしょうね。テレビはスイッチを切れば、全部消える。でも家族から逃げる選択肢はないのよ。父さんのことだけでも、それはありえないわ。クララ叔母さんのためにも。

でもケンのことを考えたら、そうするべきだったわ。

やっと全員が席についた。クレオも到着していた。

「食事のときなら、生まれても問題ないでしょ」

そう言いながら大笑いし、携帯を自分の前のテーブルの上に置いた。

「緊急のためよ」

わたしは集まったみんなの前で、ケンを新しい恋人として紹介した。でももっとふざければよかったわ。

「ケンにいろいろ聞きたい人はインタビューもOKよ」とか言って。

本当にバカだ。だってこの家族だもの。わかっているべきだった。遠慮なんてない。パンチのような質問。それをどこにでもぶつけてきた。躊躇なく、すべてベルトより下へ。

「出身はどちらですか？　ここではどんなお仕事を？」

なんてものだけじゃなくて、こんなことまで聞いた。

「留学の費用を支払ってくれたのは、どなたですか？

お父様のご職業は？　いったいそのお金をお父様はどちらから？」

殺してやりたいくらいだった。ケンはみんなを手玉にとった。テーブルの下でわたしをつつくと言ったわ。

「民族学を学んでいるんです」

「あら、ネレも以前、学んでたわ。でも結果が全然出なかったんですのよ。ネレの前の彼氏も。ヴォルフって、ご存じかしら？　でもどうしてドイツへいらしたんですの？　民族学ならアフリカで十分に研究できるのでは？」

口に出さないだけで、何を考えていたかは明らかだわ。自分にふさわしい場所に戻ればいいのに。コショウが育つ場所でしょ。わたしたちがそう簡単に騙されるなんて、思わないでね。

いえ、ここで仕事があるんですとケンは言った。

「白人の市民層における葬式の調査をしておりますものですから」

そう言って微笑した。今度は彼らが固まったわ。不安になってやっと黙った。

ケンが微笑みながらも悲しんでいるのが、ネレにはわかった。彼は疲れてもいた。それはそうよね。脳みそのない人間を相手に、自分が相手の思うような人間ではないことを、いちいち説明しなければならないのだから、不毛に違いない。説明したところで、相手が何も理解していないと思い知らされるのだから。

それからしばらくの間、誰も何も言わなかった。

しばらくすると父さんが立ち上がり、ゆったりと話し始めた。いつもの父さんだ。今回一家が集まった理由を思い出させた。わたしの新しい恋人の登場ですっかり忘れていたから。

父さんのスピーチは評判でもあり、恐れられてもいる。バロック時代の牧師さながら、とつぜん大音響になり雰囲気を粉砕する。お葬式にはもってこいだ。

「考えた」

父さんは話し始めた。

「最初の衝撃が過ぎさって、今はいくつかのことが違って見える。我々はまず問わねばならない。我々はクララにとって、よい家族だっただろうか？　彼女の行動は、俺を責める」

クララ叔母さんは家族の誰もいない時期を選んだ。ヨハネスの結婚式のために、家族は全員マヨルカ島にいた。そしてわたしはイタリア。

父さんは問いを投げかけるだけで、答えは言わなかった。

「クララは見捨てられたと感じたのだろうか？　もしも家族のなかの誰か一名でも残っていたなら、何か変わっただろうか？　阻止できたのだろうか？　それとも我々は気もちの上で、すでにクララから遠ざかっていたのだろうか？　自分たちのことばかりにかまけて、たとえ我々がいたとしても、クララは自分の考えていることや悩みを打ち明けようと思えなかったのだろうか？　クララは自分を不要だと感じていたのだろうか？　我々が知らないだけで、治癒の望めない重い病にかかっていたのだろうか？

　俺はみなに問いだけを残したいと思う」

　そして前置きなしにこう言った。

「理解してほしい。もしもクララがほかの解決も考慮していたとしたら、決して自死しなかった。解決が考慮できない状況はある。単に解決がないからだ。そのことを我々は配慮し、よきクララの思い出を敬おう。安らかに眠れ（レクイエスカ・ティン・パーチェ）」

　父さんもラテン語を好んで引用する。教養のある大家族でありたい。その望みを捨てていないのだ。

　わたしはこのとき思った。父さんはいつか解決がまったくないと自分が思うときのこと、そのときわたしたちが心配せずにはいられないだろうと、そのときのことを考え始めているんだと。

　日が暮れるのが早くなった。毎日数分ずつだけど、わたしはちゃんと見ているの。日の光は晴れていれば午後になってようやく、寝室の窓まで届く。

　九月の末になればバルコニーにわずかな時間だけ差し込むだけになる。冬には真昼になってもわたしの書斎デスクあたり。そこで暇乞い（いとまご）するほど弱くなるの。まだ夏よ。うれしいわ。おまけにこの嵐のあとで、また暖かくなるそうよ。

毎年この時期になると不安になる。これから暗く、寒くなる。そんな死んだ時間への不安を感じる。くじけないように、わたしには全エネルギーが必要になる。サボテンは冷蔵庫のなかでも生き残れると読んだことがあるわ。

人間はどうなのかしら？

父さん、今晩は一緒に来ないと言った。まだ会議があるし、疲れているから、と。底なしの疲れでないといい。わたしや家族のせいではないといい。

3

親父(おやじ)はまた会社に来てる。

「絶好調なんだ」と言っていた。会社が恋しいそうだ。

「理由なんていらないよ。親父がいると俺たちも助かる」

ヴァルターは気前よくそう言った。

だから親父は、毎日会社に来るようになった。ほんの数時間だけだけれど。それもたいていは午前中だけ。時には午後も来る。会社のよき霊。みんなの父親。誰にでもやさしい言葉をかける。しかしそれ以外は目立たないようにふるまっていた。これは今までにはないことだ。リンダー氏との話し合い以外にアポをとらず、引っ込んだままだ。

もうひとつ、今までと違うのは本をもち込んだことだ。カタログや仕事の本ではない。親父の本だ。そのうちの何冊かを、書斎で見たことがあった。子どものころから知っていた。ほかの本は新しい。ひょっとするとつい最近買ったのか。たとえば『ブレヴィスのレッスン』とか『富と権力と暴力』これは薄い冊子だ。『愛ゆえに、殺して』など奇妙なタイトルばかりだ。いろいろな本がごちゃまぜだ。父親が何を考えているのか、わからなかった。父親は一言も話さず、机の前に座って何時間も本を読んでいるから彼もそれは望んでいない。集中しており、話しかけようがない。家がないのか、それともここが家なのか。

ここは図書室なのか。

何をしているのか打ち明けてもらえず、いらだった。

親父はいったいここで何をしているんだ？　ここにいないも同然なら、なぜここにいる？　邪魔されたくないと歴然とアピールしているのに、なぜここに来るんだ？　それでもだれかの邪魔をしているわけではないし、俺には何も言えない。


ヒーローにとっては、なぜ会社に来るのかは、はっきりとしていた。家にはアグネスがいて、落ち着かない。彼女はいつだってすることがあって、いつだって何か計画していた。しかも誰にも手伝わせないというのに、することすべてにおいてそばにいる人間を巻き込んだ。

車の運転と一緒だ。助手席にいると自分では運転していなくても、交通標識のたびに一緒にギアを切り替え、ブレーキを踏む。興奮したアグネスがうろうろ歩き回るのを見ているだけで、夜になるとどっと疲れる。何をしたと言えるようなことは、何もしていないのにもかかわらず、ベッドになだれこむことになる。それはアグネスも同じだ。

家事手伝いをしてくれる人がすぐにやめてしまうのも、もっともだった。一緒に働けないのはアグネスに原因がある。一見そうは見えないが、彼女は何かしているうちに支離滅裂になる。

たとえば、何かをしはじめる、するとすぐにほかのことを思いつく。とすぐにまた別のことを思いつく。一秒だって引き延ばせない重要なことだ。何かを取りに、隣の部屋へ行く。そこには昨日やり始めたことが放ってある。それを見ると一瞬でこの部屋へなぜ来たのかを忘れてしまう。アグネスが思い出すまで、今度はそれが放っておかれる。料理の途中の鍋でない場合は、けっこう長い間、放っておかれることになる。さらにこの混沌（こんとん）に、数えきれないほどの電話が加わる。アポをとらなければならないし、教区のことで呼ばれる。婦人会の集まりもある。ときおり電話は延々と続く。

ヒーローはそのままのアグネスを愛していた。

アグネスは昔からこうだった。若くて生き生きとしていて、それがヒーローを夢中にさせた。しかし年をとった今、ヒーローはもう少し落ち着いた時間が欲しかった。それなのにアグネスは以前にも増してテンポアップしている。

おまけにアグネスは朝ヒーローが家を出ることに慣れてしまっている。夫は家にいないものだ。ヒーロー自身が七〇歳になっても引退しなかった。だからアグネスは夫が家にいることに慣れる必要がなかったし、また実際に慣れることもできなかったろう。

だからだ。

だからヒーローは毎日会社に来る。ここには自分の机があり、自分の本があり、静けさがある。これからも、それができる間はずっと会社に通うだろう。ヒーローは、驚くほど元気になっていた。

ふたりで探している。

わたしたちはお互いを探し、ふたりのあり方を探している。

お互いの世界を手探りで確かめている。

4

今日は仕事のあと、ふたりで映画に行くの。ケンが一緒にノイブルクに来る。ヴァルドルフ駅で下車しないで、列車に残る。もう数日前に話し合っておいた。

わたしたちはすぐに大学の横の〝コルソ〟に向かって歩き出したわ。

今晩はセネガルの映画監督センベーヌ・ウスマン特集をしてる。『ゲルワー』と『ファート・キネ』の二本のチケットを買った。ケンはセンベーヌが好きで、『ゲルワー』はすでに見たけれど、喜んでもう一度見たい。君にぴったりなんだと言った。

「お葬式で、キリスト教徒の遺体とイスラム教徒の遺体を取りかえて、それで暴動が起きるから」

それ以上は、ばらせないそうよ。

「センベーヌみたいな人がナイジェリアにも必要だ。正しい側に立てて、あんな風に見る目があって、そしてユーモアもある人がさ」

映画の説明が書いてあるプログラムを買って、ぱらぱらと読んだ。たしかに『ファート・キネ』は気に入ると思った。ひとりの強い女性が主人公だった。

「主人公はガソリンスタンドを経営しているんだ。それは君の趣味とは違うけど、でもセンベーヌは鉄道の建築物の映画も撮ってるんだ」

そう言ってケンは、ニヤッと笑った。

まだかなり時間があったので、近くのバーに行くことにした。外はどしゃ降りだった。ひどい大雨よ。イギリス人なら犬と猫が降ってくると言うでしょうね。わたしたちはそれでも走らない。ケンがこう言ったから。

「走らないよ、シャワーを浴びるんだ」


たどり着くとわたしたちはずぶ濡れの猫だった。

白い猫と黒い猫。猫どころか、恥ずかしい姿だった。わたしのワンピース。よりによって白いのをなぜ着てしまったのかしら。わたしは小麦色に焼けていて、きれいに見えたかった。だから白を着たのにワンピースはすっかり濡れ、透けていた。ケンは輪郭しか見えなくなっていたわ。寄宿舎だったら先生たちはわたしの鼻に、全盲の人がかける黒い眼鏡をのっけたにちがいないでしょうね。わたしたちは大笑いして、ひとまず熱々のスープを注文した。ここで働いている人は学生っぽくて、突然わたしまでとても若く思えてくる。この角に民族学研究所があったから、このバーのことは昔からよく知っていた。それもあってコルソ映画館のプログラムは少し変わっている。それに音楽も。今はきっ

とアフリカ週間なのね。ナイジェリアのジュジュ音楽が聞こえてくるとケンは大興奮で、

「え、これ、ダイロの〝オキ・オモ・ニ〟だよ、どうしてここで?」と言った。

「偶然じゃないかしら」

と答えたけど、ケンは興奮したまま話し始めた。

「ダイロはナイジェリアのミュージシャンで、数年前に亡くなったんだ。ちょうど妻のブコラと彼女のご両親のところに行ったときだ。ラジオからダイロの死のニュースが流れてきた。それから五日間、ずっと彼の音楽だけがラジオから流れた。敬意と哀悼の念を示すためにほかのミュージシャンもその間はライブをしなかったほどだった」

ケンはずいぶん感銘を受けたようだった。わたしもだ。ドイツではそういうことは誰もしない。競争相手が多すぎるもの。

それからこんなことも考えた。わたしもケンと一緒にそのニュースを聞きたかったと。そのころからケンと一緒にいたかった。ケンのことをもっと前から知っていたかった。そのためならかなりの犠牲を払ってもかまわないわ。本当のところ彼と一緒に大人になりたかった。今、あまりにも多くのことを最初から知っていかないとならないから。

ケンはダイロのCDを今度わたしに聞かせたいと言った。

「それからほかのCDも。フェラ・クティやフェマ・クティとか聞かせたい。このふたりは親子なんだけど、ナイジェリアのベストだよ。とにかく普通じゃないんだ」

今度ヴァルドルフの僕の家に来たらね、あれ、とっくに来てると思ってたよ、とケンは言った。家

への招待だとわたしは受けとった。

まだ夜も早かったので、バーは空いていた。奥のほうにぱらぱらと人が座っているのと、学生のグループがいる程度だった。わたしたちは入り口のそばの張り出した部分に座った。木のテーブルとベンチの間にすべり込んだ。

それからわたしとしては避けたかったけれど、起こるべきことが起こったわ。ヴォルフが突然わたしたちのテーブルの前に立っていたのよ。いつもの格好だった。ジーンズにセーター。痩せていて、かきみだれた暗めのブロンドの髪。両手の親指をなにげなくジーンズの前ポケットにひっかけ、スポーツシューズをはいていた。体が上下に揺れていたわ。わたしたちが一緒に座ったら？ と誘うのを待っているの。でもわたしたちは誘わない。

するとヴォルフから始めてきた。まずはケンのほうを見ながら「この方のお名前をうかがってもよろしいでしょうか？」ときた。わたしは内心、笑ってしまったわ。あまりにもいかめしい。わざとらしい。

わたしがイタリアから帰ってきたあの晩、ヴォルフはわたしたちのことを見かけたのよ。わたしたちのことはわかっているはず。

わたしも同じくらい礼儀正しくケンを紹介した。

「オナゴルワさんです。弁護士です」

ヴォルフは何と答えたらいいのかわからないようで、とりあえず自分のことを話し始めたわ。

「後ろの、あのグループと一緒に来ましてね、あれは僕の学生でして……毎週水曜にはいつもここ、コルソに来て映画を見ることになっているんですよ」

よりによってねと思った。

「『映画に象徴される社会的現実』ヴォルフ・ガイヤー」

講義シラバスで読まなかったのか、とでも言わんばかりに……。いまだにそんなものをわたしが見てると思っているのかしら。

「僕らはコルソで部屋を自由に使っていいことになっていまして。ここでそのあとの話し合いをしているんですよ」

ヴォルフは話している間じゅう、挑発するようにケンを見た。不倫行為をその現場で取り押さえたようにじろじろ見ていた。ケンは放っといてくれと見返している。

雄鶏が二羽。もうとっくに決まっていることなのに、そうじゃないかのように振る舞うふたり。

ヴォルフはトイレに行った。もともとそれでわたしたちの前を通りかかったんでしょうけど。その途中にわたしたちの席があったのね。ケンが疑問を、もう疑問ではないが、投げかけてきた。

「君が自分のものだと、あの男はまだ思ってるんだよね？」

「そうね」とわたしは答えた。

「でも気にしないで。きっぱり別れたから。それにヴォルフもずっと落ち着いて振る舞っていたし、わたしが幸せなのを目の当たりにして、ちょっと癪(しゃく)に障っているんでしょうね。それにわたしから別れを告げたことがいまだに納得できないのかも」

ヴォルフがもう帰ってきた。ケンにドイツでというよりノイブルクで何をしているのか、ノイブルクの印象はどうか、など聞いてきた。まるで同僚のように気さくだ。それから自分のゼミに来てくれないかと聞いた。

ヴォルフはすでにわたしには関心がなく、男どうしの話、いわば民族学者どうしの話に移ったわけだ。単にケンが黒人だから、民族学的におもしろそうだと思っている。お客さんとして来てもらえないか、ナイジェリアの話を何かしてもらえないか。

ケンは断る。眉毛を一度上にキュッとあげた。公式会見は終わり。

ヴォルフは最初からわかっていたよと言いたげに振る舞い、今度はわたしのほうを向いた。なにを話せばいいのかはわかっているつもりで、まだイタリア語をやってるのかと聞いた。「いくらかは（チェルト）」とイタリア語で答えた。すると今度はクララ叔母さんのことを聞いてきた。

「お葬式はどうだった？　僕が行かなかったのは君ならもちろん、わかるよね？」

「もちろん」

言いながら、父さんのことを話すべきだとふと思った。一瞬だったけど、そう思った。けれど結局、ヴォルフにはもう関係のないことだと思い直したわ。テーブルの下で、ケンを探した。手とか膝とか。

ヴォルフもわたしたちには話すことがないと、話したいことがないのだと気づいたようで暇乞い（いとまごい）した。わたしたちは彼から自信を奪ったんでしょうね。あの後ろ姿、肩にずっしり重いものを載せたよう。すんでのところで彼が可哀そうに思えたわ。

ケンがわたしの肩に腕をまわしたとき、思い出した。

父さんはヴォルフのことを最後は気に入っていた。

「俺には何もかもがなじみがない。それくらいあいつは変わってる。だが、気骨がある」

父さんはそう言った。そのときにはすでにわたしたちの関係は壊れていた。

父さんがケンを認めるのに、そんなに時間がかからないといいんだけれど。

5

　ヒーローは本をたくさん読んだ。家でも読んだ。そして上機嫌に見えた。多くを問わない。人生の未解決の問題をそうやってやりくりしている。とくに病気の予後については問わないようにした。おかげで楽観できたし、それで十分だった。

　アグネスと一緒に過ごすようにもしていた。会社で緊急の用事がなく、天気がよほどひどくない限り、昼食後はほぼ毎日、ふたりで散歩した。天気に対する彼の感覚はかなり変わった。以前は霧や風が出たり、空に一つでも黒雲があると、それを出かけない理由にあげた。体が冷えるとかリウマチや肺炎、すべてが出かけない理由に使われたが、そのどれにもなったことがなかった。

　今は歩く習慣は自分によいと確信していたし、以前からしていなかったことを後悔していた。アグネスは家のなかを常に歩き回っていたから、自分ほど散歩を必要とはしていないだろうが。おまけにアグネスは自分よりも健康だし、自分より若くもある。そうは見えなかったが二年前はヒーロー自身が健康そのもので、力に満ち溢れていた。やせ細った人間は常に弱く見えるし、年齢より年をとって見える。ヒーローはガリガリに痩せていた。鶏(しわ)ひとつとってもすごかった。物心つくころには、鼻の付け根に額を横切る深い皺があった。「雄鶏のかぎづめね」とアグネスはその皺を笑った。「額そのものは桃みたいにつるつるで、つまってるのよ。それに口の横の垂直の険しい皺。刻みつけたみたい。

厳しい顔だわ。でもね、笑うとあなたは輝くの」

そう言ってくれた。

日差しがある。ふたりとも休暇のような気分になり、珍しいことだが、週末でもないのに車で街のはずれに出た。周囲の丘のひとつにのぼり、景色を楽しむことにした。ふたりが選んだのは、森の脇に沿って日なたを歩けるピクニックルートだった。

「おかしいのは」

アグネスがとつぜん青い空に向かってつぶやいた。

「あなたの検査がぜんぜんないこと。もっと頻繁に検査しないとならないんじゃないの？」

「いや、必要はない」

ヒーローは大またで先へ歩きながら続けた。

「痛みがない限りはね。俺はどこも痛くない。よい医者は自然と病気が消えるのを待つ。そのとおり。そっとしておくべきなんだ」

アグネスは信じなかった。

「だけど、何か内緒にしていないでしょうね？」

何をだ？　残った腎臓は動いているし、検査の値もいい。あとは成り行きに任せるしかない。重要なのは俺がどう感じるか。そうだろ？

ヒーローは歩みをとめるとアグネスの手をとり、まるでいたずらっ子みたいに、それでいて悲しそうに微笑みかけた。妻に伝わるように。

ふたりはまた歩きだし、アグネスが会社のことやヴァルターに話題を変えてきたので、ヒーローはすぐにそれにのった。

「ヴァルターは社長として、思っていたよりもよくやってるぞ。テレーザも一緒に働きだしたが、慣れてきた。ただなぁ、俺たちのような中小企業レベルの小さな会社を、あとどれだけ自分たちでやっていけるのかどうか、問題はかなり差し迫っている。ヴァルターはもちこたえられるだけもちこたえたいと言ってるが、今ではあいつ自身、より大きなコンツェルンと一緒にやったほうがいいかと思案している。すでに提案はある。それにリンダー氏も検討に値するという意見なんだ」

アグネスは「検討中なだけで、決めたわけじゃないでしょう。それにヴァルターが決めることよ。もうゆずったんだから、あなたの仕事は終わったんですよ」と答えた。

「人生が終わるまで、会社のことをひきずるつもりじゃないでしょうね」

アグネスは口をギュッと結んだ。まるでヒーローが注射されているかのように、ヒーローの手を自分の手の上に置いた。夫が痛々しかった。

この人はどうしてときどきこんな風に難しくなるのだろう？　わたしたち、オープンに話し合うべきなのに。永遠に生きられるわけじゃないことくらい、夫だってわたしだって、わかっていること。それに癌だから彼のほうがたぶん先に逝く。それなのになぜ当たり前にそのことを話せないのかしら。アグネスはそう思った。

長年一緒にいるのに、いわゆる四終（しじゅう）（カトリックの教義で死、審判、天国と地獄のこと）について、夫が何を考えているのか、アグネスは知らなかった。夫がどこまで自分の病状について知っているのか、それも知らなかった。ふたりは鬼ごっこをしていた。

アグネスは、夫が自分を出しぬいて喜んでいると思っていた。

最悪なのは今みたいにわたしをじっと見て、にやにやすることよ、と。

彼女は怒れなくなってしまうのだ。


ヒーローは妻の腕に自分の腕を重ね、妻を見た。ああ、妻は素敵だった。ほかのことはどうでもよかった。

「今、何を読んでるか、関心はあるかい？」つい妻に聞いた。知り合ったばかりで、互いの趣味を探り合っているかのように。

「わたしの切手のコレクションを見ませんか？　とても珍しいものがいくつかあるんですよ」アグネスもこの遊びにのった。「ええ、もちろん」


そこでヒーローは、再び研究に取りかかったことや、ドイツの家族についての本を読んでいることを話した。

「幸せな大家族について、今まで抱いてきたイメージは間違いだったとわかったんだ。歴史的な資料がひとつもない。数世代に及ぶ家族が一つ屋根の下に暮らす。そんな大家族は一度も存在しなかったんだ。簡単さ、昔の人間は長生きできなかったんだよ。孫が祖父母と知り合うことはありえなかった。そもそも自分の両親さえ知らない者が多くいた。古代も中世もだ。変わったのは実に短い期間、一九世紀の終わり……」

アグネスは驚愕した。

夫はいつだって大家族の絵図を高くかかげ、家族の団結を強めようと、喚起してきたではないか。自分の大家族をもちたい。夫の望みの背後には大家族のイメージがいつもあった。全員が一致団結し、全員が幸せで、ひとりひとりが守られ、かつひとりひとりがほかの者を守る。

「大家族なんて大事じゃないってことなの?」

「いやいや」ヒーローはすぐに言った。

「昔も生活共同体はあった。ただ、一つの家族で形成されていたわけではなかったんだ」

ヒーローは無頓着な様子で、アグネスから腕をほどくと先に立って急ぎだした。ただ単に顔を見られたくないだけかもしれない。ともかくアグネスは遅れぬよう急がねばならなかった。かなりの速さだというのに、夫には景色を眺める余裕さえあるようだった。

金色。不思議な具合に輝くナラやカバノキは、まだ濃い緑をしていたが、その上に金色が降りそそいでいた。古いイタリアの絵画のようだ。遠方に見える丘の連なり。そして遠くに見える空の青。ヒーローはようやく立ちどまった。

「どっちみち、俺たちには無理だったんだ」

「なに?」

アグネスが息を切らせて聞いた。

「うむ、数世代が一つ屋根に暮らすことだが、おまえのご両親は同居は望まなかったし、俺の両親はすでに亡くなっていた。子供たちは全員、とにかくすぐに家を出たがった。俺たちやほかの兄弟から離れたがった。あの子らには共通点がない。まったくない。俺たちがいなければ、互いに会うこともないだろうよ」

ヒーローは背中で腕を組んだ。頑固そうに見えた。アグネスより先をどんどん歩き、アグネスが自分についてくるのが当然だと思っている。

ひょっとすると……ヒーローは考えた。俺たちふたりがもう一緒にいられなくなったら、妻がひとり残されることになったら、そうなったら。

ヒーローはその先を自分に強いた。

俺が死んだあとなら、ありうるかもしれない。子供たちも互いに距離を縮め、協力して母親の面倒を見るかもしれない。そして家族として一体になるかもしれない。

アグネスは再び話し合いを始めようと、マルタとアンドレアスのことをしつこく尋ねはじめた。

「あのふたり、うまくいっていないようだけれど、あなたもそう思う？」

しかしヒーローの返事はそっけない。

アグネスはまた試みた。

「ティナとイェンスなんですけど、ふたりともフィリップをシュタイナー学校に入れたいんですって。どう思う？」

ヒーローは景色を見て「悪くないんじゃないか」と言った。そして考えていた。

ああ昔から同じ問いだ。いったいどうして俺は考えるのをやめてしまったんだ。俺もいつか死ぬということ。ほかのすべての人たち同様に、いつか死ぬということ。それなのに死んだ後どうなるのか、いまだにわからないんだ。

この人、ぜんぜん話を聞いてないわとアグネスは思い、あきらめた。

ふたりは黙って歩き始めた。ふたたびアグネスがヒーローの一歩うしろを。ヒーローはまた急いでいるようだった。けんかでもしたように。ふたりはちょっぴり、そんな風に見えた。

6

大家族というのは、天然パーマや黒髪、そういう生まれつきのものと同じ。しかも自分では選べない。

大家族に生まれた人は逃れようとするか、変えようとする。大家族に生まれなかった人は遠くから感心しながら羨(うらや)み、自分もそうだったらと望む。


クララ叔母(おば)さんがそうだったわ。叔母さんはたくさんの兄弟(きょうだい)、れっきとした大家族を切望していた。クララ叔母さんの母親のジョゼファ大叔母さんは、宝石のように可愛がられるんだから、ひとりっ子がいいといつも説得していた。戦争未亡人だったから、そうするしかなかったんでしょうね。でももしかしたら本当にそう思っていたのかもしれないわ。ジョゼファ大叔母さんは七人兄弟で自分が大家族だったから、よくわかっていたのよ。でも娘の考えを変えることはできなかった。

「いつも孤独を感じていたのよ」

クララ叔母さんはそう言っていた。

わたしは大家族に生まれて、とんでもなく孤独だと言い返したわ。

「クララ叔母さんだって、このヒーロー・ヴィーラント一族に娘として生まれていたら、ぜったいに同じように感じたはずよ」

そう言うと、黙っていた。

誰にも言ったことがないことを打ち明けた。

「わたし、子どものころ、イエスが羨ましかったの。そうよ、イエスさまよ、神さまの唯一の子ども。だから羨ましかったの。いつもお父さんに見てもらえる。大勢のなかに消えてしまわない。

自分の子どもが複数いたら、象徴的な意味の神の子ではなくて、生まれてくる子どもが複数いたら、神さまでさえ同じに愛せるとは思わない。そういうことでしょ。だったら父さんにそんなこと要求できようがない。子だくさんのお父さんたちも同じ。お母さんたちも言うに及ばない。そんなの傲慢だってこと」


そんな風に考えたり、話したりすることを、ケンはヨーロッパ的だと言う。

「子どもたちはただ生まれてくる。何人とかどういう順番とか、大騒ぎすることではない。誰のところに生まれてくるのか、いつ来るのか、そしていつまた去るのか。子どもたちが自分で決めるんだ」

ずいぶんシンプルだ。両親は楽になる。すべての責任は子どもの側にある。この考え方にはなじめそうだわ。マルタ姉さんのくだらないおしゃべりよりは絶対にこのほうがなじめる。

お葬式で何気ない風を装って、いつもの姉さんの言い方でちくりちくり、言われた。

「わたしがあんただったら、こうならないように気をつけるわ」

姉さんの言いたいのは、孤独のあまり自死すること。子どもがいないのは、姉さんに言わせれば自己責任。

「自分のことは自分で後始末してちょうだいね。数少ない若い人たちに、年寄りの群れの面倒を見ろなんて、要求できないでしょ」

　年寄りの群れ、と姉さんははっきり言った。

「子どもたちは、自分の両親だけでもう完全に手一杯なの」

　姉さんが年を取った寂しさに見舞われるときには、娘のケルスティンが手の届かないところにいるよう、わたしは願ったわ。最低でもオーストラリア。あるいはケルスティンがアンドレアスの介護をしていることを願う。アンドレアスのほうが姉さんよりいくつか年上だし、たとえ別れたとしても父親よ。アンドレアスは娘に要求するだろうし、彼の権利でもある。結局、これまでずっと暮らしを支えてきたのは彼なのだから。それにケルスティンも、母親より父親が好きなのだから。

　アナベルはまったくの対象外だわ。あの子はもともと母親に、内的な距離があったから。わたしに言わせれば、アナベルには母さんと父さんのほうが近しいのよ。ついでに言わせてもらえばわたしにも近しい。なんと言っても自分の娘の名づけ親に、わたしを選んだのだから。要するにマルタ姉さん、姉さんもある日突然独りぼっちになるかもしれないのよ。子どもは保証じゃない。何の保証でもない。

　それなのにわたしたちは兄弟全員、父さんの周りにいる。それ自体が驚きに値する。ひょっとすると父さんの思い描いていたことが、起きているのかもしれないわね。自分の周りにみなを集める父親。ナイジェリア人まで。

父さんはケンを受け入れてくれた。それとも折り合いをつけているだけなのかしら。

「なんでよりによってナイジェリア人なんだ?」

最初にそう聞いた。怒って、憤慨していた。

「同じ列車だったって言ったでしょう。わたしのいるコンパートメントだった」

わたしはただそう答えたわ。

父さんは、わたしたちと頻繁に会うようになった。家を出てからというもの、こんなことは今までになかった。父さんが食事に招いてくれたり、一緒にハイキングしたり、散歩したりする。父さんは限りなく元気に見えるわ。

ケンと父さん。

ふたりの男たちは互いを調べ合い、評価をくだそうとしている。知り合うための激しい議論。弁論による激戦。父さんがわたしを心配している。生まれてはじめてのことよ。このよそ者が娘をもてあそぶのを望まないのよ。父さんはケンのことを、ヴォルフに対して感じた以上によそ者だと感じているんでしょうね。父さんの心配には感動する。と同時に、ケンを評価するようになってきたとはいえ、腹が立つ。ケンに失礼よ。

「面白い男だ。それにすごく教養がある」

なぜそんな男がよりによってわたしを選んだのか、驚いているように聞こえたわ。もちろんそんなことは言わなかったし、一度も考えなかったかもしれない。

わたしがときどきそう思っている。

そのたびに願う。ケンもわたしみたいになっていますように、と。

わたしは彼に夢中だ。

彼のことは何でもプラスに評価してしまう。彼とできるだけ長く、そして可能な限り近しく暮らしたいわ。こんな風に自分がなるなんて今までになかった。

わたしに違和感を感じていないといいんだけど。わたしに、そしてわたしが何も知らないことにも、寛大でいてくれるといいんだけど。ふたりで互いの憧れを満たしあえればと願う。

わたしったら、つい感傷的になってしまうのね。こういうのを見て、父さんは心配している。そんなわたしを父さんは知らないから。そもそもわたしのことを知っていたのかどうか。

7

はちきれんばかりの人生の喜びが、次の次の世代に現れた。

軽々として、喜びに満ちて、不安がない。

皺だらけの自分の顔、苦悩に満ちた自分の人生と比べ、ヒーローは考え込んでしまった。

ロビンはヒーローを家へ招待した。何度もだ。ロビンが言うには「意味なんてなくて、可能な間に子どものヴェリに、ひいおじいちゃんとの時間を楽しんでほしいのです」ということだった。可能な間にと言った。それが決定打だった。ヒーローは訪問を先延ばしにしてきたが、もう引き延ばせない。


ヒーローはアグネスと出かけた。

ふたりは少し息を切らせながら、時間どおりにロビンのアパートの前にいた。古い建物で美しい。しかしエレベーターがない。

メラルとロビンは喜びで輝いていた。ヴェリは風呂に入り髪もとかし、バラの匂いをさせ、小さな王子さまのように父親の腕のなかにおさまっていた。祖父母が来てくれるのは初めてだった。ふたりは名誉に感じていた。

ロビンは妻に説明するのに苦労した。

「ちがう、侮辱じゃないんだよ。ドイツではそうなんだ。みんな引っ込み思案なんだ。それに考えてもご覧よ、訪問なんてしてたら、きりがないだろう」

「何言ってるの」

メラルにはわからない。

「トルコではみんなもっと大きな大家族よ。それでも二回も招待させたりしないわ。そもそも招待なんて不要よ。ただ行けばいいの。ドイツは冷たい。関心がないだけよ」

だからメラルは特別うれしかった。

「おふたりとも夜はたくさん召し上がらないそうなので、ほんの少しばかり準備しました」

そう言いながら、意味深に微笑んだ。ヒーローはそのすぐ後に豪華に準備されたテーブルを見て、微笑みの意味がわかった。

「家族で互いを死ぬほど太らせるようになったのは、人類の文明のどの段階からだったかな?」

ヒーローがこう返すと、アグネスは憤慨してヒーローを見た。彼女はヒーローのユーモアを理解したことがなかった。

「あなたにちょうどいい以上に食べろなんて、誰も強制していないじゃありませんか」

アグネスは招待主の主婦と連帯することにした。感心し、褒め、すべての料理を説明してもらった。ヒーローは大げさに肩をすくめ、ロビンに向かって仲間のウインクを送った。

面倒なことは何もなかった。メラルは人との交際を億劫（おっくう）がらないし、あれこれ詮索しなかった。

「何がお好きですかとか、何が食べられませんかとか、そんなの不要です。ご自分でお好きなものを取ってください。最初は少しずつ、全部試してくださいね。美味しかったら、またお代わりして食べてください。そしてまたお代わり」

メラルは「どうぞどうぞ」とお椀や取り皿を客人たちの前に差しだし、説明した。

「ピーマンの詰め物（ドルマ・ビバー）。ロビンの好物なんです。二つ目のはナスのひき肉のせ（イマム・バイルディ）。これはわたしのレシピのライスとひき肉のブドウの葉包み（ヤプラック）です」

ヴェリも一緒にテーブルについていた。

ヒーローはそれを見ながら、自分の子どもたちがこれぐらいだったころ、一緒にテーブルについたことはあっただろうかと考えた。アグネスは子どもに食べさせたりといった世話はすべて先にすませておいた。ヒーローがまだ物思いにふけっていると、ヴェリは子どもイスから前かがみになって、油漬けのフェタ（羊乳のチーズ）の入った皿を自分のほうに引き寄せた。誰かが止める間もなく、ヴェリは油がしたたるチーズのかけらをつかみ、くっくっと笑いながら投げた。チーズはテーブルを斜めに横ぎり、アグネスの太ももに落ちた。

「バボ！　バボ！」

歓声をあげて、手をぱちぱちと叩いた。

アグネスは飛び上がると、キッチンに飛び込んだ。メラルがしきりに謝りながら続いた。大きな声で「もうこんなことは」と誓ったり、なだめたりする女ふたりの声がキッチンから聞こえてきた。ヒーローは「そうだよ、両親は子どもの起こした損害を賠償する責任を負う」と言いながら、ロビンの脇腹をつつき、眉毛をあげながらふたりをからかった。

ヒーローは考えていた。この家は何かが違う。ヴェリは平手打ちされなかった。それどころか軽くぶたれることもなかった。叱られさえしなかった。ロビンに「叱る機会を逃したらいけない」と言わなければと思ったが、ロビンが先んじた。

「ヴェリはまだ小さくて、自分のしたことがわからないんです」

そう言いながら、ヴェリの小さな背中をやさしく撫でていた。ヒーローはぐっとこらえた。

「だが、ヴェリがチーズのピッチャーとして活動するときは、君が阻止するべきだろう。どういう教育方針なんだ？」

するとロビンは微笑みながら答えた。

「辛抱強さが必要です。それにヴェリはよくないことだと見ていました。聞いてもいます」

ロビンは顔をキッチンの方向に向けた。

俺のことをわかる人間は、ここにもいないのか。深刻にではなく、自嘲的に疑問に思った。子孫への遠い道のりを経るうちに、俺の知性はいったいどこに蒸発してしまったのか。

ヒーローはほんの少しふくれっ面をしてみせると、ロビンの脇腹をつつき、笑いながら言った。

「気に入った」

女性ふたりが戻ってきた。ふたりにも笑えることがあったようだ。メラルは洋服のクリーニング代を出すと言い張ったが、アグネスはすぐに自分で油のしみを取りはじめた。しかし洗剤を間違えてしまった。アグネスは、メラルが妊娠する前に着ていた洋服を借りて、戸口に立っていた。アグネスは若く見えたし、エキゾチックに見えた。メラルはアグネスの頭に色の透けた布を巻き、カラフルな布を肩にかけた。

一同はここから大いに騒いだ。ヒーローはトルコの強い酒、ラキを飲み、みなお腹がはじけそうになるほど食べた。

トルココーヒーを飲む段になると、メラルはヒーローに言った。

「また本当に元気になられて、嬉しいです。見ればわかります。これからは頻繁にいらしてください」

ヒーローは来ると約束した。

するとメラルは続けた。

「わたしの両親が容体を聞くんです。来年の夏にはおふたりを連れて、トルコに来て欲しいと言われています」

それはまだ約束しかねるけれど、そうなるように考えておくとヒーローは答え、アグネスは、ヒーローはろれつが回っていないと思った。ヒーローは自分ではすごく自制していたというのに。

8

フェラ・クティ（ナイジェリアのミュージシャン。アフロビートの創始者）の音楽。ワイルドな感じがするわ。ぞっとするような感じはなくて、むしろその逆。どうしてアフリカの音楽に親しみを感じるのかしら。もうずっと前からそうだった。いつもホームシックのようなものを呼び起こす。極東の音楽はぜんぜんそんなことないのに。ケンは笑う。

「知らないの？　アフリカの音楽こそ、音楽の起源なんだ。ラグタイムやジャズやブルースだけじゃなくて」

部屋じゅうが鳴り響いている。

ケンが自分のＣＤをもってきた。レナがサクソフォンをもってくるのを待っているの。ケンは踊りながら、フェラ・ランサム＝クティの説明をしてくれていた。

「不屈で、批判的で、伝説的な人。エネルギーの塊で、政治をしたかった。政治に介入したかったのにいつも締め出されて、そのうえ早く死んでしまった。六〇歳にもならなかったんだ。エイズだと言う人もいるし、牢獄が原因だったと言う人もいる。手をひどく殴打されて、それで病気になって死んでしまったとも言われている。僕たちの国では、いつも二つのストーリーがあるんだよ」

ケンは言った。

「チヌア・アチェベ（ナイジェリアの作家。アフリカ文学の父）」を知ってる？」

「本を読んだことがあるわ」

「彼は数年前にフランクフルトで平和賞を受賞したんだ」

そうだった。彼が麻痺だと知っているかと聞かれた。わたしは首を振った。

「六〇歳になる誕生日の少し前だった。自動車事故だよ。この事故はウォーレ・ショインカ（ナイジェリア人の詩）のせいだと確信している人たちが、ナイジェリアにはいるんだ」

「え、ノーベル平和賞の受賞者よね？　どういうこと？」

「ショインカは同業のアチェベの誕生日に白い雄羊を贈った。だけど誕生日の数カ月も前なんだ。それだけじゃなくてどうやらショインカは、アチェベの成功を嫉妬してその羊に魔法をかけたらしい。というのもナイジェリアでは、アチェベのほうがうんと人気があるからね。不思議な出来事はすべて、こんな風に説明が可能なんだ」

チャイムが鳴った。オートロック解除ボタンを押し、階段を上からのぞいた。黒い楽器のケースが手すりを一番下の階から登ってくるのが見えた。レナの足音がする。でも姿は見えない。

レナのサクソフォンは、わたしがプレゼントした。アナベルがレッスン代を払っている。父さんの言った「ヴィーラント家の人間は、遺伝的に音楽性を憎む性質」の子ども、聾唖（ろうあ）の荒野の子どもをひとり、この方法で荒野から引き離したのよ。

この一族には、たとえ一曲でも歌えるような人間はいない。ほんの少しであれ、音楽がわかる者もいない。マルタ姉さんは勤めている学校の同僚たちの手前、娘にリコーダーを習わせているだけで、本心はケルスティンがリコーダーを放り出す日を心待ちにしているに違いないわ。

わたしは自分でわが身を救った。簡単ではなかったわよ。聞く人と聞かない人の間の溝、音楽愛好家と音楽を無視する人間の間の溝は、盲目の人と晴眼者の間の溝と同じくらい深いのよ。最低でもそのくらい。社会的には喫煙者と非喫煙者が互いにやっていけないように、お互い付き合えない。

わたしは運が良かったわ。いい先生とふたりの友人。友人のメナとは今でも付き合いがある。音楽なしでも生きていけると、泣きながら決意して数年後、新しい音楽の先生が来た。先生はわたしを合格させなかった。一緒に弾くように、あくまでも主張した。ゼロから始めなさい、と。まずは歌だった。あまりうまくできなかった。次はギターでメナと一緒だった。これはすこし良くなった。すこし調子に乗りすぎたと思うけれど、その次はピアノだった。最初のレッスンは同級生がしてくれた。彼女には今でも感謝してるわ。

両親の家を出たわたしは、ピアノを買ったの。ああこうしてまさにヴィーラント家を出たの。中古のピアノ。ピアノが家に来たときは興奮したわ。まるで飛行機を、いえ宇宙船を注文したように興奮した。新しい世界への出発。それまでのわたしには想像もできないような素晴らしい世界。

残念だったのは、ピアノの先生。レッスンの比重は指のレッスンに置かなければならないと言ったのよ。正確さ。そしてクラシック音楽に重きをおきます、ですって。それがその先生の世界だった。

先生がシュテファン大聖堂のオルガニストだと知ったのが遅すぎたんでしょうね。先生は今もオルガニストで、だからそんな風にえらそうにごてごて、とまでは言わないにしても、高尚にピアノを弾いたのよね。それをわたしに求めるなんて。しかもわたしはそのとき、寄宿学校のせいでオルガンが嫌いになっていたのよ。マックス・レーガーやグスタフ・マーラーなしで、十二分に生きていける。だからシャルック先生のもとを去ることにした。最初は先生の名前が好きだったけれど、こう言ったわ。

「もうやめます。ご存じのようにわたしはもう間に合いませんので……」

真っ赤な嘘。でも先生はよくわかってくれた。初めてのことだ。

次の先生は音大の学生だった。もう若くはなかった。数学を学んだあと仕事がなかったので、音楽を学びなおしていた。最初に言った。

「カーネギーホールで演奏しようなんて、目指していません。完璧さも求めていません。わたしは音楽を楽しみたいんです」

さらにこう言った。

「遅ればせの天命です。それに働いていますから」

彼は笑った。そして理解してくれた。

もしもわたしがジョゼファ大叔母(おおおば)さんかクララ叔母さんから、あるいはふたりから相続することになったら何をしたいか、はっきりしているの。音楽は美しい。でもお金がかかる。レナにその一部を譲りたい。楽譜や、新しいマウスピースのために。あるいは新しい楽器を買うために。でも急がない。

相続証明書の手続きを急いでいないところを見ると、役所もきっとそう考えているんでしょうね。短い期間にふたりの死が相ついだから、煩雑なのね。


レナがわたしたちの階に着いた。

ケンを嬉しそうに見つめた。お葬式のときケンを素敵だと思ったようだけれど、ほかの人たちがいたし、レナは子どもたちのテーブルにいた。

わたしたちは家に入った。レナはすぐにサクソフォンを取り出すとケンに楽器を弾くか尋ねた。ケンは笑って「何も」と答えたけれど、わたしは知っているの。ケンは何でも弾いてしまう。スプーン、ペン、わたしの靴。打てたり、叩いたり打ち合わせたりできるものならすべて、すぐに楽器にできるのよ。何もなくても両手で足りる。たったひとりのビッグバンド。トントン、バシンバシン、パチパチ、カチッ。

それからわたしたちは猛然と弾き始めた。ケンの前で弾くのは初めてだった。緊張しないで弾けるかわからないし、不安だったわ。

レナがいま習っている曲から開始した。ガーシュウィン。わたしは練習しておいた。即興はあまりできないのよ。レナはできる。レナは最初から即興ができた。羨ましいわ。

ケンが言った。

「ぜんぜん難しくないよ。ほかの人が何をしているか、よく聴けばいいんだ。それに答えるだけだから」

まず何を答えるかがすぐに思い浮かばない。思い浮かんだとしても、鍵盤上に置き換えなければならない。ときにわたしには過大な要求だった。

だけどふたりはとにかく上手ね。なすがままにしているわ。

わたしたちはだんだん、互いにしっくりなじんできた。いい音がしはじめた。下の階の人たち以外、誰も聞いてないのが実に残念。でもその人たちが評価してくれるかどうかは、また別の話ね。

レナが言った。わたしもちょうど同じことを考えていた。

「おじいちゃんに聞かせてあげられないなんて、残念じゃない?」

「本当にだめかな?　父さん、ずいぶん変わったのよ」

9

ヒーローは、ネレとケンと一緒にヴィーゼングルント湖に行くと承諾した。列車で行くのにもかかわらず、だ。ネレもケンも承諾してもらえるとは、夢にも思わなかった。まるで家畜用列車だと思っているみたいに、ヒーローが列車に乗り込んだ。しかし列車は古いどころか新型で、車室の外観も装備も最新だ。普通の車両かコンパートメントか、選ぶことができる。

ケンとネレが知り合ったコンパートメントとは、ずいぶん違う様子だ。ヒーローは品定めする態度ながらも、興味と反感の間を揺れ動いている様子で、ふたりはそんなヒーローをおかしそうに観察していた。

ヒーローはずっと情熱的なマイカー支持者だった。ネレが思い出せる限り、公共の乗り物に乗ったことは一度もなかった。それが今、列車に乗っている。

ヒーローは誰もいない六人用コンパートメントを選んだ。

「ここなら多少はくつろげるだろう」と言ってその安全性を疑うように用心深く、クッションのきいた座席の一つに座った。そして座席に使われた材質をただちに批判しはじめた。

「椅子の張り材料。これはみすぼらしい。それにもうすり切れてる。静電気もひどいな。火災の際に備えて実験してあるのか、わかったものじゃない。オーストリアの山岳鉄道の事故みたいになる。まったくだらしない。個人経営だったら、こんないい加減なことは夢にもせんだろう」

「この鉄道は、いまや個人経営なのよ」

ネレはとても優しく言った。父親には細心の配慮で教えなければならないかのようだった。今ここで、考え方の違いによる喧嘩を招きたくなかったのだ。美しい秋の日を湖のほとりで過ごしたかった。土曜日なのでアグネスは教会のバザーで夜までいないから、ヒーローは一日空いている。


車内販売がきた。最初パキスタン人だと思ったが、出身を尋ねてみたら若いインド人だった。温かい飲み物とサンドイッチを勧められた。ネレはふたりにコーヒーをごちそうした。このあたりからヒーローはリラックスしはじめ、ちゃんと閉まらないコンパートメントの引き戸に文句を言うこともなくなった。インド人はものすごい勢いで引き戸を閉めた。しかし完全に閉まることはなく、途中、何度も自然と開いてしまった。ケンは引き戸の隣に座り、戸が開くたびに急いで閉めにかかった。熱心に、かつできるだけさりげなく行った。六度目か七度目に戸を閉めると、ヒーローが笑いだした。おかしくてしょうがなかった。その笑いは伝染した。ほかのふたりもおずおずと、それから大笑いした。乗車料金を払ったのに乗車しているあいだじゅう、ドアマンとして働いているのだから。

「ほかにも仕事をしないとならないのかな?」

ヒーローが聞くとケンが答えた。

「ええ、トイレ掃除です。トイレ使用後には、自分が使用するときにそうであってほしい状態にするんですから、これは一仕事です。近距離の乗車ではとてもしきれない。掃除用具をすべて用意するだけでも大変です」

三人は笑って笑って、大笑いした。そのうち着いてしまった。

列車はヴィーゼングルント湖に面して停車する。地下歩道――そしてそこには、とつぜん広がる別世界。晩秋の美しい日に誘われて、多くの人が湖を訪れていた。

幼い子どもたちは水辺で大はしゃぎしていた。年寄りたちは歩道のベンチに腰かけていた。日の光を顔に受け、目を閉じていた。ここには歩道が岸辺にあるだけで、車道はなかった。

「すばらしい」

ヒーローはそう言うと、両腕を広げた。ネレとケンは後ろに立って、まず最初にどこへ行こうか決めかねていた。するとヒーローが「どうだろう、ボートを借りないか?」と言って、貸しボート屋に向かって歩き出した。店は、開店しつづけているのか、暖かくなったのでもう一度店を開けたのか、三軒が営業していた。十月にはときどきこんな風に暖かな素晴らしい秋の日がある。すると、釣り人もボートを借りる人も商売人もみんな集まってくる。

「こういうお天気の日に、雨や冷夏の日の分を取り戻すんですよ」

貸しボート屋の男が説明した。

「でも今年は夏も素晴らしかったから、今のこの天気はもう一回やってきたおまけの贈り物ですな」

ヒーローは値段を比較すると、一軒目に決めた。手漕ぎボートにした。

ケンがネレに「僕が漕ぐよ。僕の宿命は、奴隷の子孫だからね」と言ってニヤッと笑い、ネレはケンを押した。

「あなたの祖先が奴隷だったら、あなたはここじゃなく、アメリカかアラビアにいるはずでしょ。それも何世代にもわたって。犠牲者になりたがりやさんなんだから」

ヒーローは免許証を担保として店に置いた。貸しボート屋の男はボートを小さな桟橋に引っ張っていった。乗ろうとしたとき、誰かが呼ぶ声がした。

「ヴィーラントさーん！」

「これは驚いた！」

ネレはその男を知らなかった。ヒーローの知り合いだった。会社の部下、リンダー氏だ。

こんなところで何してるんだ？　邪魔しないでほしいとヒーローは願ったが、リンダー氏はすでに自分のほうに向かってきている。奥さんと小さな女の子がふたり、ひきずられるようについてきた。

「この素晴らしい秋日和ですから、やはり家族のお出かけですか？」

そう言いながらリンダー氏は、好奇心むき出しでケンを見た。ヒーローはわざとその視線を無視した。

ああ、このリンダー氏の間違った判断のせいで、家族の財産をすべて失ったんだ。その一方で彼は会社では信頼できる部下であり、ヴァルターが上手に使えれば、まだ役に立ってくれる。だからヒーローは無理やり微笑んだ。天気を褒め、湖を褒め、あとは適当に褒めた。

「ヴィーラント社長、ここでお会いできて光栄です。ずっと内密にお目にかかりたいと思っておりました。ご子息なんですが、ご立派に成長なさいましたよ。使えるアイデアも出されますしね。我々はご子息にたいへん満足しております」

ネレは敵意をもってじろじろ見た。まるで自分が上司みたいに兄さんのことを話すなんて、いったい何様だと思っているのかしら。この男が気に入らなかった。娘のひとりが手足をジタバタさせ、父親の足の上にドスンと全体重でジャンプした。ネレは嬉しくなった。

ケンはすでにボートに乗っていた。貸しボート屋の男は艫綱（ともづな）を引いて、ボートを小桟橋の横にひきつけていたが、だんだんいらいらしてきた様子だった。ネレも乗り込んだ。ヒーローはすぐに暇乞（いとまご）いしなければならなくなり、それを喜んだ。

リンダー氏は目に見えてがっかりしていた。リンダー氏はいまだにヒーローを自分のボスだと見なしていた。ボスとふたりきりで湖を一周くらいしたかった。

ネレは自分が漕ぐと言った。しかし男がふたりもいて、女が漕ぐなんてみっともないとケンもヒーローも反対した。ネレが反撃した。

「黒人が、白人ふたりのためにボートを漕ぐのはどう見えるかしら？　おじいさんが若いふたりのために漕ぐのは？」

ケンもヒーローも笑いだし、順番に漕ぐことにした。

岸辺でリンダー氏が手を振っていた。奥さんとふたりの娘さんが隣にいた。

「先代、全然お悪そうに見えないなあ」

リンダー氏が奥さんに言った。

「会社をお譲りになってしまって、残念だ。わたしに言わせれば、早急過ぎたよ」

ネレは三人のなかで唯一、岸辺を見ることができた。とってつけたように笑顔でいる一家を目にすると、早く岸辺を離れようと湖へと漕ぎだした。

湖上では昔の話、家族の話が繰り広げられた。

ヒーローは高速処理でケンにすべてを話しておこうとしたのだろう。家族でした旅行やハイキング、遠足の話をした。ヒーローの話のなかでは、家族はいつもうまく切り抜けた。山登りにキノコ集め、何をするにしても家族は常に機嫌がよく、大喜びだった。ケンがそう思わざるえない話しぶりだった。

しかし実際は旅が始まる前から、すでにケンカが勃発していた。アグネスが近場を希望するので、両親は言い争いをしていたし、ヒーローと子どもたちの間にも、ヒーローが週末の渋滞を避けるために夜明け前に出発すると言い張るので、ケンカが起こった。しかしどんな抵抗も無駄だった。兄弟(きょうだい)たちは疲れ果てて機嫌が悪いまま、車に詰め込まれた。そしてこれが、この一家の、まれな団結の瞬間だったのだ。


ネレは父親の話を止めたかった。しかし唇を噛み、ひたすらボートを漕いでいた。

父さんがひとりで何でも決めたから、家族はみんな絶望していたのよ。でもそれは話すまい。たとえば……特に道、どの道を歩くのか、父さんがひとりで決めた。こんな具合だった。標識にしたがって歩いていると、父さんが説明不能な理由から近道を選ぶ。家族は道がまったくない場所を垂直によじのぼっていく。野生の木イチゴの茂みをかきわけ、がけ崩れで岩石がごろごろしている急斜面を歩き、川を歩いて渡る。標識のある道には戻れない。戻れたことは一度もなかった。帰り道も同じだった。

一度などこういう回り道のせいで、スズメバチの巣にぶちあたったのよ。追跡者の群れから身を守ろうと、川に飛び込んだ。しかしひどいことに川は浅すぎて、二〇カ所以上刺された。夜になると足はマッサージ用のたわしのようにけばだっていた。

しかしその話もしないことにした。それにたいていの遠足が涙で終わったことも。落胆、空腹、疲れがまだ鮮明にネレの記憶に残っていた。

父さんには違ったのね。何もかもが良い思い出として残っているんだわ。車でわたしが酔ったことも、父さんにはただ少し不愉快だっただけなんだ。

ケンはおもしろがって聞いていた。あとでネレが何を言うかも想像できた。彼女があまりにも怒って見えたので、漕ぐのを代わろうと申し出た。

ネレはオールを置き、しばらくの間、きらきら輝く緑色の水の上をボートがすべるにまかせていた。遊覧船が遠くで波を起こし、ボートはゆらゆら揺れた。

ネレは幸せそうに微笑む父親を見ていた。赤や黄色の紅葉した周囲の丘陵を背景に、波のリズムで上に下に揺れている。ケンの黒い顔の横で。ネレはずっとそうやって揺れていたかった。

しかしケンが立ち上がった。注意深くバランスをとりながら、ネレと場所を代わった。

ケンはボート漕ぎにたいへん熟練していた。バシャバシャせずに、オールを規則正しく動かし続けた。力強くかつゆったりと。体力的にもボート漕ぎはしんどくないようだった。

「どうしてそんなに上手なの？」

感心したネレは、短時間のきつい運動で赤くなった手をこすりながら尋ねた。

「イギリスにいたころ、少しの間ボートクラブにいたんだ」

それに話したよねとケンは、ネレに向かってしかめっ面をした。

「遺伝だよ」

ヒーローが話題を変えるために「どこでそんなに上手なドイツ語を身に着けたんだね？」と尋ねた。

「そもそも姿を見なかったら、ヨーロッパの人じゃないかと思えるほどだ」

ヒーローとしてはお世辞を言ったつもりだった。しかしケンがすっかり興奮したので、驚いてしまった。

「姿を見さえしなければって、いったいどういうことですか。二世、三世で、有色人種のヨーロッパ人だってかなりいるではありませんか。僕としては、僕のことをただそのままに見ていただきたいのです。肌の黒い人間です。そしてそれゆえにここで、白人がしないですむような体験をしている人間です」

ケンはすっかり憤慨してしまったようで、「それにですね」と続けた。

「ヴィーラントさんはあえて盲目でいつづけたいんです。直視したくないのだと僕は思います。娘さんが黒人を愛していることも、家族全員が、互いに競争していることも、それもご自分を巡って、あなたに見て欲しくてみんなして競争している。それも直視したくないんです。そしてこのお嬢さんだけが、唯一……」

ケンはここで中断した。ネレがすねを蹴ったのだ。

ネレは穴があったら入りたかった。

いや自分のほうを向いた父親の顔を見るくらいなら、その場で水に沈みたかった。岸に戻りたい。今すぐに。泳いだっていいわ。ボートに座っているのにわかり合えないのは最悪だ。あとでこの文章、書いておこう、とネレは思った。

誰も何も言わなかった。ケンは変わらず漕ぎ続けていた。力強く、静かに。ボートは静かに進んでいた。

遠くから見たらこの三人は、羨むほど幸せそうに見えただろう。

「もう帰るべきね」とネレが言った。

「わたし、寒くなってきた。特に足が冷えちゃったわ」

ケンは何も言わずに止まると、二つのオールを互いに逆の方向に漕いで、ボートの向きを変えた。そして岸へ漕ぎ出した。

「考えたんだが」

ヒーローが話しだした。ふたりに話しかけているのではなく、湖の静けさに向かって話しているかのようだった。

「俺はおそらく父親として、ひどいものだった」

謝っても取り返しのつかないこともあるだろうと言った。世代が違うというだけではなく、自分には手本もなかった、ひとりっ子だったから家族の体験がないので、あまりにもいろいろなことを知らなかったのだ、と言った。

「だがまだ時間がある。話し合ってほしい。お願いだ」

ネレはケンを見た。それから父親を見た。ボートに乗せてしまった人たちが何者なのか、見極めようとするようにふたりを見た。

今日はそんなことのために？

「いま、ここで？」

ネレが聞いた。

10

ケンのところに来るように言われた。

「ようやく僕の家に泊まるんだね」

「うれしい」

そう答えた。

でも今、緊張している。

どうしてか知ってる。どんな人だか、わかっていると思っている。でも家へ行ったせいで、それで終わりになるかもしれない。ヴォルフよりだいぶ前に付き合った人がそうだった。

写真のコラージュを集めていた。女性の体の一部分から乳房と陰唇の部分をネジで接合したもので、数百もあった。ありとあらゆるバリエーションで、白黒のもの、カラーのもの。乳首が絵を支配する物もあれば、金属部分が目立つ物もあった。廊下、寝室、キッチン、壁という壁に飾ってあった。

わたしは即座に退散した。

ヴォルフの家も行きたくなるような場所とは言い難かった。キッチンには使った食器が山のように積み上げられ、そういう臭いがした。それでもシーツは洗いたてだった。それにキャンドルもあったし、部屋のデコレーションとして、カラフルな布も飾ってあった。

アフリカ人はどんな風にドイツで暮らしているのだろう？　ちがう。ケンはどう暮らしているのだろう？　身だしなみはいつもきちんとしている。でもだからどうだと言うの。わたしの知り合いに、いつも素晴らしい服装の女性がいたわ。アイロンのかかった服を着て、きちんと化粧していた。でも家のなかはゴミの山よ。ひどい臭いだった。

仕事にいつももっていくバックに、一泊するのに必要なものを詰めた。ボスのホルストに外泊に気づかせる必要はない。くだらない質問をするんだもの。

今日に限ってケンは列車で一緒じゃない。ヴァルドルフではないところで約束があるからと車で出かけた。でも今晩、駅まで迎えに来てくれるわ。これもお初。わたしたちは仲直りした。でなければ、泊まりになんて行かれない。

娘が父親を批判するのと、よその人がするのとは違うのよ。そう言ってケンのことはこっぴどく叱っておいた。あのときのケンは、わたしにもよその人みたいに違和感があった。わたしはずっと自分を抑えて、あのちゃんちゃらおかしい幸せな家族のお話を、ひとつだってさえぎらなかったのに、ケンがした。わたしたち、ものすごい喧嘩になった。

〝わたしの〟お父さんなの。だからいつ批判するのか、そもそも批判するのかしないのか、決めるのはわたしなの。

と言うのも、なぜか父さんが全然問題ないように思えてしまったのよ。

そして今。今はわくわくしている。わたしたち、最初の喧嘩はもうすませたんだ。自分に言いきかせた。そう、これからはもうこわがらなくていいのよ。


絶対に時間どおりに着けるよう、わたしは一本早い列車に乗った。今は仕事がたてこんでいる。大きなプロジェクトが二つ。新興住宅の子どもの遊び場と造園づくり。冬になる前に終えなければならない。ホルストにはもうひとり雇うように言ったの。仕事が多いからだけでなく、そうしておけばわたしがやめることになったとき、それほど打撃にはならないから。もちろんそれはまだ言わない。

わたしは読む物をもってきた。久しぶりよ。通勤でケンと一緒だったから、もち歩く習慣がなくなっていた。

列車は、はちきれんばかりに混んでいた。この列車で通勤しないですんで良かったと思った。空いている席が見つかって嬉しかった。中央通路の大部屋式客車だった。わたしのイライラがまたやってきた。ケンの家でわたしを待ち受けているだろうこと。不安で心配になってきた。最悪な事態になるとしたら、今晩、わたしたちの関係が終わることも十分ありうる。最悪、その可能性はあるんじゃないかと思ったの。

するとわたしのなかでケンへの弁護が目覚めた。彼と今までに体験してきた良かったことのすべてを、記憶に呼び起こした。

落ち着くために本を読むことにしたわ。それなのに大きなだみ声の女が携帯電話で話しはじめた。

ひどい方言。ショートメッセージのお礼を言い始めたけれど、相手は無愛想なようだったわ。女はすぐに電話を終えた。わたしはほっとして座席によりかかろうとしたけれど、女はまたすぐに電話を始めた。次の相手も、女にメールかショートメッセージを週末に送ったようだった。導入として最初に形式ばかりの礼を言うと、女は事細かに旅行の話をしだした。列車での席順、列車の外の風景とかの話よ。女はシモーネと言った。シモーネという名前になったのは彼女のせいではないけれど、シモーネが電話をすればするほど、わたしの嫌いな名前リストにその名前が刻み込まれていく。

わたしは立ち上がって、どんな女か見るために、網棚の上のバックをごそごそした。女の隣は男で、イヤホンを耳にさして目を閉じていた。女は声ほどには醜くはない。許せそう。いや、無理ね。わたしの神経をのこぎりでさかなでる。周りを見ると誰も邪魔に感じていないようだった。ひとりだけ、年配の女性がわたしと視線のやり取りを求めてきて、肩をすくめてみせたわ。もう我慢できない。怒りではち切れそう。

手の上に本を置き、開いたページを凝視した。一文字も入ってこない。嫌な女にメールだのショートメールだのを送った一連の人間は、果てがないようだった。わたしはすでに怒りで陶然としていた。いつしかシモーネがトイレに立った。周りににんまり微笑んで出ていったわ。

わたしは井戸の深い穴をのぞくみたいに、ただ本を眺めていた。シモーネがわたしの横を通り過ぎたあと、メモ用紙にこう書いたわ。

「シモーネ、誰かが言わなければならん。あんたの話はくだらん。車両じゅうに聞こえてる」

わざと男らしく書いた。男が書いたと思えばいい。それからシモーネの席を通り過ぎて、反対側にあるトイレへ向かった。イヤホンの男は目をつぶったままだわ。ついてる。トイレから戻ると、シモーネは席に戻っていた。わたしが書いたメモを手に、だんまり。もちろん、本なんて読めないわ。ドキドキしながら窓の外を見ていた。ベルンシュタットとアナウンスが告げるのを待っていた。バックに本を投げ入れると、わたしはシモーネの横を通って出口へ向かった。彼女は顔を上げることもできないでいた。

列車が止まると、わたしは降りた。色のついたガラス窓の前を通ったとき、首筋にシモーネの視線を感じた。わたしは自分を強い人のように感じた。わたしには何も起こらない。そう思ったの。やっと勇気を出せたのよ。実際、今日は何も起こらなかった。仕事はあっという間に終業時間を過ぎ、ホルストはまったく気がつかなかった。少し長めの瞬きをしたかと思うと、もう帰りの列車に乗っていた。

ホームの端で、ケンが待っていた。

わたしはすぐに列車で会った女の話をし、ケンは笑い、もしも自分がその場だったらどうしたか、わたしに話した。次はヘッドホンをもっていくといいよとアドバイスしてくれた。ということは、次があると思っているんだわ。

ケンは料理してくれていた。がっかりしたわ。部屋はヨーロッパ的なんだもの。アフリカを思わせるものは、柄のベッドカバーと木彫りの装飾の小さなタンスだけ。

書斎には白い机があり、雑然とした書類の山々が、互いに崩れてとけあっていた。パソコンがあり、床には数えきれないほどの本の山があって、ヴォルフと一緒に一度訪問したことのある大学教員の家を思い出す。

わたしは歩き回り、見て回った。ケンはそんなわたしを観察していた。

「合格？」

彼が尋ね、わたしはうなずいた。彼がほっとしたのがわかった。わたしと同じくらい緊張していたのだ。わたしを抱きしめて、キスした。

魚の入った煮込み料理に、白インゲンと野菜が付け合わせだった。

「ヤマノイモは手に入らなかったんだ」とケンが言った。

「この料理にはたいていヤマノイモを一緒に食べるんだよ」

美味しいと言うと、彼は子供のように喜んだ。

第4章
家族のなかへ

1

現在はどこから始まるのか？
現在が過去と出会い、未来に触れる。その水平線はある。
ヒーローにとっては、終わりが確定している時点だ。

半年の間、未来があるかのように生きてきた。しかし治療のしようがありませんと病院に言われた。毎日感じる散漫とした痛み。毎日違う強さで、認識できるようなパターンはない。痛みのまったくないときもある。ヒーローはいまや自分の病状を知っていたが、底なしの不安を感じていた。長い間、誰も何も言ってくれなかった。自分が尋ねなかったからだ。彼は医学のいう「ディテール」には関心がなかった。多くを知らなければ奇跡だって起こると自分に言い聞かせてきた。しかし起きなかった。癌は全身に転移していた。ヒーローが知りたいかどうかはお構いなしだった。ヒーロー自身が病院との結託を熱望しているかのごとく、病院は最後の検査の後で全身転移を告知した。何カ月ものあいだ、白衣の男たちはくだらないことばかりぺらぺら話してきた。友人のローラントも同罪だ。絶対に彼も知っていたはずだ。姿を見せなくなったのも、絶対に偶然ではない。
薬の副作用は目に出るらしい。目が見えなくなってきた。しかしその代わりに子どものころのことをより頻繁に思い出すようになった。ひとつひとつの出来事が、鋭くはっきりと目の前に浮かぶ。

ファッシング（キリスト復活祭の前に行われるドイツのお祭り。様々な仮装でパレードに参加したり、パーティーを開いて楽しむ）のとき、どうしても王様になりたかった。本物の金の王冠か、少なくとも重金属でできていて、金に見えるものが欲しかった。しかし母親は滑稽な紙の王冠をかぶせた。ヒーローは落胆と怒りのあまり、最初のポロネーズで地面に叩きつけた。後ろから続く子どもたちが、それを踏みつけていった。

他にはっきり見えたもの。それはアグネスの苦しみだった。ヒーローの置かれている状況を何ひとつ変えることができず、妻は苦しんでいた。ヒーローは妻を避けた。ふたりはこの数カ月、何度も話し合いを試みたが、彼は心を開けなかった。

何を言えばいい？　自分でも何もわからないのに。長年連れ添った妻に、今も愛している妻に、ひとりで行かねばならない分岐点に達したら、さらに愛おしくなるだろう妻に、決定がすでになされた今、何を言えばいい？

一度だけ、直接そのことを話し合った。

「俺が死ぬことは、もちろんみんな知っている。しかし自分が生きている限り、死は他人事で、抽象にとどまる。常にひとつの仮定でしかない。

死を押しやることでしか、人は生きていかれない。だから俺は今回の詳細な診断は卑劣だと思う。死刑の宣告だ。残された時間を、どうすれば絶望しないで生きられるのか、俺にはわからない」

アグネスははっきりとは理解できなかったようだ。同情や理解を大きく表さなかった。十分な睡眠、健康的な食生活、しっかりと運動すること、そんな実用的なことばかりを口にした。アグネスは今もそんなことばかり、くどくど言う。その一方で「いつもそばにいるから」と聞くに堪えない涙声で約束する。そのときが来たらという意味だったが、口に出してそうは言わなかった。次の瞬間にはアグネスはばかばかしい計画を口にする。妻はどうかしてしまったのではないかと疑うほど、現実離れしている。飛行機での旅行、もしもそのほうがよければ船旅。メラルのご両親のいるトルコか、クレオの父親のいるマヨルカへ。自分はもうここノイブルクでの墓参りさえ、ひとりではできないというのに。薬を内服しているから、車には乗っていない。街の端にある墓地へ、ヒーローは時おり無性に行きたくなる。塀で囲まれて、騒々しいこの世から切り取られた島。最初のうちはクララのために来ているつもりだったが、そうではなかった。自分が来たかったのだ。

ヒーローは並木道を歩いた。カエデとブナが交互に並び、まだ葉が芽吹いておらず、幹しかない。黒く光る太い幹は柱のようだ。見上げるとはるか上のほう、空のなかで、小さく震える線が見えた。くらくらするほど美しい。

秋も実に美しかった。あのころはまだ葉があった。それがだんだんと暗くなり、日の入りのように赤くなっていった。そしてあのころ、ヒーローには希望があった。

座らねばならなかった。風が強く寒かったが、太陽が暗い色のコートを温めてくれた。ジョゼファとクララの墓に向かう途中にはいくつかベンチがあり、ヒーローはその場所を知っていた。いくらか日陰になっているところに、ちょうど一つ見えた。三月の光はまぶしくて、彼の目はまだ慣れていない。ヒーローはそこに座って目を閉じた。見える色が弱々しいと、人はすぐに気分が悪くなり、体力もなくなりやすく、落ち込みやすくなるものだ。もちろん自分でもわかっている。実際に体力も衰えたし、落ち込んでもいる。どうすればいいかわからなかった。よりどころもない。

目のあたりに手でひさしをつくり、ヒーローは墓参りする人々を観察した。何組もの年取った夫婦が通り過ぎた。腕を組み、手にはアレンジメントや花束。みな、顔色が悪い。

男だけでの墓参りはなかった。しかし女だけというのはどの年代にもいた。彼女たちはバッグやビニール袋、じょうろを手に、あちらこちらへ忙しそうに歩いていた。ほかの人のためにせっせと尽くし、自分には決して順番は来ないかのようだ。

もう凍りつかないので、墓地の水盤には水が溜めてある。冬が公（おおやけ）に終了した。

残りの人生で俺は死ぬ。それがなんだ。みんなそうじゃないか。

彼はクララのことを考えた。ここに来るといつもそうだ。答えがないから、問いは終わることなく巡り続ける。

神の創造を投げやりに扱う人間を、神はどうなさるのだろう？

生きるか死ぬか。それを自分で決めることは、人間が神から力を強奪することになる。もちろん、とてつもない力だ。そのことでのちに責任を問われるのだろうか？　それとも自死すると決めたまさにその瞬間、神がとうにお決めになった死の計画をみずから遂行することになるのか？　それなら神はご満足なのではないか。汚れ仕事をしないですむのだから。なぜ罰する必要がある？

ヒーローは教会に腹を立てていた。教会は神の答えなど知りもせずに答えを与える。毎日神にインタビューできるかのように、教会は命令し、禁止する。しかもインタビューは、ローマ教皇と司教と高位高官にのみ許されている。

そんなものを本気にできるというのか？　数百年の歴史をふりかえれば、教会がどれほど多くの間違いを犯してきたかは明らかだ。科学者は拷問を受け、処刑された。女たちは魔女だと火あぶりにされた。その人たちがいま生きていれば、社会に、そして教会に賞賛されただろうに。信仰ゆえに拷問された聖人たち。子どものころ、ヒーローにとって教会はいつも不気味だった。感動などできなかった。どうしてかと父親に聞いた。「間違っていましたと言ってしまえばよかったのに。聖人たちはバカだったの？　逃げればよかったのに」答えはすぐに来た。ビンタだ。それからもヒーローは日曜日ごとに、脇の小祭壇に描かれた絵を、意味もわからずに見続けなければならなかった。煮えたぎる油のなかに入れられた聖人の絵を。

自分にとって重要な事柄はすべて、何が正しいか、いつも自分で見つけてきた。今もそうだ。人生の終わりは、始まりより明確だ。始まりは精子が卵子と結合したときか、それとも誕生のときか、その間なのか不正確だ。死は正確だ。ヒーローにとっては呼吸がなくなったときだ。亡くなった人の鼻の前に羽毛を置く。このやり方はヒーローの大のお気に入りだ。羽毛が動けば生きている。脳波の測定などまったく不要だ。

しかし教会の知ったかぶりたちは、本人に聞きもせずに延命することには何の異議も唱えていない。命が長引くのはときおり、苦悩に満ちるだけになるというのに。これこそ神の意志に反するのではないか。見込みもないのに、必要以上に技術を使用するのは、神の意志に逆らうことになるのではないか。教会は一度でも反対表明をしただろうか？　ヒーローには教会がそんなことをした覚えがなかった。経済的な利益を念頭に患者を扱うことに関して、ひょっとすると教会も同じ考えなのかもしれない。だからこそ中絶、自殺、安楽死に反対なのかもしれない。生きている人間だから、より金になる。恐ろしい考えだ。ヒーローはこのことについて、病院の神父と話したいと思った。アグネスとも。

堪えられなくなったとき自分がどうするか、まだ決めていなかった。そのときにはもう判断できなくなっているのではないかと心配だった。そのときにはおそらく自分は、滑稽な存在か、嫌な存在に変わってしまっているだろう。手遅れにならないうちに、アグネスと話さなければならない。

それから絶対に話しておかなければならないのが、財産状況だった。いまだに話していないことをヒーローは恥じた。会社と住んでいる家——そこにアグネスが住み続けるだろうその家以外、何も残らない。ほかの者には何もない。それを言わなければならない。

あの子らは、存在しない財産を期待している。ヒーローからもジョゼファからも、クララからも何も残らない。もしかするとそれがクララの自死の原因ではないかという考えが、ときどき彼を襲う。いや、クララが何を知っていたというのか。

座っているベンチが、突然冷たくなった。氷でできているようだ。足から背中へ、冷気が意地悪くのぼってきた。ヒーローは立ち上がる。不快な考えを踏みつぶすかのようにドシドシ足踏みし、また暖かくなったので歩き出した。

クリスマスは爆弾発言にぴったりのはずだった。クリスマスに大暴露。そのイメージをヒーローは気に入っていた。もともとクリスマス行事が嫌いだった。会社でも嫌だったが、家は最悪だった。アグネスは絶好調で、まさに水を得た魚。ずっと動き回っている。そして毎年同じことを聞く。

「やっぱり『きよしこの夜』のほうが……、だめだめ、クリスマスの福音書だわ」

ああ、もう十分だ。打ち明けよう。

「子どもたち。おまえたちは飼い葉桶の幼子イエス同様、裸で貧しい。気にするな」

しかしクリスマスには子どもたちはいなかった。長女のマルタ、長男のヴァルター、それに三女のティナには家族がある。つまり、全員が一度には集まらないのだ。だから妻のアグネスは全員を順番に招待した。毎日、お客が来た。

次男のヨハネスは来なかった。坊やと妻クレオと一緒にマヨルカ島にいた。ヒーローは名前を知らないかのように、赤ん坊を「坊や」と呼んだ。ネレはケンにどうしてもヴェネツィアを見せたいと、つまり、いなかった。かまわない。自分は元気なのだから。

そんなわけで告げるのが遅れてしまった。

墓に着いた。若い女が忙しそうにしている。どうやらクララの墓を掃除して、新しい鉢物を植えたようだ。女の横にはひからびたモミの枝と枯れたフラワーアレンジメントがあった。女が立ち上がり振り向いた。ネレだ。土のついた指を伸ばして、いうことを聞かない髪を、手の甲で顔からかきあげていた。

ネレは微笑んで、一度はここで会えると思っていたと言った。

「いい日ね。春が来るわ。父さん、上り坂よ」

ヒーローもやさしく微笑んだ。

「きれいになったな」

「まだ終わっていないの」

ネレが言った。後ろのチューリップの球根のところに植えようと、クララの庭からオウバイをもってきたそうだ。一時しのぎの十字架の横にぽっかりと空いた穴をネレは指さした。十字架にはジョゼファとクララの誕生と死亡の月日が書いてある。

「わかってるの、まだちょっと早いのよ。でもお墓の盛り土はもう沈んだし、もう一度寒くなっても、この種類は霜にも耐えられるから」

寒くはならないと思うけれど、とネレはつけ加えた。

「さすが専門家だな」

ヒーローが言うとネレは笑った。

「正確には違うけどね。ふだんはもっと大きな面積を扱っているのよ」

それからネレは、当時、墓石の職人に電話したときに聞いた話をした。

ジョゼファの葬式のとき、クララは自分の名前と誕生日も一緒に掘るように注文した。そうしておけば、のちのち少しの追加ですむからと。

「珍しいことではないと職人は言ったのだけど、父さんはどう思う?」ネレはヒーローに聞いてみた。

「俺ならしない」とヒーローは答えた。

「生きている間に、墓石に自分の名前があるなんてごめんだ」

「わたしもいやだわ。クララ叔母さんはもうそのときには決めていたのかもしれないと、父さんは思う?」

「ありうる。だがそうだとしたら、亡くなった日も一緒に彫らせたはずだ。クララは実用的だったからな」

「父さん、ひどい。もう話したくない。クララ叔母さんがどう思っていたのか、わたしたちにはわからないでしょ」

ふたりは話すのをやめた。ネレは花壇の植え替えを続けた。小さな植物を鉢から取り出し、よけいな土を払って根を自由にし、短く切った。決めておいた場所に力強く押し込んだ。

「知ってた?」

ネレがとつぜん聞いた。

「クララ叔母さんが電話してくると、よく言ったことがあるの」

「クララは電話なんかしなかった」

「そうね、でも電話してくると、まず最初にこう言った。『お邪魔したくないのよ』それなんだと思うの。クララ叔母さん、邪魔になりたくなかったんでしょうね。でも何らかの理由でそう思うようになった。クララ叔母さんの面倒をみるのが義務だとわたしたちが思ってる。叔母さんはそう感じたんでしょうね」

ネレはオウバイの周りの土をぐっと押した。そうすることで「面倒をみる」ということを最大限に表現したいかのようだった。

ネレを思慮深く見ながら

「そんな風に考えたことはない」とヒーローは言った。

「迷惑になるのは、どこからだ?」

「独身でひとりで暮らしているだけで、十分なのよ。ほかの人たちは人生を謳歌して、楽しくて、友人がいる。自分がいるだけで、その人たちへの非難になっている。そう考えていたのよ」

ヒーローは咳払いした。

「ぞっとするな」

2

季節のせいではない。カゲロウかしら。事実カゲロウが仰向けになって、大きな音を立てていた。窓枠の上、休みなくぐるぐる自転するせいで発電機みたいな音がする。バルコニーで仰向けになって日向ぼっこだってできるのに、バカな虫ね。こんなにいいお天気なのに。わたしは紙を一枚手にするとカゲロウの下にすべり込ませ、くるりと起こしてあげた。カゲロウは立ったままだ。泡を食ったような様子だけど、静かにしていた。

書斎に戻ると、またブンブンと始まった。もう助けてやらない。唸(うな)っていればいいのよ。

それでもやっぱり立ち上がった。カゲロウは狂ったようにぐるぐる回っていた。まったく足の数だって十分あるのに、いったいどうして仰向けになってしまうの。そんな風に非難がましく音を立てないでよ。わたしが引っくり返したんじゃないでしょうよ。もう一度紙を手にして、助け起こした。カゲロウは片側の足を切られたかのように、最初は立っていられず、よろめいてすぐに倒れて二度目はうまく立てた。カゲロウの記念碑のごとく立っていたわ。揺るぎなく、なんというか完璧だった。動かない。そして倒れた。死んでいた。ただ死んでいた。

ひどい一日だと急に思った。どうしてかはわからないけれど。

今までのわたしはカゲロウのように生きてきた。一日が過ぎる。はい、おしまい。きっと父さんは今そうやって生きている。この一日から、次の一日へ。そうするしかないんでしょうね。でも父さんは今までの人生をちゃんと生きてきた。わたしはもっと計画するべきだった。人生は長いのだから、ひとつひとつ積み上げたほうがいい。寄宿学校が終わったとき、わたしは資格も技術もなかった。だから新しく始めた。いろいろな習い事を始めては、やめた。スペイン語、文学、家具づくり。まったく違うものをまた始めるから、積み上がらなかった。今また大学へ行くとしたら、大学では民族学を学んだから、また新しいものを始めることになるわ。アフリカについて、正確に言うとナイジェリアのこと。

ケンと比べるとわたしには何もない。何も達成できなかった。地位もなければ、子どももいない。それでも愛しているとケンは言う。それでもというより、それゆえになのかもしれない。もしかしたら自分に合うように、彼の想像に合わせてわたしをつくり変えたいのかもしれない。わたしもそれを望んでいるかは、わからないわ。一生、恋人から学ぶだけの女でいたいのかどうか。逆があってもいいはずよね。あるいはお互いにそうするとか。

「僕はいつも死角にいる」

死角にいる黒人。シャボン玉のなかにいるみたいで、美しいイメージに思えた。

「奇遇ね、わたしも家族のなかでずっとそう感じてきたのよ。ふたりでなら、何かできるかもしれない。たとえば面白い人生が切りひらけるかもよ。透明人間のふたりだから、ホテルに泊まってもドントディスターブカードをかけなくていいの。得なこともあるのね」

わたしはケンにイタリアを見せたかった。ケンもヴェネツィアにはずっと行ってみたかったと言った。クリスマスにふたりきりで旅行することにも心を奪われた。ふたりの間の架け橋のような国、音楽的なことばの国、あの水辺の街。もう少しお天気が良ければよかったけれど、それがお望みなら冬は山に行くしかないし、それはふたりとも望まなかった。でもヴェネツィアには霧を通した特別な光があって、わたしたちは毎晩、湾（ラグーナ）の風景を楽しんだの。

貴族たちの宮殿。その黒いシルエット。その上にはバラ色がかった灰色の空が、丸天井のように広がっている。黄色みもある。そこでルイジ・ノーノ（二〇世紀のイタリアの作曲家）の電子音楽を聞いた。ホテルマンが言うには、ここでは絶対にこの音楽だそうだ。実験的で、まるでわたしたちの関係のようね。『コロ　ロンタニッシモ』（ルイジ・ノーノの曲）では、音がはるか彼方からやってくるようなの。海を越えて彼方から来るの。ケンは「あまりにも遠くからだから、僕のところまで届かなかったよ」と言ったのよね。

「神々に挑む男プロメテウスは最高神ゼウスに挑んだの。ゼウスに反抗し、それゆえに苦しんだのよ」わたしがそうあらすじを話すと、オペラ『プロメテオ』のストーリーは気に入ったようだった。

ヴェネツィアでは陸との接点はなく、何の義務もないように感じたの。まるでふたりして、世界の外に出てしまったかのようだった。ところがわたしたちはケンカした。午前中は、階段やら橋やら、いろいろな大きさの広場やらをぶらぶらと歩いていた。教会、もちろんドゥカーレ宮殿も見学したわ。疲れ果てたわたしたちは、ランチに小さな二流のレストランに入った。この季節は、お客よりも給仕の数のほうが多い。ケンがわたしに、どうしてそんなにお父さんに恩義を感じているのかと聞いてきたの。

「お父さんはまるでオリンポスの神さまみたいだ。認めてもらおうとして、みんなして媚(こ)びてる。国家の共同体に入れて欲しくて、物乞いしている国々と一緒だ。お姉さんのマルタから始まって、君も含めて末っ子のティナにいたるまで、とにかくみんなして媚びてるじゃないか。次の世代のアナベルや孫たちまでそうだ。けれどパレスチナやソマリアを見ればわかるだろう。そんなことしても何にもならない。弱点をあからさまにするだけなんだ」

　わたしは言い返したのよ。

「認めてもらうどころか見てももらえない人間にとって、できることと言ったら、こっちを向いてもらうことしかないでしょ」

「だけどその彼だか、彼女だかは」ケンは彼女だかと言いながら、わたしに短く微笑みかけた。「認めてもらうことはないんだ。せいぜい同情されるだけだ」それから彼は、どうして君がそんなに父親のために骨折りするのかわからない、と続けた。

「だって、お父さんは君のために何もしてくれなかったんだろう」

「そんなことないわよ。ときどきはしてくれたのよ」

　わたしはケンにマジパン（すりつぶしたアーモンドに砂糖や香料などを混ぜて焼いた菓子）の話をした。ケンはわたしがするこういう話が好きだ。

いつだったか、クリスマス休暇のときのことよ。わたしひとりだけが、寄宿舎に戻らなければならないことがあったの。寄宿舎に入って二年目だった。寝室のある棟の改築があって、予定どおりに終わらなかった。だから全クラスがそろって再開できる状況ではなかったのよ。でも悲しいことにわたしの棟は工事が終わっていた。父さんがそれを伝える手紙を読み上げたとき、わたしの周りに立っていた兄弟(きょうだい)たちはニヤニヤしていたわ。彼らのことも、牢獄みたいな寄宿舎も憎かった。

父さんが駅まで車に乗せていってくれた。車には父さんとわたしのふたりだけ。わたしは一二歳だったけれど、今までそんなことはなかった。王様が一人娘のプリンセスを外出に連れ出しているみたいで、嬉しくて興奮したわ。わたしは王様の大切なプリンセスなの。車に乗っている間、台無しにしないようにわたしは一言もしゃべらなかった。

でも父さんは、わたしが悲しがっていると思ったに違いないの。駅に着いてもホームに行かず、トランクの横で待っているように言われた。父さんが戻ってくるまでしばらくかかった。そうしたらわたしにマジパンを買ってきてくれたの。大きくて、金色のアルミ箔に包んであった。

それって、父さんがわたしに最初のブラジャーを買ってくれるようなことなの。そのくらい、なんていうか親密なのよ。父さんはわたしたちに絶対に食べ物を買わなかった。それは母さんの役割だったから。しかもマジパンだなんて。わたしたちは甘いものは決して食べさせてもらえなかったのよ。母さんは『砂糖で病気になる』というパンフレットをもっていて、まるで聖書のように読んで聞かせたし、甘い物なんていう毒をほかの人からもらわないように、それは厳しくわたしたちのことを見張っていたの。父さんはそんな母さんをいつも応援していた。それどころか年々、母さんよりも厳しくなっていったの。それなのにマジパンでしょ。

『お別れが寂しくないように』

その瞬間、父さんが好きになったわ。そのときの父さんは、わたしがいつも寄宿舎で自慢していた世界一のお父さんだった。

寄宿舎のわたしたちにはみんな、世界一のお父さんがいたのよ。他の人たちには本当にそんなお父さんがいるんだと思ってたの。そうじゃないことは、のちのちわかったけれど、でもあの日、父さんは本当に世界一だった。そしてみんなに話せるようなすてきな出来事だった。


「それだけで君には足りるの？　信じられないよ」

ケンが尋ねた。

「たったそれだけのことで人を許せるなんて、君はアフリカ人になれるよ」

これはわたしにアフリカ的なところを見つけたときや、わたしの機嫌をとるときのケンの方法だった。わたしもいつものように、それに乗った。


でも彼にとって話は終わっていなかった。同じ日の晩、ケンはひどい嫌みを言ったの。大声で言われたわけではなかったのに、大音響で爆裂した。

「僕と付き合っているのは、黒んぼが彼氏なら家族のなかで目立って、君にもやっとセンセーションを巻き起こせるからだろ？　ときどきそう思うよ」

まるでホテルの部屋にあった悪趣味な大きな花瓶を投げつけられたような衝撃だった。彼の姿が粉々に飛び散り、おかしなことに溶け去った。こみあげてきた涙のせいかもしれない。何も考えず、わたしは即座にその場をひとりで去ろうとした。

すごい勢いでドアへ向かい、コートを着てブーツをはいた。

どうやってそんなに早くできたのか、今もわからないわ。

何時間も夜の街をひとりで歩いた。数えきれないほどの橋を渡り、狭い通りを抜け、家々のはざまを抜けた。だんだん人通りがなくなり、霧がどんどん濃くなった。いつの間にか道に迷っていたの。とうとう通りに人がひとりもいなくなってしまった。

世界から切り離され、孤独で時間の概念もなくなった。まさにその瞬間、きっかけはわたしだとわかったの。刺されるように鮮明にわかって、痛みさえ感じた。

わたしだ！　あのケンカの原因はわたしだったんだ。

その日わたしは一日じゅう、ナイジェリアにいる子どもたちのことを尋ねた。ケンは言葉少なに答えていた。わたしはしつこかった。

最初に知りたかったのは、年齢。

息子と娘のどちらが可愛いの？

こんなに長い間会わなかったし、年に二回しか会わないで、子どものことがわかるの？

まだ足りないとでも言うように、とうとう「冷たいお父さんね」とコメントまでした。真剣にそう思ったわけではないけれど、無礼で愚かだった。ケンはブツブツ小さな声で答えていた。「しょうがないんだ。僕には変えようがないんだ」そのあとすぐ、観光名所や空の美しさやヴェネツィアの主水路の水にきらきらと映る光の様子にわたしたちは心を奪われた。わたしにとっては、話は終わりだった。

夜の孤独のなか、わたしは自分の盲目さ、自分の無神経さに気づき、恥ずかしくて泣き叫びたかった。

長い間うろうろとさまよった末に、ようやくまだ開いている酒場を見つけた。ホテルへの道を尋ねた。観光客の行き来する場所からはかなり外れていた。バーカウンターに並ぶ客たちの視線は鋭かった。女のわたしは「なぜ女が」「なぜひとりで」「なぜこんな遅い時間にここにいるのか」説明しなければならないと感じた。

目の前の人々はみな男で、方言を話していた。わたしにはわからなかった。わたしのイタリア語のおかげで、彼らはすぐ観光客だとわかってくれたの。もしかすると泣き腫らした顔や、ホテルで年取った母が待っていると言ったおかげかもしれないわね。ホテルまでの道のりを紙ナプキンに描き、帰り道を饒舌に説明してくれた。

夜更けになっていた。夏ならすでに夜明けにあたる時間に、わたしはようやくホテルのあたりに戻ってきた。するとホテルの前をうろうろと目的もなくさまよっている人が見えたの。わたしを見ると、その人はとつぜん目的を見つけた。そばまで来るとケンだとわかった。ケンも目を泣き腫らしていた。それで十分だった。

わたしたちは明るくなるまで話したわ。

最後、眠りに落ちる前になると、わたしたちは〝年取った母親〟に笑った。

次の日、ふたりの間がまた元どおりになったので、ケンに言った。

「親とはいろいろな時期を過ごせる。ありがたいことだと思うの。最初は赤ちゃんへの優しさ。この時期はわたしにはなかったけれど、その代わりそのあとの権威的で処罰的な時期はたっぷり味わった。

その時期を生き延びてわたしは解放された。今ようやく同じ目線で父さんと話ができる。この時期を逃したくないの。今がまさに話し合いのチャンスなの。攻撃的な批判をすることなく、聞きたかったことを聞ける」ケンは疑わしそうだったが「試してみればいい」と言った。

今ではケンの言うとおりだったかもしれないと思うようになった。父さんにとってわたしはそれほど重要ではないのかもしれない。わたしがいろいろしすぎるのは、出しゃばりや独り占めになるのかもしれない。父さんには母さんもいるし、ほかの兄弟もいるから。みんなにも父さんとの時間が必要なんでしょうね。

でもわたしたち兄弟はもっと近づくべきかもしれないわ。
純粋に父さんのために。

3

ヒーローの目にはすべてが心もち暗く見えた。

世界一面に、ガーゼかチュールでできたベールをかけられたようだ。わずかな隙間にぴったりと近づいたときだけ、その後ろに点々と色が見える。しかし自分がいる側は、暗いままだ。


子どものころ、夜の廊下に身を隠したことがあった。居間で行われている準備を、鍵穴から覗(のぞ)き見ようとした。クリスマスの前日で、ヒーローはクリストキント（子供たちにクリスマスプレゼントを運んでくる天使）を疑い始めていた。かといって誰が代わりにクリスマスツリーやプレゼントをくれるのか、はっきり確信するほどの年齢ではなかった。予想はあった。それをその晩、確かめたかった。

ヒーローは今でもまつ毛が鍵穴に触れる感触や、匂いを感じることができた。モミの木の香り、キャンドルの匂い、ツリーの周りの床に置かれた雑多な小箱からは、もわっとしたカビの匂いがした。

誰が部屋にいるのかを確認する前に、後ろから声がした。

「こら、何を探してるんだ？　早く寝なさい。クリストキントがプレゼントを全部もって、飛んでいってしまうぞ」

暗闇のなか、父親はヒーローを部屋へ押し込んだ。ベッドに入ったか、確かめもせずに去ってしまった。

そのころはヘルヴィッヒと呼ばれていた小さなヒーローは、手探りでベッドに戻り、息をする勇気もなかった。眠りにつく前、「僕のことも連れ去ってください」と切望した。

痕跡を残さずに去ること。なぜそう考えることさえ、これほど難しいのか。とどまるもの、のちのちまで残るものを後に残したいと切望しなければすべてはシンプルなのに。なんらかの形で生き残りたい。なんとかそこに居続けようとする。それがまさに問題の始まりだ。確かに子どもたちがいる。しかしヒーローは遺伝子を残すことには関心がなかった。子どもたちには子どもたちの人生があり、理想があり、性格も異なる。

子どもたちは俺のことを覚えているだろうか？　俺のことを話すだろうか？

そうは思えなかった。気もちがすさんだ。

墓石だけが生きた証として残るのだ。花崗岩（かこうがん）がいちばん長くもつ。雨風で損なわれる大理石とは違う。これは一考に値する。それから何よりも、価値があり的を射た格言が必要だ。

ヒーローは書斎で、カタログを何冊もめくりつづけた。会社ではヴァルターに見られているように感じるので、書斎なら確実だった。アグネスは家の用事で忙しくしているから、ここなら邪魔されない。

もしかすると何もかも間違っているのかもしれない。

彼は考えた。

人が死んだら、肉体はゴミにすぎないという考えを受け入れるべきなのかもしれない。ゴミの収集人を呼び、片づけてもらう。それで終わり。そう考えようとすると、ゾッとした。あらゆることを先入観にとらわれずに見るよう試みた。葬式のすべてのバリエーションを健気にも最初から最後まで想像した。しかし共同墓地はダメだった。名前も残らないし、尊厳がないように感じる。

しかしなぜそれが、これほどまでにショックなのか。

両親の世代の死者にはすでに顔がなく、その他大勢にすぎない。その当時は巨大な装飾とともに埋葬された有力者も金もちも同じだ。墓石は朽ちたり、紛失したりした。その当時、死を悼んだ人たちも消えてしまった。

何のためだったのだ？　どうせ消えるなら、最初からすべて捨ててしまえばいい。

ヒーローは歴史的人物ではなかった。

突然、君主、政治家、芸術家が羨ましくなった。彼らは長くあり続ける。時代を動かしたような大人物。精神的なものや何か永続する理念を残した人たち。しかしそのような者も、のちのち自分が人々の記憶にこれほど長く残ることになるとは、知らないで死んだのだ。ソクラテス、プラトン、アリストテレス、ローマの皇帝たち、歴代の王、そして首相、彼らにとってもこの世を去ることはみじめだった。

あの世での生をいくら考えようが、それは権力者を押しとどめるに値しなかった。彼らはこの世で自分を永遠のものとし、時代を超越するモニュメントとして霊廟（れいびょう）を建設した。

家族がいなくなれば、俺を知る人はいなくなるだろう。だからヒーローは、少なくとも次の世代に印象を残すよう努めた。もしかするとさらに次の世代のロビンにも、残るかもしれない。あるいはティナの子どもたちにも。今、その子らのために写真を撮らせている。ティナはしつこくて、何度もヒーローを写真に撮った。ことあるごとに小さなカメラを取り出して、ヒーローを撮ろうとする。撮られていると気づく前に、ティナはもう写真に収めていた。写真を撮るから動かないでと言わない限り、いいことにした。

ヒーローは、自分がどの世代まで遡って先祖のことを覚えているか、確認した。父親以上になると、驚くほどぼんやりしていることがわかり、恥じ入った。それはヒーローの目がどんどん見えなくなっているせいではなかった。

見えなくなることは恐ろしい。日に何度と見るための訓練、いや見えているかの確認を自分に強いた。左目を閉じて、目の前の人の顔が見えるか、確かめた。それはたいていアグネスだったが、アグネスには気づかれてはならない。時おり鏡のなかの自分の顔で試した。輪郭はぼやけ、色はおぼろげで筆の一塗りがしゃっしゃっといくつか見えるだけで、印象主義の絵画のようだ。

アグネスが笑っているのか怒っているのかもわからない。それどころか目を開けているのか、閉じているのかも見えなかった。自分の顔で確認しているときは知っている。しかし見えているわけではない。右目を閉じて実験しているときは、もっとひどい結果だ。ほとんど見えない。色も輪郭もない。アグネスや自分、あるいはほかの人の髪の毛や顔があったところに、灰色や茶色の面が見えるだけだ。

しかし両目を開けて眼鏡をかければ、まだなんとかなる。大事なのは本が読めること。それからひとりで外出できることだ。

急がねばならなかった。まだやりたいことがある。何をするのかは誰にも言わないつもりだ。言えば、やめるように説得しようとするだろうから。

家族は俺の人生を決めようと、俺を狙っている。

だがそうはさせん。それが可能な限り。

4

アグネスは落ち着かなかった。

春の大掃除をすると決めたのだが、天気はとても春とは言いがたかった。空は灰色で、寒く、湿っている。しかし家のなかの用事だ。整理整頓し、気もちが軽くなるよう願っていた。書斎から始めることにしていた。夫はいないし、昼食まで戻らないだろう。ヴァルターは、ヒーローは会社にはほとんど来ていないと言う。夫が何をしているのか、アグネスは知らなかった。


状況は切迫している。今、アグネスは、自分の側にいてくれる誰かを求めていた。もっと言うなら、夫の側にいてくれる誰か。子どもたちはみな忙しい。息子たちが距離を置くのは理解できる。そうなるだろうと予測していた。父親は娘に好かれるものだ。ところが娘たちはみな、間違った男と付き合っている。

長女のマルタは夫に裏切られ、辺りをうろついて、まるで屠殺前の麻酔された牛のようになっていた。夫が自分を捨て去ろうとしていることが、理解できないでいる。ネレはいまだに結婚もせず、黒んぼとつきあっている。この黒人と家族とはなんのかかわりもないし、よそ者でしかない。ティナはイェンスと結婚している。しかしヒーロー曰く「あれは男じゃない。男のくせにファッションだなんて、たとえ職業であっても、いったいどういうつもりなのか。あんな女々しい仕事だから、バイクが必要なんだろう、たとえ事故で死ぬことがあるとしても」

それにイェンスはふたりも子どもがいるいい大人だというのに、ティナを二十四時間、必要としている。だから娘たちは何の助けにならない。


アグネスはバケツをもって廊下を歩いた。洗剤で泡立った水が入っている。掃除機を取りに行き、仕事にとりかかった。まず本棚のほこりを拭きとって、床を水拭きする。物を動かさないようにしなくてはと言い聞かせた。一番大事なのは書斎に入ったことを夫に知られないことだ。

もちろん息子たちは彼女を助けようと、ただそれだけのために駆けつけてくれるだろう。しかし長男のヴァルターは一日じゅう、会社を持続させるために働かなければならない。次男のヨハネスはクレオと赤ん坊のヒーローだけで手いっぱいだ。だからアグネス同様、当然ほかの兄弟が手伝うべきだと思っているはずだ。それに息子が赤ん坊につけた名前そのものが大きな贈り物だ。それなのに夫はまったく心にとめていない。侮辱的な仕打ちだ。

アグネスはときどき、夫が理性を失いつつあるのではないかと疑っていた。わからないけれど、脳に転移しているんじゃないかしら。そうだとするといくらか理解ができる。楽になるわけではないけれど。夫の振る舞いはなんと言ったらいいのか、妙なのだ。配慮がない。夫も家族もみんなが病状を知った今、死に至る病であり、救いがないと知った今、夫にはタブーがなくなってしまった。

自分がしてきた小さな隠し事の復讐（ふくしゅう）を、夫は今になってしているのかもしれないわ。アグネスはふとそう思う。ひょっとすると彼に言わずに何年も髪を染めていたことに気づいたのかもしれないわ。食卓の料理のいくつかがつくったものではなくて、買ってきたものだと気づいたのかもしれない。

紫キャベツや赤カブのサラダなど、夫が大好きで夢中で食べた物。あれは自分でつくるとキッチンがひどいことになるの。それに買ったとはいえ自分で味つけしなおしたわ。夫だってそういう料理に限って美味しいと褒めた。もちろん子どもたちは知っていたけれど、夫には内緒にさせた。

もしかすると夫はその当時から知っていたのに、何も言わなかったのかもしれない。その可能性もあるとアグネスは考えた。

今していることのすべては、きっとその復讐なのだ。

夫は葬儀会社を自分で選ぼうとしている。建築会社にするのと同じように、費用の見積もりをとっている。自分で棺桶を選び、花まで選ぼうとしている。しかもその一つ一つをアグネスと話し合う。アグネスの快い内諾を得ようとしている。なかに着るシャツ、棺桶の内装など、アグネスに一緒に選択するよう言うのだ。どのモデルか。全部木製でオーク、あるいは菩提樹で黒い光沢のある塗装にするか。

「これがちなみに一番高い。俺は一番高いのでなくていいんだ」と夫は言った。

「しかしヴィーラント建材会社の社長としては、材質には気を使わなければならん。ブナも考えてもいい。しかしマツはダメだ。外見からしてなっとらん」

アグネスにとってこんな会話は悪趣味だった。しかも本質的な話に限って、避けている。話している最中にも、夫は頭がおかしくなりそうだ。これは医師に話しておかなければならないわ。夫が病院でのアポイントメントにそもそも行くとしたらの話だけれど。

病院側は全身転移に対しては、やはり化学療法にチャンスがあるかもしれないから、検査したいと言ってきている。夫に二、三日の入院を勧めていた。

アグネスは鼻をかんだ。涙が頬を流れていた。泣くものか。乱暴と言っていいほどの勢いでゴム手袋をはずし、夫の肘掛椅子に座った。

夫が病院に行かないことは、十分にありうる。アグネスにはとんでもないことだったが、夫は終末医療事前希望書を書いた。そのせいで強気だった。何の治療をして、何をしないのか、自分が何を望むのか、医師たちや自分ときちんと話し合うこともなく、決めてしまった。


夫が自分から離れてしまったように感じた。

夫にもらった昔の手紙を隠れて読んだ。かつて自分が若かったころ、恋人だったころ、いや、恋人どうしだったころに身を置いた。手紙を通して語りかけてきた、魅力的で知的な男性を再び感じたかった。その人と一緒に数多くの挑戦を乗り越えてきた。ひるむことのない性格の彼自身が挑戦だった。しかもその人はいつだって彼女の味方だった。

それなのに今になってこの距離。

どうすればいいのかわからなかった。

女性どうしのグループ、教区の仲間などほかの人に話した。それでわかったのは、死に至る病になった人はたいてい孤立すること、しかもそれを他の人のせいに感じていることだった。彼らは深い泉にいるように感じていて、泉の外の健康な人たちが自分をなかに投げ入れたように思っていると聞いた。アグネスは手に傷を負ってまで、夫を泉から救い出そうとしているのに。

ときおり夫は何かを引き出そうとして、自分を挑発しているのではないかと考える。しかし何を引き出そうとしているのか、わからない。

夫が言ったのだ。「教会から脱退しようと思う」と。

そしてアグネスの反応を見た。

「ああ、神さま、なんてことなの。いったいなぜ?」

「まさにその神さまのためだ」

夫はそう答えた。

「死んでいく者としては教会を信頼する代わりに、死を目前に勇気を示したいのだ。教会ではなくて、神さまだけが信頼できる。それをみなに示したい」

これを聞いてアグネスは、夫の頭を疑った。

アグネスはまた床を拭きはじめた。濡れた雑巾で力強く床をこすった。夫が戻るまでに掃除を終え、床は乾いていなくてはならない。

メルテン神父とはすでに話し合っている。この神父さんは家族のことを長年知っているし、アグネスを助けてくれる。彼女が夫の教会脱退を止められず、夫が何らかの書類に署名した場合は、無効にしてくれることになっていた。アグネスはそうなったら、夫を責任能力なしと表明するつもりでいた。お葬式を神父なしで行うなんて、まるで犯罪人じゃありませんか、神への冒涜者になってしまうわ。だけどこのことは夫に話すつもりはない。まだ時間がある。そしてアグネスは、実際には夫はそんな風に思っていないのだと、まだ希望をもっていた。

5

マルタは自分のジープの運転席にいた。

マフラーや布をぐるぐると巻きつけて着ぶくれしているが、顔は青ざめ、赤っ鼻だ。娘のアナベルのところへ向かう途中だった。しかし街の中心部の幹線道路で渋滞に巻き込まれ、車の列は半メートル進んではブレーキを踏む繰り返しだった。

マルタは風邪を引いているのみならず、絶望していた。何もかもがうまく行かない。希望は無残にも打ち砕かれていく。アナベルでさえ理解してくれない。関心もないようだ。だから今日アナベルを訪ねることにした。


マルタはすべてを誤ったと思っていた。アンドレアスは目的を達成したんだ。そもそもアンドレアスは何もかもを手に入れたじゃないの。あの豚野郎。アナベルとは、別大陸で育ったかのように距離ができてしまった。たしかに他で育ったわよ。それはアンドレアスと知り合う前からだ。だけどアナベルが家に戻ってこられないよう、何をするにしても狙いを定めたのはアンドレアスじゃないの。

「この家の主人は俺だ。何の用だ。あの娘には自分の家族がいるだろう」

他に家族などいなかった。アナベルにいたのは、結婚せずに産んだ子どもとその場にいないその子の父親。当時のマルタよりも家族は少なかった。

マルタには産んだ子の父親としてひとりの男性がいた。顔があり、ウドーという名前もあった。アナベルにはレナの父親の記憶はない。彼との一晩は素敵だった。それだけだ。ナイーブなおバカさん。アンドレアスはアナベルをそう見ている。今ではアナベルにこんなことまで言う。

「母親から遺伝したんだろう。そっくりだ」

たしかにそうだ。自分はアナベルよりましなんかじゃない。こんな下劣な男にひっかかったのだから。アンドレアスはそもそもの最初から子どもたちを敵対させ、利を占めてきた。とくにケルスティンとレナ。このふたりを常に比較し、競争させ、張り合わせてきた。

「ケルスティンは全然違う性格だよ。本質的にあの子より良いし、本質的にあの子より何でも上手にできる……」

自分はそう言われて、母親として誇りにさえ思っていたのだ。


マルタは、アナベルとレナが祖父母のところにいるのは当たり前のことだと思っていた。アナベルは最初からそこが家だった。アナベルが生まれた当時、もう一度新しく始めるかのように、「わたしの一番小さな子」と呼んで、母のアグネスはのめりこんでいた。本当に驚いた。

思いがけず、また車が動き出した。目に見えない大きな手が何キロも続く車の列をぬぐいとったかのようだ。マルタは追い越し車線に移ると、アクセルを踏んだ。

アナベルは母のアグネスを若返らせ、父のヒーローに恩に着せた。いい気分だったろうに、とマルタは思った。ヒーローはみんなから寛大で太っ腹な家長だと尊敬されるのだから。「おまけに根にもたない」とまで褒められていたじゃない。でもそれはまったく違うんだから。

マルタはみんなとは違う考えだった。ヒーローはマルタが未婚で産んだ娘の保護者に自分がなったことで、たいへんな恥辱の後始末をさせられていること、一族に大きな恥辱を加えたことを、折に触れてマルタに痛感させた。

「おまえがこんなことをするとは思わなかった」

これがマルタへのリフレインだった。

しかしマルタは、父親がこれほど嫉妬深いとは思いもよらなかった。ウドーのような小者の泥棒に嫉妬している。マルタは時がたつにつれ、ウドーのことを頭のこんがらがった若者だと思うようになった。でもあの人は、気もちのある人だったし、誠実だったのよ。子どもができたからと言って結婚するようないい加減な妥協をする男ではなかったのよ。結婚なんて俗物的で人に同調しすぎだからと拒否したんだから。

父さんにはこういう性格の強さが見えなかったのよ。見たとしても評価しなかったの。しかしアンドレアスには、忠告どころかマルタ同様、すぐに騙された。すぐに行動するようにとマルタを急かした。

「安定した相手じゃないか。忘れるな、おまえには未婚で産んだ娘がいるんだ。それが相手は結婚すると言ってくれてるんだぞ。高く評価せねばらん」

まるで今が中世で、マルタが伝染病であるかのようにそう言ったのだ。この言葉とともに、マルタはあの男に引き渡された。

父さんもほかの人と同じで、幻惑されちゃったのよ、あのけばけばしくめかしたてた男に。父さんは今もなお幻惑されたままなんじゃないのかしら、とマルタは疑っていた。そうでなければ一緒に公証人のところへ行って、もしも離婚になったときのために、すべてを整えておいてくれるはずでしょ。自分によくなるように。それにケルスティンのために。あの子はずっと父さんのひいきの子だったんだから。

アンドレアスがケルスティンの親権を申請しようとしているのに、どうして何もしてくれないのか、マルタには理解できなかった。夫に親権はいかないだろう。そう願っていた。マルタも戦うつもりだ。

ただケルスティンは、自分の希望を聞かれる年齢にすでに達していた。

アンドレアスは「ケルスティンなしでは生きていくつもりはない、生きていかれない」とか何とか嘘をならべて、娘を責めたてていた。

マルタはすべて自分で乗り切らねばならない。ヒーローは病気が本業になり、忙しかった。マルタにはそう見えた。

父さんは何に対しても関心がなくなっちゃったわ。

前回会ったのはクリスマスの直後で、そのときはアンドレアスがいた。ガチョウの丸焼きのときも、ジャガイモのクネーデルのときも、どうでもいいことを延々と話しただけだった。最後にはマルタは気もちが悪くなってしまった。酸っぱい肺でも食べたかのようだ――これはマルタが寄宿舎でそのたびに吐いてしまった豚の内臓料理だった。吐いてしまいたかったが、セメントでも食べたように言葉は詰まったままだった。ジュニーバを瓶に半分飲んだが、救ってはくれなかった。

教師のマルタは目が回るほど仕事が忙しかった。成績を配ったところだし、これから保護者会がある。あれ以来、父さんとはたまに電話するくらい。これじゃ、少なすぎるわよ。たいていは母さんが電話に出る。それで父さんのことを愚痴る。父さんはかなり変わってしまったって、母さんは言うの。「いいほうにではないのよ」まるで思春期の息子のことを話しているみたいに言うんだから。今まさに道を外そうとしている息子を、徹底的な教育方針で正そうとしている。でも父さんは関心がない。そんな話しぶり。「反抗的なの」ですって。すっかり気を悪くしちゃってるのよ。

逝く前にいくつかの問題を片づけるなんて、それほど難しいことではないでしょうに、とマルタは思っていた。遺産のことは全権を委任された人がいれば済む話でしょ。父さんが今すべきことは、あとに残される者たちのことじゃないの。家族を落ち着かせて、あとはできるだけ長生きするように配慮することでしょ。

ほかのことは自然とどうにかなるものよ。父さんはどうしたいか言えばいいだけ。そうすればほかの者たちも可能性な限りそうするんだから。そうすればわたしだって、あらかじめ公証人にアポイントメントをとっておくわよ。もしかしたら一緒に公証人のところへ行ってくれるよう、父さんを説得できるかもしれないわね。

マルタはアナベルの家に到着した。

アナベルの家のそばに車を停めた。イグニッションキーの挿入口からキーを抜くと、そのまま数分間、物思いにふけりながら車のなかに座っていた。

6

親父のデスクは、空席のままだ。

自分が思っていたよりも、ヴァルターは辛かった。

この数カ月ヒーローは会社に来なかった。理由を告げることもなかった。

しかし長男のヴァルターは病院の予約があることを知っていたし、ときおり遠出していたことも知っており、嬉しく思っていた。しかしそれでも、がっかりしていた。もう一度ふたりきりで話せるのではないか。自分に内緒にしてきた取引について話してくれるのではないかと期待していた。ヴァルターはいまでも待っている。

「きちんと話し合わなければならないことがまだあるようですね」と俺がほんの少しでも暗示しようものなら、リンダー氏は卑屈に笑みを浮かべる。それ以外のときはいつもの冷たいポーカーフェイスで、手もちのカードを見せない。親父と同じだ。ふたりともそういうことにかけては、まったくマイスターレベルだよ。

妻のテレーザが会社で一緒に働くようになって、ヴァルターは喜んでいた。ようやく会社にも彼の味方ができた。会社のなかを多少、改革するつもりだ。環境にやさしい建材に重点を置いていく。テレーザの案だった。彼女が以前働いていたトラウト建材会社では、すでに検討していたのだが、市場が育つまで待つことに決めたようだ。ヴァルターは待つつもりはなかった。すぐにこの分野に拡大し、一番手になるつもりだった。

ヴィーラント建材会社～環境にも最高～

そんな感じがいい。

妻は今はまだ受付の横の事務室にいる。ムルナウ夫人のところだ。この女性秘書は十年の勤務記念の際に、くだらない騒ぎを起こした。そのせいで親父は後から祝いのパーティーを設け、俺を叱った。ふたりきりのときではあるが、それを知っているのはリンダー氏だけではないのは確かだ。

親父にとって会社の人間は家族同然だ。しかも自分では決してそうだと認めない。そのうえ親父は俺をスパイのように感じていた。俺は二つの世界にいる親父を比較できるから。しかもそれを誰かに告げることができる。たとえばお袋に。

会社で親父が禁じられたことを行っているということではない。しかし仕事は親父の得意分野であり、家族は仕事のことはわからないと親父は思っていた。だから家では決して仕事の話はしなかった。何十年もそうしつづけた事実。俺以外には誰もヴィーラント建材会社のことがわからないという現実。これは親父の功績だった。

しかし親父はそう考えちゃいない。

ひょっとすると、とヴァルターは思った。親父は家族を守ろうとしたのかもしれないな。とくにお袋をビジネスやその陰謀、市場の規則などから。親父自身が向いてないから、そういうものから守ろうとしたのかもしれない。

親父は何年もかけて、いわゆる経営手腕とやらを苦労して身につけた。それでもいまだに人類の発展について話すほうが、H型鋼（エッチガタコウ）やセルロースファイバー入りの石膏ボード、フェルマセルやその他の断熱材について話すよりも好きなことは、明らかだった。歴史学者なのだ。

親父は会社を継ぐべきではなかったんだ。いくら叔父（おじ）さんが死んで、父親が会社は一族でしたほうがいいと考えていたからって、それだけで継ぐべきではなかった。今も会社は一族で経営することになっているが、今のところはというだけだ。

妻のテレーザを自分のそばへ呼び寄せるつもりだ。この事務室の自分の向かい側の席へだ。しかしまだ待つつもりだった。親父がまた戻ってくるかもしれない。

前回ローラント医師と会って、医師たちがまた化学療法に希望をもち始めたような印象を受けた。あるいはもうこれ以上壊しようがないとはっきり認識したのかもしれない。実験にぴったりの犠牲者。健康な動物に実験しているのだから、病気の人間になぜしてはいけないのかということか。

ヴァルターは医学にもうついていけなくなったことを後悔していた。これでは父親の助けになれない。医者たちは何でも説明できるが、患者には専門用語の翻訳者が必要だ。ヴァルターは医師たちに不信感を抱いていた。

ヴァルターが信じているのは奇跡や、説明しようのない自然治癒だった。だからと言って何も調べないわけではない。つい先日、絶望的な全身転移の人が、熱セラピーで癌が完全に治癒した例を見つけた。それに対し、医師たちは沈黙を守っている。つい「プラボー！」と歓声をあげてしまわないようになのか。彼らは結局何もわかってないんだ。

力のあるヒーラーたちも、このケースはまったく理解できないと言う。しかしオープンにそう言うし、治癒を喜んでもいる。患者さんによって反応は違うから保証はないと言っている。あれこれ試して健康になれ、と言っている。あらかじめ予測ができないから医師たちは公認しないのだろう。誰にでも効果のあるパターンを望んでいるが、そんなものはない。彼らはあるかのように振る舞っているだけだ。

熱セラピーは少なくとも試してみる価値があるとヴァルターは考えた。その治療方法を行っている病院はすでにつきとめてある。ヴァルターは父親を助けたかった。しかし合理的な父、理性と知性を神とあがめ、それ以外のどんな神も受け入れない父を、説明を越えた治療にどう説得すればいいのか、わからなかった。

お袋を説得できればひょっとすると、と考えた。

俺にはメガホンが要る。親父は俺をどうしようもないと思ってるし、俺の言うことなんて聞かない。実業家としてはもちろん、医学上のアドバイザーなんてもってのほかだろう。

それともティナを説得したらどうだろう？　あいつならそういうものに聞く耳を持っているし、最初からヨガや代替医療を勧めていたんだ。だけどあのころはまだ治る希望が……。

7

わたしはインターネットから、ケンに読んで聞かせていた。

腎細胞癌が何か、ケンは知らなかった。わたしも詳しくは知らなかった。四万件もヒットした。知ったところで、どうすればいいのかわからない。幸いなことに父さんはパソコンの扱いに精通していないけれど、これを読んだら、死んでしまうでしょうね。何もかもが詳細に載っているんだもの。わたしも死にそう。父さんもわたしも心気症患者、それもとびきり極端なタイプの心気症なの。何か一つの病気について読み、さらにそのイラストを見るだけで、わたしはその病気になってしまう。ほかの余病まですべて併発する。

ヴォルフは『プシュレンベル』という家庭の医学百科事典をもっていた。その本で何か本当に小さな事柄を調べると、わたしの一日はすぐに台無しになった。それも完膚なきまでに。

たとえば足にできたイボ。危険なものかどうか調べようとする。何か読み落として、それが危険なものだったわけではない。読み進んでいき、イボがラテン語名ではVerrucae（ヴェルーカエ）というのだ、とたどり着く前に、そこに載っているすさまじい精索静脈瘤（せいさくじょうみゃくりゅう）の写真に見入ってしまう。ドイツ語でVarikozelen（ヴァリコツェレン）と言い、睾丸（こうがん）にある静脈瘤や脛（すね）の静脈瘤だ。ほかにも口唇裂の写真が載っている。Velumspalte（ヴェルムシュパルテ）というので、やはりVで始まるイボの項の途中にある。わたしは具合が悪くなるほど、写真に見入る。

そんなわたしが今、ケンと腎細胞癌の記事を読んでいる。ありがたいことに写真はほとんどないわ。腎細胞癌は珍しい病気のようだ。つまり父さんは特別ということ。父さんはいつも特別だった。癌のうちのたった二～三パーセント。発病率が高いのは六〇歳から七〇歳。父さんはあと少しで逃れられた。ちょうど七〇歳の誕生日だなんて、なんて運が悪いのかしら。

ケンとふたりで再現していった。

父さんが最初に検査したときには、すでにアメリカ合衆国の癌研究所の定めた進行度(ステージ)の3だったに違いない。病院で行われた治療は、外科手術による腎臓の摘出だった。腎臓とその周囲のリンパ節のすべての摘出。早い段階ならば、単純な摘出でも十分だった。そして今は全身転移。インターネットで調べるまでもなく、わたしたちは知っている。正確にどこに転移したのかなんて、誰も知りたくない。だからほかの三万九九〇〇件の記事は読まなくていいのよ。手の施しようがないのだから。

「本当に何もできないのか、それを調べるべきだよ」とケンが言った。でもわたしは希望はないと思う。

父さんはきっとインターネットに書いてあるようなことをしたり、させたりしないでしょうね。父さんにとっては霊能力者を連れてくるのと同じようなものだから。わたしたちのことを狂ったと思うかもしれない。実のところ、狂ってるかもしれないわ。父さんを救いたい気もちと、安らかに逝かせるべきだという気もちの間で、揺れに揺れているの。

ナイジェリアも救いにはならない。とても残念だ。わたしの付き合っている男性が父さんに何かしてあげられたら、嬉しかったのに。

「君、子どもっぽいよ」とケンは言った。

「もしもお父さんをすぐに殺したいのなら、ナイジェリアの僕の舅姑のところへ行かせればいい。彼らが殺すってことじゃない。国の状況だよ、あっちの医師たちは結局お父さんを殺すことになっちゃうし、食べ物もひどいから」

父さんの体はもうぼろぼろだ、それは見ればわかる。ずっとそうだったわけではないけれど、今はそう。父さんももう隠さない。誰にでも「自分はもうすぐ死ぬ」と言っているのよ。まるで「続きはこの映画館で」とでも言ってるような口ぶり。わたしはそのままには受け取れないの。父さんは落着きはらっているけれど、演技しているだけで、深層は不安でぐらぐらしている。父さんの心は張り裂けそうになっている。もちろん父さんはそんなこと、一言も言わない。凄まじい痛みもあるはずだし、絶対に鎮痛剤か何か服用しているはずなんだけれど、そのことも話さない。

わたしはスクロールしつづけた。唯一、まだ試せそうなのがあった。ボンの大学病院の免疫療法。これならどこで知ったか、言わないですむ。大学病院なのだから、ローラント医師から聞いたと言えるわ。

でも、父さんはもう何も望んでいないと思う。
わたしたちのこと以外には、何も。

8

ヒーローはまた聞いてなかった。

ヨハネスとクレオが「一緒にマヨルカに行こう」と言っている。リトル・ヒーローも一緒に。ふたりは赤ん坊をそう呼んでいた。

「向こうはもう夏だし、僕らも休暇が必要だ。クリスマスは短すぎたし、イースターに行ったけれどはるか昔だ。だから一緒に行こうよ。僕らは仕事があるから戻るけど、父さんはあっちに残ってればいい。クレオのお父さんも喜ぶよ」

クレオの父親は、気難しいこの老人をよく覚えていた。

「ああ、ああ、こっちに来るといい。最期はここでゆっくり迎えるといい。ゆったりとな。わたしたちはもう家族だ。クレオはいい結婚をした。あなた方のためなら、いつだって部屋を開けておきますとも。時間もありますしね。わたしたちのところなら、ヴィーラントさんも、すでに天国にいるようなもんですよ」

ベストな提案だった。それなのにヒーローはまるでスキーのジャンプ競技を勧められたかのように反応しない。あるいはジャングルでの生き残りキャンプ。

「いや、それはできない。行きたくない」

「そんなこと言わずにさ、父さん」と彼らは言った。

「山じゃないんだよ。父さんの好きな海なんだよ。父さんが尊敬するローマ人だっていたところだから、文化的にもおもしろいでしょ。今度はゆっくり見られる。前回は時間がなかったから」

もしも疲れたなら、テラスに座って海を眺めていればいい、とヨハネスは母親にウインクした。

「母さんのためだと思って、行こうよ。もちろん母さんも来る。母さんを見てよ。母さんだって早急に休みが必要だ。医学的にはもちろんドイツのように完全とは言えないよ。腫瘍学はあそこはそれほど発展してないから。でもこっちの医者とは連絡を取り続ければいい。

それに父さんはここにいても、病院で何も治療はしていないだろ。鎮痛剤ならここで処方箋をもらって、もっていけばいい。向こうだって注射できる医者くらいいる。父さんにはベストだよ」

彼らはそう言った。

『老人と海』（ヘミングウェイの小説）そう言ってヨハネスは笑った。

「父さん、ずっと好きだったよな。違う？」

アグネスは疑わしそうに見ていた。しかし何も言わなかった。実際にマヨルカで亡くなったら、どういうことになるか。それを考えていた。

夫はひどく孤独を感じるはずだ。家族だってずっとマヨルカにいるわけにはいかない。死がいつかは、誰もわからないのだ。それに遺体の搬送は費用がかかる。これも考慮しなければならない。

そして同じことをヒーローも考えていた。

9

ティナもイェンスも、ヒーローがせめて呆(ぼ)けないですむように願っていた。たいへんな長生きはしないのだから、せめてそれだけでも、と。

最高に健康で無傷のまま人生を終えて六角形のお棺に入ることが、人生の目的ではもちろんない。ただ、こんな風にやつれて疲れ切ってる場合は、呆けないことに意味がある。

今起きていることを、ティナは自分の父親には望んでいなかった。すっかり落ちぶれてしまった。おまけに助けを必要としている。よりによって今まで人に助けを求めたことがない人なのに。もしかしたらホスピス（緩和ケア）を始めるときなのかもしれないとティナは思った。

父さんがもう何の治療もしたくないのは、明らかよ。だったら父さんが尊厳をもって逝かれるように、残りの人生を楽にしてあげるべきだわ。

ティナは母がすでに疲れ果てていることも知っていた。

母は毎日電話してきて、もう何が起きてもおかしくないと嘆く。

「二日前の朝、突然、出かけてしまったの。車もなくなっていた。もう何週間も運転していないのに。警察に届け出ようとしたら、電話がかかってきた。ベルリンからよ。そこで最新の火葬場を見学したのだけれど、気に入らなかったたって言うの。まるで次の休暇の場所でも探してるみたいに言うのよ。この休暇先は俺の試験に合格しなかったたって、そんな風に話すの」

「本当はチェコまで行きたかったんだ。もうひとつ火葬場があって、そこはとにかく安い。親類一族用にカフェテリアが併設されていて、ガラス越しに見ることができる」

アグネスはすぐに戻ってくるようにと哀願した。ヒーローは疲れていたので、戻ってきた。

家では価格表を見ながらカタログというカタログを読みあさっていた。比較したうえで、アグネスと話し合おうとしていた。自分の旅立ちを一緒に選んでほしいのだ。まるで一緒に旅行にでも行くようだった。


「それでね、ティナ、想像してちょうだい。あの人ったら、ニヤッと笑うの。自分の調査の話をするたびによ。『これは俺の親父のためだ……』ってわたしに言うの。見学先で火葬場の人に「お父様のためには……」とか言われるんでしょ。それでこう言って笑うのよ。『そんなことを言う奴らは、俺の代わりにそんなことを言うんだから、例外なくバカだ。ものすごいバカだ。俺がわかってないと思ってる』」

そう言ってヒーローは大笑いする。しかしアグネスは笑えない。ティナはどうやって両親を助ければいいのか、わからなかった。

イェンスは、そういうことは両親がふたりで話し合うことだと思っていた。「もちろんお義父さんは、多少常軌を逸しているかもしれないけど」そういう言い方をした。

「でもお義父さんの立場を考えれば、驚くに値しない。そうじゃないほうが驚きに値する。でもいろいろなことは全部、子どもたちの気を引くためのトリックじゃないかな。大注目を集めて、子どもたちを一堂に集める。家族はバカなことをしないように注意しとけばいいんだよ」

ティナは何を意味しているのかわかった。クララ叔母さんのようなことだ。

「それ以外のことは、ご両親の間で決めることだ。周りがあれこれ言っても邪魔になるだけだよ。君ならわかるだろう、『台所に主婦はふたりいらない』。必要になったら、あとでお義母さんの助けになればいいんだよ」

イエンスはさらに言った。

「それにさ、ほかの兄弟のほうがお義父さんに近しいんだから、君は任せておけばいいんだよ。春のコレクションはあまり売れなかったし、新しい広告も出さなきゃならないんだから、今の君が何に集中すべきか、わかるだろう。子どもだっているんだし」

ティナはアルバムを作成していた。のちの思い出のために、古臭いがすべてフィルム写真だ。デジタルで写真ギャラリーをつくれないからではなかった。確実なほうがいいと思ったからだ。それにのちのち子どもたちと三人でアルバムを見るほうが、パソコンの前に座るより、実現する可能性が高い。

近い将来、すごいことが可能になるらしい。ビデオや写真で撮った人物をデジタルで三次元の立体に置き換えられるようになるのだ。ということはスキャンで取り入れた父さんを、家族の集まりに登場させられる。この方法で父さんは家族行事に参加できるのよ。

でもそれまでにはまだ時間がかかるから、今はビデオが一番なのよ。とはいえ、父さんが映っているビデオそのものがあまりない。父さんが主役のものがないのよね。父さんの七〇歳の誕生日があったけれど、子どもたちは自分が映っているものに一番興味を示す。フィリップが椅子からまた落っこちそうになって、お皿と姉をつかんでから落ちた。ティナは「ゆらゆらフィリップ!」とカメラに叫んだ。それからアンナが大きく映し出されている。アンナは誰も見ていないと思って、おじいちゃんの赤ワインを一口飲んだ。すぐにヒーローに叱られていたが、それは音を消して撮影した。ヒーローは巨大で厳しそうに見える。いいおじいちゃんには見えない。ティナはこの部分は削除するつもりだった。子どもたちはのちのち、こんなおじいちゃんを見るべきではない。わざわざ見せなくても、自分の記憶やほかの人の話で覚えているだろう。でも思い出だって、ビデオがなければ違ってくる。あるいは何も覚えていないかもしれない。

マヨルカのビデオのほうがいいわね。父さんが笑っているもの。あれは帰る一日前のことだった。クレオのお父さんが話してくれたときのことだったわ。

「お客さんたちに、編みかごに入った大瓶から赤ワインを注ぎながら『これはたいへん特別なワインですよ』と言ったんですよ。ところが二杯目を注いだときのことです。ボトンと音がしました。小さな死んだネズミがグラスに滑り落ちたんです」

クレオのお父さんは、そのときのお客さんたちの顔を描写した。わたしたちは腹をよじって大笑いしたのよ。そのときの父さんの顔をうまく撮ったの。

父さんはあまり笑わないわ。写真のときも笑わない。それでも何枚かはいいのがあった。ポートレート写真。父さんは口は微笑んでいるけれど、目は考え深げで悲しそうね。

ティナは望遠レンズで撮影した。すべてスナップショットだ。ヒーローは写真が嫌いで、すぐに不機嫌になる。三歳の子どものように、しかめ面をして、写真を台無しにする。

だからティナは誇りに思った。難しい対象なのに成功したわ。もしもファッションの仕事が本当にうまくいかなかったときには、ひょっとするとカメラマンになれるかもしれないわね。

10

一族のなかではアナベルだけが、お金とうまくつきあえた。なくしてしまうことなく、揮発してその匂いだけが残るようなこともない。ほかの人たちは、なくしたり揮発させる名人だった。ヒーローはその筆頭だった。

ヒーローは一度も一言たりとも言ったことはなかったが、アナベルが税理士になりたいと希望を述べたとき、非常に喜んだ。学資を出して、マルタを助けた。マルタひとりでは払いきれなかった。

アナベルがそれを知ったのは最近のことだった。母親のマルタから聞いた。酒が入り、賑やかだったのが泣き上戸に引っくり返ったあの晩だ。マルタは「話し合いが必要でしょ」と言って、自分を夕飯に招待させた。それなのにアナベルの家に来たマルタは、休みなく話しつづけ、休みなく酒をあおりつづけた。

アナベルの娘レナは友だちの家に泊まりにいっていたし、マルタの娘ケルスティンは父親と家にいた。だからふたりはアナベルの家のキッチンを占拠し、リビングのソファを占拠し、のちにマルタは歩くことも話すこともできぬほど酔っぱらうと、寝室の大きなフランス製ベッドを占拠した。

この晩アナベルは一晩じゅう、母の夢に一番愛しい可愛い妖精として、いつまでも一番愛しい子として部屋のなかを浮遊していた。マルタはいつも祖父母による召集に怯えていた。マルタは若い母親で、未成年の保護者であり、救済者だった。若くなくなり、アンドレアスが現れるまでは。

夜が更けるとマルタはいびきをかいて、汗をかいてアナベルのベッドを占領していた。破れて傷つき、絶望していた。何が夢で、何が現実なのだろうとアナベルは考えた。夢はどこから嘘になるのだろう。母と自分が遠くなった原因はアンドレアスではない。彼はあくまでもその結果だ。母は孤独から逃げるために、誰かを緊急に必要としていた。だから物事を正確に見抜くことができなかったのだ。そうでなければ、娘の自分を犠牲にすることくらい、わかったはずだ。

そして今になってこんなことを言う。

「助けてちょうだい。あのくそ野郎をコテンパンにして」

しかし次の日になれば、母はもう何も思い出せないし、思い出そうともしない。

アナベルは、思っていたよりも、祖父が常に近しい存在だったことを知った。世間の荒波のなかで直接ではないけれど、ずっと寄り添っていた。六番目の子どもとして、彼女は特別扱いされてきた。母マルタからは一人っ子として可愛がられてこなかった。異父姉妹のケルスティンが生まれてからはとくにそうだ。

しかしそのころにはアナベルは家を出ていたし、自分の子どもも生まれていた。祖父には、彼の知識を引用するいい機会だった。アナベルの重荷を軽減してやるために、そしてアナベルを嘲笑い、ちくちく嫌みを言う親戚たちから守るために。

「統計がある」と祖父は言った。

「庶子として生まれた女の子は、高い確率で、大人になると自分もまた庶子を産む」

祖父にとっては、これでけりがついたのだ。遺伝。


しかし祖父は今もなお、見渡す限り、父親が見当たらないことを遺憾に思っている。アナベルもそう思っていた。しかしあれ以来、奇跡はどこにも見当たらなかった。あの唯一無二の、たった一晩のこと。しかもその日彼女は排卵日だった。それでもアナベルはわずかな期待をもっていた。そんな話は聞く。何年もたって、誰かが酒場に戻ってきて、そして、それから……。

ほかの男性を相手にその人を好きな振りをするなんて、アナベルには考えられなかった。ヒーローはそばにいないけれど、レナも普通に成長しているようだ。ヒーローの年齢ならばおじいちゃんと言えるぐらいだし、レナにはおじいちゃんはいないのだけれど、ひいおじいちゃんでは果てしなく遠い。

祖父は今、姿を消していた。完全にではないが、もう会社からは引退した。それはアナベルには、そしてアナベルだけではなく他の家族にとっても、もうすぐヒーローが亡くなるからのように思えた。

ここまで考えて、アナベルは祖父がいなくなったら寂しくなると感じた。同時に、自分はチームの一軍ではないこともわかっていた。

自分は無視されている。ほかの人たちは祖父の周りに円をつくり、その円はどんどん狭くなっている。別の人間はどんどんなかに入れなくなっている。彼らはまだ何かを欲しいのだ。アナベルは違う。彼女は良いエンディングを望んでいた。それはつまり、祖父が経済的な問題を残していかないということだった。用心がいる。子どもの愛など、跡形もなくなる。ひどければ、子どもどうし、互いへの憎しみに変わる。そういう事例を頻繁に見てきた。ぞっとするとはどういうことか、教えてくれるケースもあった。輝くような、恵まれた立派な一族が依頼人だった。被相続人の死亡とともに、一族は瓦解し、ねちねちと争いあった。

アナベルは人生を切り開いたことを喜んだ。家族の誰にも世話にならないですむ。働いている事務所は街で最も成功していたし、彼女はそこでもっとも人気のある税理士だった。

ヴァルター叔父(おじ)さんからいくらか聞いていたが、いつもこっそりとだった。そしていつも、秘密にしておくことを厳しく義務づけられた。

「すべてがわかったわけではないが」と彼は言った。

「もしも俺が思っていることが本当だとすると、とても信じられない話なんだ」

ロビンはやっと祖父といくらか知り合いになれた。
それがもう終わりだなんて。

11

ヒーローの訪問はだんだんと定期的なものになり、自分たちは仲良くなれた。つい先日も、ヴェリに子ども用の工具袋をもってきてくれた。すべて木製だ。〝確かめてある〟とヒーローは誇らしげに告げた。

ヴェリは歓声をあげ、赤い木づちで寄せ木張りの床を叩きだした。大人たちの靴にも取りかかった。大人は足を叩かれないように跳ねまわり、互いに大笑いした。ヒーローはこの家ではいつも陽気で若かった。まるでヒーローがヴェリの祖父であるかのようだった。

手品だよと鼻を指の間に消してみせ、指をパタパタさせると、ヴェリはヒーローのあとをついて回った。そして手品で、また鼻を出してやる。ヴェリはクックッと笑いながら、恐れ多くもヒーローの鼻をギュッとつかむ。ヒーローは守るように鼻の上に手をやる。そのオオタカのような顔をしかめる。それからヴェリと遊ぶ。子どもの遊びを祖父が知っているなんて、ロビンは思いもよらなかった。メラルも喜びでいっぱいだった。これが永遠に続けばいいのにと思った。

ところがある日から、ヒーローはそれをやり始めた。

そのときロビンは、自分の書斎でコーナー本棚を組み立てていた。三つの本棚で、真んなかの本棚がいくらか大きい。六角形の箱の形をしていて両隣の本棚とつなげると、平らな背面が部屋の角を隠すようになっている。

ヒーローは一人、部屋に入った。メラルはちょうどヴェリのおむつを替えていた。サイドの本棚も中央の本棚も、棚板を入れずに箱の状態で、床に寝かせてあった。部屋がいっぱいで見動きできない。ヒーローが呟いた。

「棺桶に使えそうだな」

何をしているのか、ロビンには理解する間もなかった。ヒーローは台形の形をした箱に入り、横たわった。両手を組み、目をつぶると笑った。「大きさもぴったりだ」と言うと、そのまま動かなくなった。

ロビンは仰天した。どう反応していいのか、わからなかった。急に、ヒーローが驚くほど年寄りに、そして知らない人のように見えた。その老人は動かなかった。

息をしてない、助けてくれ、おじいさんが死んじゃった！

ロビンはそう思い、メラルを呼ぼうと咳払いをした。

するとヒーローが身を起こして、ロビンを見た。

「怖くなったのか？」

そう聞いて微笑んだ。

「俺は専門家になったよ」

「なんの？」

ロビンが聞くと、「死ぬための専門家だ」と答えた。

まるで試験を終え、修了証をもらったかのように自慢気だった。

「それに関連するいろんなこと、すべてに関してだ。死に装束、お棺のモデル、葬式の儀式、弔辞」

ロビンは唾を飲みこみ、何とか言った。

「そういうことは考えないようにして、おじいさんが長生きしてくれたらと思う」

「いやいや、それは違う。俺のような状況だったら、練習を始めないといけないんだ」

ヒーローは一日に一度、死ぬ練習をしているとも言った。

「もうけっこうな間、練習している。アグネスは嫌がるんだが、慣れるから、あいつにもいいことなんだと思う。それにいつも見ているところでしているわけではない。練習も一〇分ですむ。最初に床に横になるんだ。それから目を閉じ、すべてのものにお別れを告げる。心のなかが暗くなるのを待つ。真っ黒になる。何も聞こえなくなるのを待つ。最後に消えていくもの、それが聴覚だ。それから待つんだ、完全に死ぬのを……」

ヒーローは笑った。

「一〇分くらいしたら、できるときは立ち上がるんだ。ゆっくり、こんな感じだ」

そう言ってゆっくりと本棚から出てきた。

「あ、それから、これはお棺には使ってはならないんだ。たとえ蓋があってもだめだ。薄板張りのものは許可されていない」

専門家そのものだった。ロビンは七〇歳以上だけが閲覧を許されるホラー映画を見たような気分だった。

「何が待ち受けているのか、知っておくのはいつだっていいことなんだよ」

ヒーローはロビンの肩をポンポンと軽く叩いた。しかしほかの人にわざわざ言って聞かせることはないと続けた。

夜になってヒーローが帰ったあと、ロビンはメラルに相談した。

「おじいさん、変になっていく。子どもの前でするようになったら、どうしたらいいだろう……」

「そのままでいいのよ」とメラルは答えた。

「ヴェリは一緒に遊ぶだけよ」

12

「小さな病気は、死の先触れだ」

病院神父のゲルハルト氏は独り言を言った。

「Memento Mori（メメント・モリ）（ラテン語で人間は死すべき運命にあることを忘れるな、という意味）を思い出すこと」

もともと患者に対して共感があるとはいえ、この患者にまた会うことができ、嬉しかった。神学者の顔をもつ、建材会社を営む紳士。

小さな困難は、よりよい人生へいざなってくれる。しかし大病となると、打ちのめされ、押しつぶされ、何も選べなくなる。痛みが主役をつとめはじめると、愛することなんてできない。とつぜん一方通行になる。受け取ることしかできず、もう何も返せなくなる。日々患者さんたちに起こっていることだった。自分も病によって、まっしぐらにそうなりつつある。


そこにちょうど現れたのが、ヴィーラントさんだった。

また病院に戻ってきた。

「少しの間だけ」

ヴィーラントさんは挨拶のときに言った。

「この検査だけです。生き延びるのに必要な検査ですから」

そう言って、視線をベッド脇の奥さんに向けた。今回は奥さんが一緒だ。

「数日ですよ」

まるでこの半年、強制労働の収容所にいたようだと神父は思った。すっかり痩せこけ、飢え死にしそうだ。以前に会ったときも、痩せていた。しかしいまは体力をすっかり消耗させてしまっている。

しかしユーモアはある。

「病院は改装してませんね」

正面玄関のことだ。春先に雨や雪解け水のせいで黒ずんでしまい、暗い印象なのだ。

神父は思った。病院の経営陣が建物の美化に利益をつぎ込むかどうか、ヴィーラントさんは考えたことがあるのだろうか。まるでここがパンフレットを見て人が予約を入れるような全身美容センターか、保養ホテルだとでも思っているのだろうか。ここに人が来るのは選択してではない。来なければならないから来るのだ。ヴィーラントさんは選択があるかのように振る舞っているけれど、彼だってそうだろう。なのにまるで奥さんのために来たのであって、自分なら違う選択をするかのようだ。

数日だけか。

本人も信じていないだろう。それとも〝病院に〟数日、ではなく〝この世に〟あと数日と言う意味か。そのほうが現実味がある。片手でもち上げられそうなほど痩せこけている。

体格の良さと信憑性（しんぴょうせい）には関連がある。

ある程度のボリュームがあったほうが、もちろん体型は維持されていなければならないが、そのほうが感銘を与えられる。たとえばピーター・ユスティノフ（イギリスのアカデミー賞受賞俳優で、小説家、脚本家、映画監督として活躍）。ユスティノフが「汝の隣人を愛せよ」への答弁として「教会はわたしの隣人を知らないから」と発言すると、みんなが笑った。恰幅のよい紳士が隣人と防戦する様子は誰でも思い浮かべられる。しかしヴィーラントさんが言ったら、同情されるだけだろう。自分も同じだ。

ヴィーラントさんは冗談を言って、なんだか俳優のようだ。しかしどちらかというと悲劇俳優に近い。

「あの人たちは」

あの人たちというのは、彼の担当の医師たちのことだ。

「あの人たちは、わたしを腎臓のドナーリストに載せようかと考えたんですよ。残ったほうもダメになったときのためにね」

しかし向かい側にいる自分の驚いた顔を見て、すぐに説明した。

「いやいや、わたしがドナーになるんじゃありません。腎臓の質がありますからね。腎臓をもらう側です。できれば親族からだそうです。臓器は不足気味なんだそうですよ、だから」

それから彼は続けた。

「息子や娘には不当なこともしたと思いますよ。でもだからといって、子どもたちのことを不足部品の倉庫だと思ったことはありませんし、これから先もそれはないです」

おしまい。

奥さんが自分を見た。自分とふたりきりで話したいようだ。

しかし神父が笑い出すと、奥さんは考えを変えたようだ。この神父では話にならない。この神父と組んでも夫に対して働きかけられないと奥さんはすぐに感じ取ったのだろう。

ヴィーラントさんはこんなことも言った。

「わたしの体に価値あるものがないことは別として、たとえそうでないとしても、ドナーにはなりたくないんです。生きているときも嫌だし、死んでからも嫌ですね。車なら話は別ですよ。車の墓場。ばらして売る。でもわたしはせめて死んでからは、誰にも邪魔されたくないんです」

また本を持参している。ヴィーラントさんがしばらく本の山をあんまり熱心に見つめるものだから、奥さんは暇乞い(いとまごい)をした。

神父も退室しようとした。しかしヴィーラントさんが引き留めた。ああ、懺悔(ざんげ)するつもりなんだと思った。しかしとんでもない思い違いだった。奥さんがドアを後ろ手に閉めるやいなや、まるで神父のほうが何か言ってあったかのように、ヴィーラントさんは一気に話し合いを始めた。

「違うんですよ、この件を片づけるときが来た。そう考えているのです」

自分が生涯教会にとどまったのは、恐怖からだとヴィーラントさんは言った。

「却罰(ごうばつ)を恐れ、それよりも家族が分断してしまうことが怖かったんです。妻は知り合ったときから、熱心なカトリック信者でしたし、わたしはと言えば、そういう宗教の地域に多かれ少なかれ、偶然に生まれ落ちただけと考えていました。侮辱しないように、周囲に合わせてきただけなんです。思春期のときも、両親が亡くなったときもそうです。

しかし子どもたちは全員家を出ましたし、わたしは今、大きな門の前に来ています。そこで自分に問いました。

永遠にずっとカトリック信者でいたいのかどうか。

答えはノーでした。わずかでも礼儀がある者としては、そんなものを抱えたままあの世には逝けません。もしも唯一無二の神がいるのだとしたら、わたしはそう信じていますが、こんな風に意見を異にし、塹壕(ざんごう)戦(せん)のように闘っているのは、実に恥ずべきことではないでしょうか。分断しようとするすべてのものをあの世にもち込むなんてことは。ほかの宗教の信者もいるというのに、自分自身は正しい道、最短距離の道、より良い道にいると考えること自体がおかしいです。自分の道だけがあっているのに、ほかの考えの人たちも存在していると考えるなんて、おかしなことです。それではまるで、ヒューゴー・ボスやらドルンブッシュのワイシャツを着て、ザイデンシュティッカーのワイシャツよりもましだと主張するだけではなく、自分の着ているものだけが唯一のワイシャツだというのと同じです。おかしいでしょう」

婿(むこ)がファッション業界の人間なもので、とヴィーラントさんは説明するようにつけ加えた。

「どのブランドの例でもいいんです。神への道は人間の数だけあると、わたしは考えているんです。神父さんもそうお考えなのではありませんか」

ゲルハルト神父は、最初、ヴィーラントさんが真面目に話しているのか、わからなかった。しかし痩せこけた顔からは真剣な問いかけと、真摯(しんし)な関心しか見いだせなかった。それに言われたことを考えれば考えるほど、おかしなこととは思えなかった。答えに時間をかけ、「あなたのおっしゃるとおりかもしれません」と答えた。

「けれども神は、わたしが想像する神は、絶対、そういうことを超越なさっていると思います。神は誰にでもお答えになる、たとえどう呼びかけたとしても。それに」

と神父はつけ加えた。

「人々が異なる宗派（コンフェッション）の看板をぶらさげて復活したとしても、神はにやっと笑って見ないふりをしてくださる」

もう少しで既製品製造業（コンフェクション）と言うところだった。

「そうです。神は計り知れぬほど大きい。ですから、ご心配なさることはありません。ヴィーラントさん、教会からの脱退が間に合わないとしても大丈夫です。あるいは奥様への配慮から脱退がご無理な場合も、神さまは必ず大目に見てくださいますよ」

ヴィーラントさんは安堵（あんど）した印象だった。

13

みんなは知らなかったが、ヒーローは外見より、ずっとアクティブだった。たとえ今の俺が力尽きて見えたとしても、みんなも後になればわかるだろうと彼は考えた。俺は家族のために計画したのだと。

「難破船だよ」

ヨハネスは、ヒーローのいないところで、妻のクレオに言った。

「生き残った人。でもこれからも生きるわけじゃなくて、まだ死んでいないだけ」

ヨハネスは〝まだ〟という語を強調した。

まさにその時間を、ヒーローはぎりぎりまで利用したかった。彼は毎日、家の書斎に閉じこもり、ドアを閉め切って何かしていた。妻に何をしているのか言わないままだった。彼は強いて外出もした。行動範囲を広げようとしていた。

病院は彼を二日後に退院させた。自発的にではなかった。検査には四日間必要だったが、すぐに家に帰してくれないのなら、弁護士を介入させるとヒーローが脅したからだ。

きっかけは医局長の病室めぐりだった。ヒーローは「自分の病状については知っているから、後のことについて話し合いましょう」と言うつもりだった。それなのに現れたのは白衣の一群。ベッドの周りを取り囲み、無関心に覗き込む男たち、女たちだった。まるで天国の合唱隊さながらに、今にも歌いだしそうだった。彼らは挨拶するといっても、どちらかというと互いに合図するために、少し頷いただけだった。それからはヒーローについてお互いだけで話していた。医局長はヒーローから顔をそむけ、小声で同僚たちに説明した。どうやら非常に興味深い事態のようだ。

ヒーローにはすでに知っている腎細胞癌という言葉と、致死の青ざめた状態という言葉以外、何を言っているのかわからなかった。去るときになって、ヒーローはようやく医師たちに関心のようなものを見ることができた。彼らは早く去ろうと急いだ。あまりに急いでいたので、排水溝で水がつまるように、ドアのところに混雑が起きた。それを見て、ヒーローの堪忍袋の緒が切れた。

アグネスに電話して、ヒーローに言わせれば「この地獄のようなモルモット実験室」に迎えに来てもらった。

「外から見るだけでも、ここで何が待ち受けてるかがわかる」

タクシーに乗って、建物を一目ふり返りながら言った。

それは夕暮れで、外は魅惑的な春と自由の香りがした。ヒーローは横の窓を開けてもらうと、深く息を吸った。まるで何年も牢獄にいて自由になったかのようだ。

「あなたにその気があれば、病院は助けてくれるのよ。このノイブルクにはあそこより良い病院はないんですよ」

アグネスはできることなら、その場で夫を病院へ連れ戻したかった。しかしそんなことは考えることさえ許されないとわかっていた。


そうしてヒーローは再び家に戻ってきた。

アグネスの邪魔にならないように心がけた。つまり午前中には徒歩で家を出た。公共の交通にも慣れて使うことができるようになった。ときどき間違えてしまうが、時間はあった。会社に行くか、孫の妻メラルとひ孫のヴェリのところに行った。他の者はみな働いているから。

あとは街を観光客のようにぶらぶらした。お客のように。事実そうだ。ある意味では誰もがお客だ。ただ彼の場合はあとほんの限られた間だけ。彼はあと少しでビザが切れてしまう人。


一日一日と暖かくなっていく。

渡り鳥のように増えていく観光客のグループ。ヒーローはその眺めを楽しんだ。ミヒャエル教会ではガイドツアーのグループについて回った。ここでアグネスと結婚した。観光客たちと一緒に上を見上げて、植物や動物の描写を観察した。ガイドの説明に耳を傾けた。何回来ても、そのたびに新たな細部の発見があった。彼はそのたびにアグネスともう一度ここへ来ようと決意を新たにした。

それからすぐ隣のバラ園に行った。カフェがまた開いていて、嬉しかった。シーズンが始まったのだ。コーヒーを注文した。アーチ門からバラが見えた。まだ節くれだった小さな塊だったが、夏になれば……。そのとき急に夏が、手に届かないほど遠くに思えた。ヒーローは深く息を吸った。深く、深く、息がへその後ろにたどり着くまで。そして目を閉じた。

これは効く。死んでしまったら、これもうできない。鼻の中に魅惑的なバラの香りが入ってきた。アグネスとここで過ごした、あまりにも数少ない日曜日を思い出した。

毎日、正午ぴったりには家に帰った。そうするとアグネスが安心する。可能な限り、昼食を食べることにしていた。それもアグネスを安心させる。彼女は怖がりになった。逝かなければならないのは彼のほうなのに。

俺はそれがどんなものか、妻に順番が来るときのために、見せていく。

14

春はわたしには困難の季節だ。明るくなって美しいが、光はギラギラしているし、鼻水が出る。体のあちこちがかゆい。

「君はオート麦に刺されているんだよ」とケンは言う。さまざまな言い回しの載っている本で、彼はこの言葉を見つけた。「調子にのりすぎている」の意味になる。ケンはそういうのが大好きだ。言葉にイメージを与え、色や香りを与えてくれる言い回しを意欲満々で探している。彼のおかげでわたしも、いくつかの言葉を舌の上でゆっくり味わうことを学んだ。

春先のアレルギー。この語はそのなかには入らない。

原因はわかっているの。

イースターの聖金曜日の礼拝式だ。受難や死の感覚。祭壇の前で長々とひれ伏して祈る司祭やミサの従者の少年たちは、死体のようだった。まるで爆撃のあとの、いや、その直前のように床にひれ伏している。おまけに「エクセ　リグヌム　クルシス（十字架を見よという意味）」と言うときの、あの歌うようなひどい話し方ときたら。

聖金曜日にはわたしたち家族はいつも徒歩で教会に行った。帰り道もすべて徒歩だ。わたしの頭のなかでは、道はさらに曲がりくねっているの。

まだ葉をつけていない木々がバサバサ揺れ、キイキイと止めどないおしゃべりのように音を立て続けた。この死の日には、それが鐘の代わりだ。ぎらぎらとした光がうっすらとした緑色の草を照らし、ちっとも嬉しそうではないわたしたち家族の姿を容赦なく照らしだした。

わたしたちを待ち受けているのは、延々と続く退屈な晩だった。そのときとつぜん涙が出てきて、顔が腫れ、息が詰まりそうな思いに襲われた。あのときから始まったのよ。二百個のティッシュをぐっしょり濡らし終えたころ、ようやく助言がやってきた。一番最初のものは「しっかりしろ」だった。

「そんなものは自制心の問題だ」

わたしたち家族にまで過敏性を除去する脱感作（アレルギーの原因となる物質を少しずつ増量して投与し、症状をやわらげる療法）の情報が浸透してきた。そのせいでアレルギーに苦しまない時期まで、台無しにされたわ。秋はすべてを思い出したい季節でしょう。春先のアレルギーなど思い出したくはないけれど、秋になると注射させられた。過ぎ去った病気にも良いところがあって、それはその病気を忘れたということだったのに。

だからわたしはすべてに鈍感になることにしたのよ。

とくにほかの人からの助言に対して。それも家族からの助言にはとくにそうした。これは効果があった。今にいたるまで、その方針でなかなかうまくやっている。

この時期に緑地帯の設計のために屋外で打ち合わせがあるときは、ホルストにしてもらっている。

どうしても避けられないときは、薬を飲むの。すべての症状を排除するハンマーとこん棒だから。添付説明書は読まないほうがいいでしょうね。もしもわたしが腎臓癌になったら、その原因は明らかよ。

ケンはわたしがそういうものを飲むのを嫌がる。それにくしゃみをするたびに「ピチュウ」とわたしが立てる音を、毎回おもしろがる。それまでに聞いたことがなかったし、気に入ったと言う。どんなふうにアレルギーになったかの話も喜んで聞き、こう言った。

「君って前世はぜったいアフリカ人だったんだよ。そんな風に物事を関連づけるヨーロッパ人はいないからね」

なるほど。ということは、わたしの唱えているみなしご説はもしかしたら現実的な背景があって、母親はアフリカ人なのかもしれないわね。

とはいえ、わたしはドイツに住んでいて、白人で、春先の木々にアレルギーがある。だから父さんがどこかで調べ上げて、樹木葬にしたいと言い出さないことを願っている。そうなったらわたしは春にはそこへ行かれないもの。父さんはマツやドイツトウヒ(マツの一種)は絶対に選ばないと思う。それよりも見た目に美しい、シラカバ、ハンノキ、ハシバミの混交林を選ぶでしょうね。まさにわたしを苦しめる木々。それに自然葬では、前もって火葬して灰にしないとならないわ。

好みの問題だろうけれど、今までわたしたちの一族は全員、パンくずではなく、パンの塊として土に埋葬されてきた。想像するだけで落ち着かなくなるわ。最初は遺体安置室での待ち時間、それから火葬場。それにひょっとするとそこで誰かと混ざってしまうかもしれないでしょ。次の遺体が置かれる前に、火床に残った灰を一つ残らず掃きだすほど、そこの人たちが神経を使って働いているとは考えられないから。

　無理だわ。わたしたちヴィーラント一家の伝統には、今までなかったことよ。父さんはそんなことをすべきではないわ。

「インドではみんな焼かれるよ」

　ケンが、そのことをわたしが知らないみたいに言った。

「未亡人も一緒に焼かれるのよ」とわたしは答えた。

「インドに住んでいない利点がないと困るわ」

　ダメだ。土葬がいい。そのほうがプライベートを守れる。腐っていくところを誰にも見られないわ。火葬場にもよるけれど、それをイベントにしているところもある。親類一族で、体が最後にビクッと動くのまで見学するのよ。ビデオ撮影までするかもしれないわ。父さんが火葬を考慮に入れているなんて、ぞっとする。

　母さんが言うように、頭がおかしくなった現れなのかしら？

　それともわたしたちに、ぞっとすることを教えたいのかしら？

　たぶんそうね。これもまた教育方針の一つじゃないかしら。わたしたちがこの世に安寧しすぎないように。きちんと終わりを見なさい。それには父さん自身がどうなっていって、どう終わるのかを見せるのが、一番効果があるもの。

　父さんが新聞に載せる死亡広告の文章をわたしに読み上げるのも、それにぴったりだ。もう百通りほど、聞かされた。すべて父さんが書いた。どれが一番気に入ったか、教えてくれと言われた。まるでわたしが文学賞の審査員か何かで、気に入るかどうかが重要なことのようだったわ。でもわたしはそのとおりにしたのよ。

気に入ったのは三つある。

「死ぬのはいつもほかの人、というわけではありません。今度はわたしです」

これは父さんらしい。父さんの考え深い面が出てる。歴史の調査のまとめのようだ。

父さんのお気に入りはこれなの。

「わたしは引っ越します。みなさん、お見送りに来てください。○月○日　○時」

○のところはわたしたちで日時を入れる。

「わたしは先に逝きました。みなさんはいつ来ますか?」

これも父さんのお気にいりだ。

でもこれはどうも直接的にすぎる。要求してるみたいだとわたしは言ったの。

「いや、そんなつもりはない」

と父さんは言った。

「おまえたちには生きていて欲しい」

いつも終わりを見ていたら、それはできないわ。考えないようにする権利は誰にだってあるのよ。

それに父さん自身、一生そうしつづけてきた。思うに父さんはいま、常にそのことを考えることで、恐怖をなくそうとしているんでしょうね。

父さんは今も注意深いタカの視線ですべてを見ている。

わたしたちはときどきふたりで、墓地に行く。父さんは今になってわたしがすることのすべてを観察している。仕事のプロジェクトのこと、ケンのことを尋ねてくるの。

昨日は突然こんなことを言いだした。

「今は話せないが、俺にもプロジェクトがある」

父さんは靴箱のようなダンボール箱をわたしの手に押しつけたの。特別大きくもなく、特別重くもない。

「何が入ってるか、当ててごらん」

ヒントは与えられないし、偶然当たったとしても、生きている間は決して中を見ないと約束してほしいと言われた。死んだら初めて開けていいということだ。

絶対に当てられないと思ったのね。父さんはほくそ笑んだ。まったくわからなかったわ。箱のなかで何かが滑って、あっちこっちにぶつかった。父さんはしっかり包装したらしく予測がつかなかった。わたしはあてずっぽうに答えたくなかった。

「腐るようなものじゃないと思っていいのよね？　チョコレートでもないわよね？」

まだ長くかかるかもしれないのだ。

「自分をごまかしてはいかんぞ。それに俺のこともだ。大切に保管しておいてくれ」

一瞬、写真かと思った。ほかの人たちならそれもありえたけれど、父さんにはその可能性はない。

そのときを待つしかないようね。

第5章 彼方（かなた）へ

1

腎細胞癌（じんさいぼうがん）は、すべての癌のなかのいわばカメレオンです。姿を変え、姿を消し、人をあざ笑います。舌をつきだして「あかんべぇ」をしたときには、患者さんにチャンスはありません。

家族に説明する役を担った男は、自身がカメレオンに似ていた。ネレは思った。

（医長では絶対にない。醜いのは皮膚病か何かのせいなのか。ひどいフケ。オレンジ色の斑点がある。講演スタイルを選んできたようだ。数枚の紙を目の前に置き、何度も中を凝視する。家族の目を見ないですむようにしているだけだ。父さんの病状を手短に言えばいいだけなのに）

医者には一家が勢ぞろいしたように見えた。一族の一部しか目の前に座っていないとは、知りようもなかった。

アグネスが中央。

彼女がみんなに電話した。片側にはヴァルター、テレーザ、メラル。反対側にはネレとケンが並んでいた。この日の午前中はほかの者たちは仕事だった。いざというときには駆けつけられるように待機している。それで十分だった。ヨハネスと彼の家族だけが遠くにいた。すでに休暇に入り、帰りの飛行機は予約してあった。それをキャンセルしてもイースター休暇前の時期なので、もう予約がとれない。「携帯電話が発明されてるんだ。ちゃんともち歩くから」ということだった。

みんなが座っているのは、応接室のようなところだった。あまりにも広すぎる。本来はセミナールームやパワーポイントを使った講演など、別の目的の部屋に見える。正方形の大きなテーブルが四つ。白いプラスチックのラミネート天板でできている。その横にも壁際にもイスが積み上げられていた。ここにいるとそういう気分になる。窓の外の柔らかな春の天気が、病院の白い冷淡さと痛いほどのコントラストをなしていた。

ネレは手で顔を撫でおろしはじめた。額の片方の端に親指、もう片方の端に人差し指をつけ、手のひらで撫でおろした。まるで亡くなった人の目を閉じてあげるように注意深く、そっと。

ケンはネレを見ていた。

「ぼくが代わりに聞いておくよ」とささやいた。

ヒーローは一つ下の階の集中治療室にいる。夜に倒れたのだ。その原因を検査中だった。

「カメレオンなんて、いい比喩だね」

ケンはネレに小さな声で言ったつもりだったが、声が大きかったようで、一同が振り向いた。医者は話の筋を見失ったのか、困惑したようだ。

「そうなんです」

少し大きな声でケンが話し始めた。

「カメレオンはアフリカ原産で、お話というか伝説があるんです。そこではカメレオンは神々に遣わされた、不死をもたらす存在です。でもあまりにもゆっくりだったので、死の使いのトカゲが追い越してしまいました」

医者は再び気もちが落ち着いたようだ。「非常に興味深い」と言った。

「わたしがお伝えしたかったのは、ヴィーラントさんの容体がどうなるのか、まったくわからないということです。様子をみて、経過を観察しなければなりませんし、患者さんのご負担を軽減しなければなりません」

アグネスはほっとしたように頷(うなず)いた。咎(とが)め続けてきた心を、目の前のテーブルにぶちまけるかのように、何度も。


ヒーローのもともとの意志に反していたが、アグネスは入院させた。

(でもあのころは夫も、まさか夜中にトイレに行く途中で意識を失って倒れるとは、あるいは倒れてそのあとで意識を失うことになるとは、考えてもいなかったはずだ)

アグネスはそう考えた。

ヒーローは何も吐いていなかった。だから意識を失って倒れたのだろう。

(夫をそのまま放っておくべきだったとでも?　すぐに救急車を呼ばなければならなかった。病状も伝えなければならなかった。わたしは間違っていない。入院は妨ぎようがなかった)

アグネスは自分に言い聞かせ、ほかの者にも繰り返し言った。とりわけネレが非難がましい目つきで自分を見るたびに。あの子は何も言わないが、どうしてまず家族の誰かを呼ばなかったのかと責める。誰かが一緒だったら、ほかの選択もあったかもしれないのにと。

アグネスは落ち着いて、背もたれにもたれた。

今、家族は専門家から、夫は病院にいるのが一番いいと言われている。

「患者に意識が戻ったら、家に連れて帰れますか」

ネレが尋ねた。父とは言わずに患者と言った。

「もちろん病状にふさわしい医療が準備できたら、です。それに、終末医療事前希望書があるんです」

ネレがこの言葉を言ったとき、勝ち誇ったように聞こえた。そのつもりはなかったのだろうが、そうなってしまったのだ。

医者が突然、ピンクの砂糖衣をかけられたようになった。耳は黄色っぽいままだ。医者は汗をかき、てかっていた。

「もちろんそのときになったら、その方向で検討することは考えられます。けれどもわたしとしては、性急な決断はなさらないことが重要だと申し上げたい」

アグネスはふたたびホッとして微笑んだ。

（このお医者、わかってるわ。それにしてもネレったら、何を考えているのかしら）

医者は今は帰宅して、結果がわかるまで待つようにと言った。

「今の時点では本当に何もわかりませんし、何もできませんので」

ケンとネレがまず外に出た。

「カメレオンが不死の象徴になったのは、すべての動物が集まった際に、遅れてきたからなんだ」

ケンは何もなかったかのように、さっきの話の続きをした。ケンはいつもネレの一歩先を歩くので、ネレの顔を見るために振り向きながら歩いた。

「ほかの動物たちが遅刻を責めると、カメレオンは弁解したんだ。僕には手は四本あるけれど、足がないんです、と。すると神さまはほかの動物たちに、カメレオンを食べることを禁じたんだ。それで僕らは『遅かったので、死に打ち勝った』と言っている」

息を吸うため、短い休みがあった。

ネレは急いでいた。あと少しでエレベーターか階段だ。

「それにカメレオンは、過去と現在と未来、三つの時制の統一のシンボルでもあるんだ。というのも、同時に後ろも横も前も見られるからね」

ケンはしゃべり続けた。どんな犠牲を払ってでも、ネレの気を紛らわせ、ネレを楽しませようとするかのように。彼女は今、何も考えるべきではない。事態がどの方向に向かおうとしているのか、気づいてはいけない。

ケンには、ヒーローが罠(わな)に落ちたように見える。誰もそれを防ごうとしないのだ、残りの人生をずっとチューブにつながれて過ごさなければならなくなるのに。

2

大量の小さな魚を捕獲しなければならん。

少なくとも落ち着かせなければ。魚たちは緑やら青やらに輝きながら、鏡のように滑らかな水中を泳ぎ回っていた。

魚はヒーローの考えで、ガラスに囲まれた水槽は脳。

考えは目に見えない壁にぶつかって、跳ねかえり、認識しようのない形で激しく渦を巻く。あまりにも激しいのでヒーローは目まいがした。魚たちはつかみようがなかった。

しかしわかっていた。

もしも生き延びようと思ったら、そうしなければならない。はっきりと考えるんだ。

顔が目の前に現れた。中央が歪んで見える。アグネスが赤い目で泣き腫らした目をしている。ヒーローは彼女に激しく恋をしている。新婚だった。（なぜ泣いている？　それになぜそんなに早く年をとってしまったんだ？）

皺（しわ）のある、たるんだ皮膚。それに異常に大きな肉づきのよい小鼻。鼻の穴には黒い毛が見える。俺の妻か？　その後ろに誰か別の人が現れた。アグネスは消えた。すべてが黒くなった。

夜中に意識が戻った。全身に石を詰められて、放り出された袋になったみたいだ。とてつもない重さが、マットレスの柔らかなぬかるみに食い込んでくる。骨ばって角張っている。ヒーローを押しつけてくる。ヒーローはどんどん沈んでいく。最後の力まで奪われていった。そしてまた意識を失った。


数日たってようやくヒーローは、人が話す言葉を理解できるようになった。

「またお会いできましたね」

と誰かが言った。気もちのいい声に、目を開けた。

「走る方向を急に転換なさったようですね」

「この数日は、何度かここへ寄ったんですよ。奥様に頼まれまして。でもあなたは遠くにいらっしゃるようでした。とても遠かった。けれどもあなたは今、幸運にも戻ってこられた」

声が消えた。ヒーローは苦労の末に、あの病院の神父だとわかった。

「それにしても、この環境はとどまりたいとはなかなか思えませんね」

そう続け、手で集中治療室の機器を軽く指したが、ヒーローはもう追えなかった。

「ここから手早く去るには、それだけの力がないとなりませんね」

数日集中治療室に滞在すれば、ヴィーラントさんはそれだけ回復するようだった。そう聞いた。ヒーローは話そうとしたが、鼻につながった管を通るので不明瞭に「何が?」と言うのがやっとだった。それでも神父にはわかった。心筋梗塞を起こしたが、調べる限り克服したようだと伝えた。

「ただ、医者ではないのでこの先、肉体に何が起こるかわたしには言えません。それはわたしについても一緒です。わたしが関心があるのは、内面です」

そう言いながら神父は、指先で自分の胸を軽く二回、叩いた。

「ですが、それはまた次の機会にしましょう。お元気になられたら」

神父はお別れに、手のひらでそっとヒーローの腕を撫(な)でた。肘まで。そこで管が白いテープの下に消えていた。それとも出てきていると言うべきか、見方しだいだ。

ヒーローは神父に残ってほしかった。引きとめたかった。しかし彼と世界との間にはカーテンがあり、もう気づいてもらえない。

神父が病室を出る前に、ナースが入ってきた。

ヒーローはすでにまた眠りに落ちていた。

3

病院は父さんにモルヒネを投与した。

わたしたちはもう、父さんとは話せない。いきなりこんな状態になって、父さんは何も規則をつくることができなかった。見舞い禁止令も出せなかった。でも、今は見舞いに来てほしいと思っているかもしれない。そして全員、来た。でも一度には入室できないよう、わたしが見張っている。

父さんは、夢を話してくれたことがある。以前のことだ。

人がたくさんいすぎて、世界が溢（あふ）れて居心地が悪かった。だから夢のなかで、この混雑や密度から破れかぶれに逃げ出そうとした。死ぬのが嬉しかった。みんなから逃げ出せるのが嬉しくて仕方がなかった。しかし死ぬやいなや、ふたたび人混みのなかにいた。永遠に逃れようがないことに絶望したんだ。父さんは恥ずかしそうに言った。

「生きている人より、亡くなった人のほうが多いことを忘れていたんだ」

わたしは父さんを慰（なぐさ）めたかった。

「最近は違うみたいよ。亡くなった人を全部合わせたのより多くの人が、生きているらしいから（明らかに亡くなった人のほうが多いが、ヒーローを慰めるために、一九七〇年ごろに広まった世界の都市伝説的な噂をもち出している）。それにあの世にはひとりひとりに十分広い場所があるはず。無限という言葉は、時間だけじゃなく、空間にも当てはまるはずだから心配いらないわよ」

あれはまだ父さんが話をできるころのことだった。ふたりで街を歩いているときだった。

だから家族が一度に病室に入らないよう、わたしが手配している。計画して、割振りをしている。誰も父さんのベッドにずっと座っていたくはないから、家族は喜んでいる。わたしにも利点がある。自分を好きなだけ割り振れる。できるだけ父さんのそばにいたかった。

ケストナーの『エーミールと探偵たち』のなかの少年、小さな火曜日君になった気分だった。主役ではないが、すべてを調整する大事な役だ。ちょうど今のわたしのように。

わたしはホルスト事務所をやめた。もともとやめたかったし、ちょうどいい機会だった。

「父が病気なので」

そのほうがホルストには「またほかのことを学ぶかもしれないので」と言うよりもわかりやすいだろうから。まだ学ぶか決めたわけではない。ジョゼファ大叔母（おおおば）さんからの遺産がどのくらいかによる。

そんなわけでわたしには時間がある。

父さんはほとんどの時間、見ているだけで何も話さないけれど、喜んでくれていると思う。それにときどき何か言う。

「不思議だな、コルネリア」

突然、父さんが言った。本名のコルネリア。本当に言った。

「俺たちが互いを理解し合うのがこんなに遅かったなんて、不思議だよ。俺たちはそっくりだからなあ」

本当に驚いたように父さんは言った。しばらく口を開けたままだった。次のことばを待っていたが、こなかった。わたしは父さんが本当にそう思っているのか、わからなかった。しばらくの間、わたしもぼうっとしていた。

「残念だなあ」

と父さんが言った。そしてわたしの手を探した。わたしは父さんの手を握った。父さんの手は白くて、青くて、壊れてしまいそうで怖かった。


聞きたいことがあった。

もしも父さんが本当にもう嫌になったとき、もう終わるように伝えたいのに、話すことができず、誰も気がついてくれないとき、わたしに何かできないか。そのときのために取り決めをしておいたらどうか。わたしが父さんの耳に小さな声でもう十分？　と聞いて、ああ、と父さんは答えればいいことにする。ああ、と言いたいのにもう話せないのなら、目をパチッとさせるか、頷（うなず）くかする。そうしたら、管を一つ引き抜く。一番重要な管かどうか、気をつけて見ないとならないけれど、そうそう間違わないでしょう。ただ、偶然のように見えないとならない。

父さんに、用心深く尋ねた。わたしが父さんを殺したいと思ってる。そんな風にとられるかもしれないから。

でも父さんは微笑んだ。

「おまえは俺の司祭だ」

重い言葉だ。わたしは何もわからなくなった。

父さんはもう何も言わなかった。目を閉じて眠っていた。

ほとんどの時間、寝ている。

モルヒネによる眠りでも、夢を見るのだろうか？

4

神父はものすごく近くまで、顔を近づけなければならなかった。一本を残して、管はすべて取り除いてあったが、近づかなければ聞き取れなかった。ヴィーラントさんは話そうとしていた。それはわかる。長い戦いになるだろうことも。

今ではヴィーラントさんの病気を知っていた。そして医者ならその病気の人には、心筋梗塞が起こるように願っていることも知っていた。もちろん死にいたるような心筋梗塞だ。それなのに医者たちはヴィーラントさんを蘇生させた。癌は全身に転移し、全く予測がつかず、気が狂いそうなすさまじい痛みを起こしている。

夢を見たとヴィーラントさんは言った。

ああ、夢はほとんどの人が見る。この状態だと思い出も出てくるはずだ。

「夢のなかで会社を訪ねたら、ヴィーラント葬儀会社になっていた。建材ではなく。息子が黒いスーツを着て髪をポマードで固めて、わたしの部屋に座っていた。夢ではわたしの部屋ではなくなっていた。息子が社長の椅子に、自分の椅子に座っていたことに、痛みを覚えた。同時にこのポマードの男性は息子ではなくなり、わたしは著名な歴史学者になっていて、統治者とひとりっ子の関係についての研究で、特別な賞を受賞したところだった。

　この会社に用事があって、注文しに来たのだ。家族の墓として、七つの墓石を頼みにきた。自分の家族は夢でも、やはり家族になっていた。ひとりひとりが自分の墓石と銘文を要求していて、わたしは各自にぴったりの歴史上の格言を見つけた。そう言うと葬儀会社の男は大笑いした。その笑い声で目が覚めた」


　かすれた声で咳をしながら、病人は神父に夢の意味を尋ねた。

「わたしはバビロンの夢占い師ではありませんが、職業柄、夢については多少は学ばなければなりませんでした。モーゼ、ダニエルなど、この二つの例だけではなく、聖書には夢がたびたび出てきますからね。しかしヴィーラントさんの夢はどうやらそういうものではなさそうですね。もっと心理的な方向に思えます」

　ヒーローが神父の手をとった。（まだずいぶん力があるんだな、このご老人は）と神父は思った。神父に行って欲しくないのが明らかだった。そこで神父は、会社のこと、息子さんのこと、それからリンダーさんとやらについて尋ねた。そうやってまずは時間をかせいだ。

　患者は話すのがたいへんで時間がかかる。しかし、家族について、事業について、ひとりひとりの子どもたちについて、詳しく話した。

　ヒーローが話し終えるころには、神父はその本質をおのずと理解していた。そして言った。

「ご家族の全員が、ひとりっ子のように思えます」

ヒーローは何も言わなかった。神父を見ただけだった。しかし神父は図星だったのだと感じた。神父はヒーローが横になっている様子を眺めた。ふと、この人には品格があると思った。鼻から管を垂らしていながらも、人が品格をもちうるとすればの話だが、この人には品格がある。クタクタでだぶだぶの白い病院服しか身に着けていないというのに、あんな風に超越して見ている。まさにそのせいかもしれない。まるで高山の猛禽類の巣に座っているかのようだ。

彼はすべてを見渡し、すべては自分の下にあり、すべてを制していた。

たったいま同情したばかりなのに、ゲルハルト神父はヒーローを羨(うらや)んでいた。自分もこんな風でありたい。自分もこんな風に終われたらと思った。

しかしまだ何も言えない。ヴィーラントさんのことも、自分のことも。

「葬式までは、自分の人生を褒めてはならない」

とすでにオウィディウス(古代ローマの詩人)が言っているではないか。

5

時は過ぎていった。

昼なのか、夜なのか、ヒーローにはわからなかった。自分の昼が、外の世界の昼と合致するのかもわからなかった。いろいろな顔との短い会話、その間にあるのは暗闇での長い休憩。

ほぼ全員、来ている……そして去っていく。その人たちと会話し、生はその人たちとともにあった。


再び目が覚めると、神父がベッド脇に座っていた。昼間で、病室は明るかった。大きな窓があり、窓は、揺れるポプラの枝を額縁のように切り取っていた。

「娘は、家族はどこに?」とヒーローが聞いた。

「まだ早すぎるんだと思います」と神父が言った。

なぜだ、とヒーローは思った。

(俺が死ぬのを待ちたいのか? それに早すぎるとはどういうことか?)

神父はヒーローの考えを読めるかのようだった。

「まだ朝早いんです」と神父は言った。

「光のせいです。五階ですから、下の街よりもうんと早く明るくなるんです。わたしはもう眠れなかったので、朝の時間を一緒に過ごしたいと思いまして。もちろん、ヴィーラントさんもそれをお望みで、体力も十分にあればの話ですが」

そんなわけで死を宣告されたふたりが、並んで座っていた。

宣告はされたものの、それがいつ執行されるのかはわからない。ふたり同時ではないだろうが、どんな死かもわからない。それでもふたりは笑った。

ひとりがもうひとりに、おかゆのようなものをスプーンで食べさせた。そしてナースにコーヒーを注文しようとベルを鳴らした。

「ホテルと同じですよ」とヒーローに言い、ナースには丁寧にお礼を言った。

そのときヒーローが言った。

「わたしはいま、人生をとてもシンプルで、簡単に感じるんです。人は年がら年じゅうあまりにも心配しすぎなんですね」

よりによってその土曜日、わたしはケンと料理することにしていた。

6

父さんのお見舞いの順番は母さんだった。

母さんは最近どこにでも現れて、実はどこにもいないという才能を発揮していた。まるで逃亡中のようだ。赤ん坊のほうのヒーローのベビーシッターをしないとならないし、と言った。わたしがいないと教区の活動が進まないわ、とも。それにマルタのことがあるでしょう、と。

そう、マルタ姉さんは最近、母さんに嘆きまくっている。

わたしたちは市場へ車を走らせた。アフリカ食材の店でヤマノイモと唐辛子、乾燥サバを買った。アフリカのピーナッツスープ、アパパフブの材料だ。オクラも中に入れるらしいが、わたしはこのネバネバした莢(さや)が食べられないので、小さめのズッキーニを代わりに買った。

家に戻った。わたしのマンションへ。魚を焼き、ズッキーニを細かく刻んでいる間、ケンはフェラ・クティのCDをかけた。「モンキー・バナナ」をケンは大きな声で一緒に歌い、わたしたちはとても楽しんでいた。

父さんは夜、よく眠れた。ヴァルター兄さんが父さんの付き添いだった。兄さんは週末予定がなかったし、家で休めるから。夜にはわたしが行く予定だ。

「邪魔じゃないなら、僕も行きたい」とケンが言うので「そんなこと、そもそも考えないで」と答えた。ケンがまったくわからないという顔でわたしを見るので「邪魔とか考えないで」と言った。

「あなたが来たいなら一緒に来て。ウェルカムよ」

「でもお父さんがこの間みたいになったら？」とケンが聞いた。

「父さんは今までにないほど穏やかよ。ふたりきりで話したかったことはもう話せたの。今はほとんどしゃべらない」

わたしたちはさあ食べようと席についたところだった。スープからは美味しそうな香りがした。そのときだ。電話が鳴った。

「父さんにもう一度会いたいのなら、急いだほうがいい」

7

ヒーローは顔を横に向けて、何も見えないまま部屋を見た。

大きなベッドは、心地よくさえあった。もう寒さも感じない。頭のなかもはっきりしている。ブツブツ言うたくさんの声が、部屋を満たしていた。

ヒーローは家族がみな来たのだとわかった。

いい家族じゃないか。

ヒーローはきちんとしたお別れのことばを述べることにした。息を大きく吸い込み、咳払いする。話し出そうとしたとき、声がもう出ないことに気がついた。

それもいい。もうすべて話した。語る時間は終わったのだ。

家族から押し寄せて来る言葉を聞き取ろうとした。素晴らしい言葉は彼の自尊心をくすぐって、蝶がとびまわるよう。その一方で彼が好きな力強い言葉もあった。「勇敢だ」と聞こえる。そして「英雄（ヒーロー）」。彼の名前でもある。

言っているのはたぶんネレだ。みんなもっと近づいていてくれ。

ヒーローはまだ生きていた。が、すでに向こう側にいた。

この部屋に人がいるのはわかったが、二つの椅子以外、見えなかった。

彼らはみな、これからも生きていくだろう。

日の光のなかを散歩し、笑い、冠婚葬祭があるだろう。まず俺の葬式、それが最初の家族行事だ。

生きている人たちが、すべてしてくれる。

俺が死ねば、誰かが葬式のために服を脱がせ、体を清めるだろう。それからみなで俺を埋葬する。

火葬場には行かない。ブナの木のお棺に入れ、土に直接埋める。七〇本のサクランボの木が並ぶ、ノイブルクの墓地。そしてみなで食事して、これからも生き続けるのだ。


こう考えてもぞっとしないことに、ヒーローは安堵し感謝した。


そう、準備はできた。

もういける。

エピローグ

ヒーローは英雄のように亡くなった。

いい最期だった。みなそう思った。

死亡告知記事にそう載せたかった。二つの大きな新聞にも写真にも。しかしネレが反対し、文章は選んであると言った。みんなが沈黙した。故人の遺志に反対はしなかった。ネレは自分も一緒に選んだとは言わず、ただ父さんの遺志だと伝えた。アグネスはため息をついた。

「それならそうして」

そう言って、ネレの自由にさせた。


このようにしてヒーロー・ヴィーラントの葬式は、まずは彼の計画どおりに行われた。さすがに当日の天気が良かったことや、小鳥がでんぐり返しせんばかりに元気にさえずることまでは計画のうちではなかったが、もしもその場にいることができたとしたら、ヒーローは喜んだはずだ。

ヒーローが自ら書いておいた演説もメルテン神父ではなく、病院でヒーローがお世話になった聖職者、ゲルハルト神父が読みあげてくれた。神父は丁寧に準備してきた。これからやってくる政治的、経済上、生態学上のカタストロフィーに対して助け合うよう、紙を見ないで話した。彼個人も残された家族を励ますかのようだった。

ヒーローはこの演説でバロック説教者としての呼び声の誇りを守った。世界の高慢さに触れ、堕落に触れ、そして展望を語った。あの世へ、もう一つのものへと目を向けることにある、慰めと至福。しかしそのためにまずは準備すること。この世での宿題がある、と、この章にくると聖職者はにやっとした。

演説が終わると、こう述べた。

「ヴィーラントさんがおられなくなって寂しいです。ともに旅した仲間でした。実りある数々のお話ができたことを彼に感謝しております」

ヒーローは教会を脱退していなかった。時間もなかったし、ゲルハルト神父は言わなかったが、実は体力がすでになかった。ヴィーラントさんから葬式を頼まれました。自分もそうしたいと思っていますと伝えた。

アグネスは自分だったらメルテン神父がよかったし、とにもかくにもこうしてお葬式に来てくれていること自体、偉大な神父だと考えていた。しかし、とさらに考えた。これは夫のお葬式なのだ。彼が決めればいい。

そのようにして、すべてはヒーローが決めたとおりに行われた。

チャペルでの演説、墓への参列のときには、音楽はなし。しかしともに短い祈りを行うこと。「主の祈り」と「神よ、安らかに眠らせたまえ」は必ず。

それから黙祷。それで終了。

「おまえたちが言ったとおりにしてくれるかどうか、まあ、見ることにしよう」

と打ち合わせのときに、ヒーローはネレに言ったことがある。ネレはぞっとした。ケンにささやいた。

「ヤギの角に追われて、びくびくなんてしないわよ」

ケンは礼を言って、自分のお気に入りのことばコレクションに入れた。

お葬式のあと、サプライズがあった。

聖職者、家族、ヴィーラント建材会社の社員と一緒に、食事のあとイタリアンレストランに行った。ネレが選んだ店だ。ヒーローは葬式の後のことは考えなかった。もういないのだから美味しいかどうかは関係ない。

ネレはもともとイタリア語教室の縁でこの店を教わり、とても美味しいことも知っていた。しかし家族には言わないことにした。

（父さんが店を探し出したと、みんなは思っていればいい）

ヴァルターが短いテーブルスピーチをし、コーヒーとケーキが運ばれてきた。そのときちょうど幾人かは、どのように手際よく退席の準備をしようか、考え始めていた。お葬式での退席はとりわけ難しい。

「美味しかったです。ありがとう、そろそろ帰ります。良いお天気でしたね」とはとても言えない。そんなことを言って人々を悲しみのなかに置き去りにはできない。それに出されたものを残さず食べたわけでもない。故人に畏敬の念を表し、お別れを言う義務がある。あまりにさっさと生活に戻るわけにはいかない。ヒーロー・ヴィーラントだ。彼の残した家族を見捨てず、助け合うべきだ。それこそ故人がいつも望んでいたことだった。

するとネレが立ち上がった。レナに向かって頷く(うなず)と、ピアノに向かった。ピアノがあるとは誰も気づいていなかった。レナはサクソフォンを手にした。アグネスはストリップショーが始まるかのように、ぞっとした。ネレはいくつか音を出し、レナは音をひとつ、長く吹いた。ふたりは微笑み合って、互いを勇気づけた。そして演奏しはじめた。まずはガブリエル・フォーレの哀調を帯びたノクターンを弾いた。誰かが何か言えないように、引き続きアフリカを思わせる陽気な曲を弾いた。ケンはいつの間にかネレの隣に座っていた。ネレには背を向け、観客のほうを向いていた。ケンはリズムを叩き始めた。

曲が終わると、短い静寂がおとずれた。

アナベルと会社の社員たちが拍手を始めた。最初は小さく、それからどんどん大きくなり、ヴァルター、テレーザ、その息子たちも拍手しはじめた。残りの者たちもとまどいながら拍手した。小さな子どもたちは興奮していた。ヴェリは「ブラボー、ブラボー」と叫んだ。アグネスはこの晩を変わったハプニングと陽気な晩として記憶に残した。アグネスの頬には、苦い涙ではなく、感動の甘い涙が流れていた。

ネレ、ケン、レナはおじぎをし、テーブルに戻った。これを機に会社の社員たちは礼を言い、退席した。残ったのは家族だけになった。

「これはお父さんの計画ではないわね」とアグネスがヨハネスに言った。

ヨハネスはお葬式のためにマヨルカ島から飛んできた。ひとりだった。今晩すぐに家族のいるマヨルカ島へ戻る予定だった。

「父さんにはもうわからないと思うよ」

「そう願うわ、それにおじいちゃんが気に入ってくれることも」

そばを通りながら、レナが言った。


ネレはグラスをチリンチリンと鳴らした。父さんから頼まれたことがまだあると伝えた。

「みんなに渡してほしいと頼まれているの」

小さな箱を開けた。靴箱くらいの小さな箱だ。

「わたしも何が出てくるか知らないの。亡くなるまで、中は見ないと約束したから」

アグネスは今になって夫の死を実感し、むせび泣いた。ネレは小箱から封筒の束を取り出した。ヒーローが息子たち、娘たち、そしてアグネスとアナベルにあてて、ひとりひとりの名前を手書きしていた。

ネレはお給料か成績表のように、封筒をひとりずつ手渡した。それぞれ、名前が正しいか確かめるかのように、じっと封筒を見つめた。誰も中を見ない。

「ひとりでゆっくり読むつもりだ」とヴァルターはみなを代表して言った。とつぜん日の光が部屋のなかに差し込み、眩（まぶ）しかった。こんなときは下を向いて、目をそっと撫（な）でるといい。

アナベルは孫たちのうちで唯一、封筒をもらった。マルタと互いを心配そうに、そして慎重に見合った。ふたりは何も言わずに封筒をバッグに入れた。ほかの者もそうした。騒ぐ子どもたち、ほかの大人たちの話し声が沈黙に勝った。それにアグネスの泣き声も。沈黙はかき消されるのかもしれないとネレは思った。


夜になると電話が回り始めた。みながみなに電話した。

え、おまえも？

やっぱりそっちも？

誰もが信じられない思いだった。

中には手紙が入っていた。ヒーローはひとりひとりに一種の破産報告をしていた。そして驚くべきことに、ロト（ドイツの宝くじ）がレシートと一緒に入っていた。有効期限が八週間（どのくらいの期間を有効にするか、規定のなかから決めることができる）のものだ。しかし二枚以上が、引き換え期限を過ぎていた。ヒーローが歩くことができて、外出したり、自分とみなのために計画が可能だったころから、すでにそれだけの時間が過ぎていたのだった。

家族はロトの数字を比較した。ヒーローはひとりひとりのために、すべての欄を一つずつ埋めていた。必要なところはすべて記入してあった。
スーパーシックス[*1]とシュピール77[*2]。
無限の可能性。
家族はこれからも連絡を取り合うだろう。

＊1　1から49の数が書いてある表のなかから自分で数字を6つ選ぶ宝くじ。週に二回、当選発表がある。ヒーローは宝くじを八週間有効にし、さまざまな時期に買い、数字も選んで、ひとりひとりに贈った。
＊2　券にすでに数字が印字されており、当選番号の発表により当選が決まる種類の宝くじ。こちらも週に二回当選発表がある。

訳者あとがき

兄弟の何番目に生まれるかは、ときに大きな影響力をもつ。家族内のポジションが決まるし、長子と末っ子とでは性格も異なる。本書の主人公ネレは、昨今では珍しい五人兄弟。そのちょうど真ん中、第三子だ。家族の中でも変わり者で、弟がスペインのマヨルカ島で結婚式をあげ、兄弟はみな参加するというのに自分だけ参加しない。大好きなイタリア語を学びに、イタリアへ行くことにしたのだ。

ネレの父親はヘルヴィッヒという名前だが、ヒーローという愛称を長い間使ってきた。マヨルカ旅行の前に、ヒーローが癌とわかり、大家族は大いに翻弄される。ヒーロー本人は自分の病気よりも、愛する妻になんと声をかけていいのか、残していく自分の小さな会社はどうなるのか、そして五人もいる子供たちが思い通りに育ってくれなかったことに悩んでいた。しかし家族のひとりひとりが、逃れがたいつながりの中で、自分なりに生きていることが、だんだんとヒーローの目にもわかってくる。

繊細な描写、そしてユーモアが著者レープの作品に共通する魅力だ。小説家としてだけではなく、画家、造形作家としても活躍中のレープに、私は昨年、ドイツでお会いした。フランクフルト・アム・マイン中央駅で待ち合わせをし、食事をしたり散歩したりしながら、数時間にわたりお話を伺った。本書執筆のきっかけをたずねると意外な答えが返ってきた。

「兄弟がたくさんいると、かならず目立たない子がいる。でもそういう人ほど面白いと前々から思っていたの。独自の見方をもっていて、自分の頭で考えている。それがこの作品を書く最初のきっかけ。もちろんシェイクスピアのリア王のイメージは頭にあった。現代の私たちにも近いテーマだと思っている。実際、たくさんの読者の人に『私の家族のことを書いてもらったようです』って言われたわ」

レープの作品中の〝繊細な人物描写〟について質問すると、このような答えが返ってきた。

「人間観察はいつもしているのよ。例えば嫌な感じの人がいたとしたら、人間はたくさんの面をもっているから、いい面が見えてくるまでずっと観察するの。悪い面だけの人なんていないから。逆も同じ。いい面だけの人なんていないし、それにそんな人、面倒くさいだけじゃない」

「アジアっぽい顔を見るとすぐにアジア人とこちらの人は言うけれど、だって日本と韓国は全然違うじゃない。こちらの人はスウェーデンの人と南シチリアの人は同じとは言わないのに、相手を知ろうとせずに十把一からげにするのは考えものよ」

私はいくつかの質問を用意していたが、レープの話は途切れることがなく、それだけで一冊のエッセイ集になりそうなほど多岐にわたり、目にしたもの、手に触れたものに温かな関心を寄せる様子が生き生きと伝わってきた。私自身がドイツ語で書いた詩についても、「インターネットで見たわ。あなたも書いているのよね」とにっこり笑ったときには驚いた。すらりとした長身の笑顔の素敵な女性だった。

改めてここで著者、ロート・レープについて紹介しよう。一九五五年ドイツ・ヴュルツブルク生まれ。ミュンヘン大学で文学と哲学を学び、作家になる前は二年間、語学教師や、六年間、路面電車(トラム)の運転手をしていた。運転手としての体験をもとに編んだ短編集『路面電車(トラム)の女』(Tramfrau)が最初の著書である(未邦訳)。路面電車は今でも好きなようなので、私は日本で路面電車を見かけると写真に撮り、メールでレープに送っている。

また本の装画を描く仕事もしており、これも高い評価を得ている。色彩のとても美しい絵だ。アメリカでベストセラーとなった『あなたの人生を変える魔法のカフェ』(ジョン・ストレルキー著)のシリーズがドイツで出版されるとき、レープが装画を担当した。アメリカの著者からお礼のメールが来て、ドイツ語訳の続編五冊の表紙もすべてレープが描いた。

そして本書『ヒーロー　家族の肖像』は、レープの三冊目の小説であり、日本で初めて訳される小説でもある。社会に違和感を感じながら、独自に生きる普通の人を主人公に描くこの女性作家が、日本でも多くの読者を得ることを願ってやまない。

最後になるが、すぐに私の質問に答えてくれた著者のロート・レープ、小説を訳すこと全般に関して適切で、かつ情熱的なアドバイスをくださった恩師の松永美穂さん、お世話になった西村書店編集部、また、ともに歩んでくれた盟友の長谷川裕美さんに、心からの感謝を述べたい。

二〇一七年春

新朗　恵

●著者

ロート・レープ（Root Leeb）

1955年、ドイツ・ヴュルツブルクに生まれる。ミュンヘン大学でドイツ文学、哲学、社会教育学を専攻。外国人のための語学教師や、路面電車の運転手を経て、デザイナー、イラストレーターとして独立。夫で作家のラフィク・シャミの著作の装画を手がけるなど、夫婦の共同作品も多く発表している。また作家としては、1994年“Tramfrau”（『路面電車の女』、未邦訳）を刊行後、2001年“Mittwoch Frauensauna”（『水曜日はサウナのレディースデー』、未邦訳）を発表。本書は3冊目の小説で、初の邦訳となる。最新作は“Don Quijotes Schwester”（『ドン・キホーテの妹、2015年、未邦訳）。朗読会も精力的に行っており、『水曜日はサウナのレディースデー』は著者が朗読したオーディオ・ブックも発売されている。

●訳者

新朗　恵（あろう・めぐみ）

1971年、東京都に生まれる。詩人・翻訳者。

1989年、シュタイナー教育に興味をもち、渡独。その後、スイス・ドルナッハの言語造形・舞台芸術アカデミーにて言語造形（朗読・演劇）を学んだのち、ハンガリー・ブダペストの私立教育大学にて講師を務める。帰国後、早稲田大学で比較文学について学ぶ。

1998年、日本に言語造形を紹介するため、「ことば塾WORTE」を設立。現在は恵矢の名で言語造形家・詩人として、新朗 恵の名でドイツ文学翻訳者として活動している。「歴程」同人。主な著書『DANCE AGAIN』（土曜美術社出版販売、2016年）

本書は原語のニュアンスを尊重するために、いわゆる差別的とされる表現を一部使用しています。

ヒーロー　家族の肖像

2017年 5月25日　初版第1刷発行

著　者＊ロート・レープ

訳　者＊新朗　恵

発行者＊西村正徳

発行所＊西村書店 東京出版編集部
〒102-0071 東京都千代田区富士見2-4-6
TEL 03-3239-7671　FAX 03-3239-7622
www.nishimurashoten.co.jp

印刷・製本＊中央精版印刷株式会社

ISBN 978-4-89013-771-8　C0097　NDC943

西村書店　図書案内

ドイツの語り部　ラフィク・シャミ シリーズ

夜の語り部

松永美穂［訳］

B6変型判・上製・320頁　●1748円

ある日、御者のサリムは突然口がきけなくなってしまう。人にとって言葉と物語の持つ大切さを、ファンタスティックな話で彩った短編集。

空飛ぶ木

世にも美しいメルヘンと寓話、そして幻想的な物語

池上弘子［訳］

B6変型判・上製・303頁　●1600円

身近に感じられ、人々の心を捉える、世にも美しいメルヘンと寓話、そして幻想的な物語。世界18ケ国で翻訳出版されている語りの真打ちの14編を収めた作品集。

夜と朝のあいだの旅

池上弘子［訳］

B6判・上製・484頁　●1800円

ある日、旧友から届いた一通の手紙をきっかけに、若き日の思い出がよみがえってきて…。

スウェーデンの鬼才　ヨナス・ヨナソン シリーズ

窓から逃げた100歳老人

柳瀬尚紀［訳］

四六判・並製・416頁　●1500円

100歳の誕生日に老人ホームからスリッパで逃げ出したアランの珍道中と100年の世界史が交差するアドベンチャー・コメディ。

世界で1400万部超の大ベストセラー！

国を救った数学少女

中村久里子［訳］

四六判・並製・488頁　●1500円

けなげで皮肉屋、天才数学少女ノンベコが、奇天烈な仲間といっしょに大暴れ。爆笑コメディ第2弾！

2016年本屋大賞　翻訳小説部門　第2位！

天国に行きたかったヒットマン

中村久里子［訳］

四六判・並製・312頁　●1500円

愛すべき殺し屋と神様嫌いの牧師、牧師以外の全人類が嫌いな受付係、彼らが見つけた究極の幸せとは？　ヨナソン第3弾は、ハートウォーミング・コメディ!?

価格表示はすべて本体〈税別〉です